KORDULA KÜHLEM

Endstation Dom

KÖLN KRIMI

emons:

Bibliografische Information der Deutschen Nationalbibliothek
Die Deutsche Nationalbibliothek verzeichnet diese Publikation in der Deutschen Nationalbibliografie; detaillierte bibliografische Daten sind im Internet über http://dnb.d-nb.de abrufbar.

FSC www.fsc.org MIX Papier aus verantwortungsvollen Quellen FSC® C083411

Umschlagmotiv: photocase.com/schluckwasser
Umschlaggestaltung: Tobias Doetsch
Gestaltung Innenteil: César Satz & Grafik GmbH, Köln
Lektorat: Hilla Czinczoll
Druck und Bindung: CPI – Clausen & Bosse, Leck
Printed in Germany 2014
ISBN 978-3-95451-395-6
Köln Krimi
Originalausgabe

Meinen Eltern

FREITAG, 13.13 UHR

»Zelten? Niemals!«

Hier stehe ich auf dem so aufdringlich hauptstädtisch eleganten Bahnhof diesem nicht weniger aufdringlich eleganten Berliner Hauptkommissar gegenüber und glaube, mich verhört zu haben. Warum trägt dieser Typ einen Nadelstreifenanzug mit Krawatte? Kann der nicht in normaler Zivilkleidung mit Jeans, T-Shirt und eventuell einer Lederjacke daherkommen – so wie ich zum Beispiel?

Meinen entsetzten Ausruf ignorierend, packt er meine Reisetasche und drängt sich durch die Menge; mir bleibt nichts anderes übrig, als ihm zu folgen. Direkt vor dem Hauptausgang parkt sein Wagen, im absoluten Halteverbot, wo sonst? Auf dem Weg ins Berliner Polizeipräsidium denke ich verbissen darüber nach, dass ich schon vor wenigen Stunden beschlossen habe, dieser Tag könnte nicht mehr schlimmer werden. Ich habe mich getäuscht.

Als ich heute Morgen um fünf Uhr zu Hause in Köln von meinem Diensthandy aus dem Schlaf gerissen wurde, wunderte ich mich nur ein kleines bisschen. Nicht, weil der Mord mal wieder in der Nacht geschehen ist. Schließlich bietet sich die Dunkelheit für Verbrechen durchaus an. Aber darüber, dass immer schon am frühesten Morgen ein Spaziergänger, Zeitungsausträger oder Hundebesitzer das Verbrechen beziehungsweise die Leiche entdeckt.

Die Anweisung, ins Kölner Präsidium zu kommen, nicht zum Tatort selbst, war schon eher verwunderlich. Kurz hoffte ich, dass es den fiesen Müller aus der Staatsanwaltschaft erwischt hat, der immer wieder versucht, Frauen unauffällig an den Po zu grapschen. Aber schnell schob ich diesen unchristlichen Gedanken von mir und beschloss, einfach abzuwarten.

Natürlich war meine Kollegin vor mir im Büro des Kommissariatsleiters. Obwohl Ursula aus einem Dorf irgendwo außerhalb der Stadt kommt. Ich dagegen hätte zu Fuß laufen können, was ich natürlich nicht gemacht habe, so früh am Morgen.

»Wo brennt's denn?«, murmelte ich missgelaunt, während ich mich in einen Sessel plumpsen ließ.

»Guten Morgen erst einmal, Frau Heller«, entgegnete mein Chef unbeeindruckt von meiner schlechten Laune – vielleicht weil er sie nur zu genau kennt. »Wir haben eine Leiche« – darauf wäre ich jetzt nicht gekommen – »in einem Freibad in Berlin.«

»Und wofür holen Sie dann uns aus dem Bett, Herr Bernbacher?« Die Frage von Ursula fand ich gut, sie stellt immer die richtigen Fragen, was allerdings auch seine negativen Seiten haben kann.

»Gute Frage, Frau Hohmann«, das Lob kam nur sehr gepresst über die Lippen des Kommissariatsleiters, »Irmgard Schiller, die Tote, kommt aus Köln, darum wurden wir um Amtshilfe ersucht.«

Amtshilfe! Und diese Amtshilfe soll nun darin bestehen, dass ich meinen eigentlich freien und obendrein noch herbstlich kühlen Tag der Einheit und wohl auch das anschließende Wochenende unter einer mühsam abgespannten Plane aus Stoff verbringe?

»Warum schleichen Sie sich eigentlich nicht selbst undercover auf dem Zeltplatz ein, Herr Nesta?«, will ich nun von meinem Berliner Kollegen nach längerem Schweigen wissen.

»Mich haben die dort alle schon gesehen. Ich habe die Leiche in Augenschein genommen und die Spurensuche geleitet.«

Gut, das ist ein Argument. »Aber warum können wir nicht ganz normal vorgehen, uns als Polizisten vorstellen und die üblichen Fragen stellen?«, lasse ich nicht locker.

»Sie kennen sich wohl nicht aus mit Campern!« – Nein, und ich will mich auch gar nicht auskennen mit Leuten, die es schön finden, ihren halben Urlaub gebückt oder geduckt zu verbringen. – »Die sagen nichts. Niemand hat etwas gesehen oder gehört, obwohl die Frau von einem Zehnmeterturm gefallen ist. Da hat man noch Zeit, zu schreien.«

Das weiß ich jetzt allerdings aus eigener Erfahrung. Meinen ersten und letzten Sprung aus zehn Metern Höhe habe ich nicht besonders gut im Gedächtnis, die tagelangen Schmerzen in der Brust, weil ich schräg aufgekommen war, dafür umso besser. Dabei hatte ich noch Wasser unter mir. Die tote Frau leider nur Beton. »Warum steht eigentlich ein Zehnmeterturm auf einem Zeltplatz?« Hat nicht auch mein Chef von einem Schwimmbad gesprochen?

»Das war einmal ein Freibad. Es wurde geschlossen und das

Gelände für ein paar Jahre an die Betreiber des jetzigen Zeltplatzes vermietet.«

Aha, das verstehe ich.

»Möglicherweise liegt der Fall ganz einfach.«

Die Bemerkung meines Berliner Kollegen trifft mich etwas unvorbereitet: Ich bin extra aus Köln angereist und bereite mich gerade seelisch darauf vor, in einem Zelt zu schlafen, und dann diese lapidare Bemerkung? »Wie meinen Sie das?«

»Nun, seit vorgestern wird in der Justizvollzugsanstalt Moabit ein Häftling vermisst, er ist vom Freigang nicht zurückgekommen. Er sitzt wegen Raubüberfalls mit Totschlag. Vielleicht hat er unser Opfer überfallen, und im allgemeinen Gerangel ist sie den Zehnmeterturm heruntergefallen.«

»Stellt sich nur die Frage, ob er sie extra zum Ausrauben auf den Sprungturm eingeladen hat oder ihr rein zufällig da oben begegnet ist.« Leider versteht mein Kollege nicht genug Spaß, er reagiert nur mit dem leichten Anheben einer Augenbraue auf meine Bemerkung. Ich dachte immer, Berliner hätten mehr Humor.

Dann räuspert er sich. »Die Raubmord-Theorie überzeugt mich auch nicht, aber es gibt noch eine Möglichkeit – es könnte einfach Selbstmord gewesen sein.«

Das ist natürlich bei einem Fall aus großer Höhe immer eine erwägenswerte Möglichkeit, wenn ich mich auch – schon wieder – frage, warum ich dann überhaupt angereist bin. »Was spricht dafür und was dagegen?«, frage ich etwas kurz angebunden.

Nesta zuckt mit den Schultern: »Nun ja, das Opfer ist … war eine Frau mittleren Alters, da kommt das schon mal vor.«

Irgendwie habe ich das dumpfe Gefühl, der Herr Kollege macht es sich etwas einfach. Außerdem, was meint der eigentlich mit »mittleren Alters«? So wie ich den einschätze, ist er auch um die vierzig und damit genauso alt wie das Opfer. Ich empfinde plötzlich eine gewisse Solidarität zu der toten Irmgard Schiller und beschließe spontan: »Ich mache es doch.«

»Was?«

»Das Undercover-Zelten, aber nur unter zwei Bedingungen.«

»Und die wären?«

»Erstens: Ich möchte kein Zelt, sondern ein Wohnmobil, oder

meinetwegen einen VW-Bus, oder was es noch so gibt. Denn sonst kann ich noch nicht mal ein Telefonat führen, ohne dass der halbe Campingplatz mithört. Zweitens: Auf jeden Fall brauche ich eine eigene Toilette, sonst geht gar nichts.«

Hauptkommissar Nesta schaut mich kurz von der Seite an – irritiert, amüsiert? – und meint, das könne man einrichten.

Die nachfolgende Abwicklung im Polizeipräsidium gestaltet sich etwas langwierig – ein Wohnmobil gehört schließlich nicht zur Grundausstattung der Polizei. Leider kann mein Berliner Kollege auch noch nicht mit vielen Informationen aufwarten. Die Befragung der Campingplatzbesucher ist noch im Gange. Sie soll auch bis zu meinem Eintreffen hinausgezögert werden, denn danach wird die An- und Abfahrt verboten, das heißt, die Bewohner des umgestalteten Freibads dürfen sich zwar weiter frei in Berlin bewegen, aber nicht abreisen, und neue Besucher werden nicht eingelassen.

»Im Prinzip haben wir es also mit einem überschaubaren Kreis von Verdächtigen zu tun, was die Sache sehr vereinfacht«, lässt mich mein Kollege etwas von oben herab wissen. Der kennt wohl Agatha Christie und die von ihr geschaffenen zahllosen Varianten auch bei einer kleinen Auswahl potenzieller Täter nicht.

»Aber«, diesen Hinweis kann ich mir nicht verkneifen, »der Mörder könnte doch auch von außerhalb gekommen sein.«

Nesta brummt nur »Wird alles überprüft« und greift zum Telefon, um nachzufragen, wann es die ersten Ergebnisse der Obduktion geben würde. Dafür ist es natürlich noch zu früh. Auch die Spurensicherung, die den Zehnmeterturm, das Sprungbecken und die Umgebung untersucht hat, kann noch nicht mit Informationen aufwarten. Ob sie das überhaupt irgendwann können wird, ist außerdem mehr als fraglich; in der Tatnacht hat es stark geregnet.

»Was ist das?« Ich greife mir eines der vielen Fotos, die in einem Haufen auf Nestas Schreibtisch liegen – seine Unordnung ist bisher das einzig Sympathische an diesem Mann.

»Könnten Sie bitte aufhören, auf meinem Schreibtisch herumzukramen!«

Meine Güte, ist der Typ empfindlich. »Ich gehöre jetzt doch

auch zum Ermittlerteam, oder nicht?«, gebe ich zurück. »Also, was soll dieses Foto der Handtasche?«

»Es ist die Tasche des Opfers.«

Jetzt werde ich langsam ungeduldig. »Stellen Sie sich vor, das habe ich mir schon fast gedacht. Warum wurde diese extra fotografiert, und das noch so oft?« Ich deute auf den Fotohaufen auf dem Schreibtisch.

»Um ihre genaue Position auf dem Sprungbrett auch im Nachhinein rekonstruieren zu können.«

»Die Frau hat ihre Handtasche mit auf den Zehnmeterturm genommen?« Erstaunt blicke ich auf die sicherlich teure, durch den nächtlichen Regen aber stark ramponierte Ledertasche – das passt irgendwie nicht zusammen.

Doch bevor ich meine Zweifel äußern kann, erreichen meinen Kollegen kurz hintereinander zwei Anrufe. Im ersten wird ihm mitgeteilt, dass mein Campingmobil zur Abfahrt fertig ist. Der zweite kommt aus der Pathologie. Die Einladung Nestas, ihn dorthin zu begleiten, lehne ich mit dem Hinweis ab, ich wolle meine Ankunft auf dem Campingplatz nicht noch weiter aufschieben. Irgendetwas Gutes muss dieses Undercover-Zelten schließlich auch haben, und die Begutachtung der Leichen sowie die meist recht langatmigen Erklärungen der Pathologen gehören sicherlich nicht zu meinen bevorzugten Aspekten der Polizeiarbeit. Der Obduktionsbericht würde mir reichen.

FREITAG, 16.40 UHR

Geschafft! Trotz nicht unerheblicher Verzögerungen in den vollen Straßen der Bundeshauptstadt und durch die Wegerklärung meines Berliner Kollegen habe ich den Campingplatz endlich erreicht. Außerdem hatte ich noch mit diesem Campingmobil zu kämpfen. Ich bin einfach kein Freund von großen, sperrigen Fahrzeugen, deren Beschleunigung jedem Fußgänger nur ein mitleidiges Lächeln entlockt. Dabei halte ich mich eigentlich für eine gute Autofahrerin, von wegen Frauen als Schrecken der Straße und rückwärts einparken geht schon gleich gar nicht. Wenn man in der Kölner Innenstadt wohnt, kann man entweder rückwärts einparken, oder man hat kein Auto.

Im Büro des Campingplatzes fühle ich mich in die Teestube meiner Schule zurückversetzt: dieselben durchgesessenen Sofas im Siebziger-Jahre-Look, dieselben verstaubten Plakate an der Wand – das von »Hair« müsste ich auch noch irgendwo im Keller haben. Der kalte Qualm rundet das Bild überzeugend ab.

Die junge Frau hinter der Theke springt freundlich auf, als sie mich sieht. Während ich die Anmeldepapiere ausfülle, erklärt mir Jacqueline, so stellt sie sich vor, alles Wichtige in Bezug auf den Platz. Dabei habe ich Schwierigkeiten, zu folgen, schließlich muss ich mich auf den richtigen Namen, die richtige Adresse et cetera konzentrieren, denn seit zwei Stunden heiße ich Vanessa Paulsen und bin in Braunschweig wohnhaft.

Die Hälfte des Redeschwalls habe ich schon verpasst, als ich plötzlich aufhorche: »Also, diesen Zugangscode brauchst du, wenn du reinwillst und das Büro nicht besetzt ist, sonst kommst du nicht aufs Gelände.« Dabei schiebt Jacqueline mir einen Zettel mit einer mehrstelligen Zeichen- und Zahlenkombination zu.

»Wann ist das Büro denn besetzt?«

»Wenn jemand da ist.«

Ich nicke und stecke den Zettel sorgfältig in meine hintere Hosentasche. »Wie komme ich jetzt mit meinem Bus auf den Platz? Durch das Tor dort?« Dabei deute ich auf ein großes Tor neben dem Drehkreuz direkt vor dem Bürofenster, durch das ich eben gekommen bin.

»Nein, doch nicht das.« Sie lächelt mich an. »Habe ich das nicht eben schon erklärt?« Ihr Ton ist weiter überaus freundlich und überhaupt nicht genervt, obwohl sie mir auch die auszufüllenden Formulare schon zweimal erläutern musste. Von der könnte ich mir eine Scheibe abschneiden.

Meine Angaben hat sie zudem penibel mit meinem – falschen – Personalausweis abgeglichen. Kurz frage ich mich, ob die Formalitäten hier immer so genau beachtet werden oder nur einen Tag nach einem Todesfall mit der Polizei auf dem Gelände. Dennoch beschleicht mich ein leichtes Gefühl der Bewunderung für die Ruhe und Ausgeglichenheit von Jacqueline, obwohl die vergangenen Stunden vor allem auch für die Betreiber des Platzes ziemlich stressig gewesen sein müssen.

»Also, du fährst von dem Parkplatz, auf dem du gerade stehst, wieder runter und nach links. Dann an der nächsten Ecke wieder links …«

»Ach, die junge Frau hat auch ein Mobil«, mischt sich in dem Moment ein Mann ins Gespräch, der kurz vorher ins Büro gekommen ist. »Weißt du was«, wendet er sich an mich, »ich fahr kurz mit dir rüber.«

Verwundert betrachte ich den grauhaarigen, braun gebrannten Mann mit leichtem Bierbauch, wobei ich mich bemühe, meine Skepsis nicht zu deutlich zu zeigen.

»Ach entschuldige, ich sollte mich erst einmal vorstellen, ich bin der Manfred.«

Fast automatisch nehme ich die ausgestreckte Hand. »Ich bin Ke…, Vanessa.« Verdammt, wie unprofessionell war das denn? Ich weiß immer noch nicht ganz, was der Mann von mir will.

Jacqueline dagegen reagiert begeistert. »Das ist natürlich das Einfachste, danke, Manfred, das ist wirklich nett von dir.« Sie schiebt mir meine Formulare zu, und Manfred nimmt meine Reisetasche – irgendwie nehmen mir für meinen Geschmack heute viel zu oft Männer meine Reisetasche und damit auch meine Entscheidungen ab.

»Wo steht denn dein Wagen?«

Ich deute nur stumm in Richtung meines Ferienvehikels.

Als wir vom Parkplatz fahren, spüre ich Manfreds prüfenden

Blick auf mir. »Du, entschuldige, wenn ich das jetzt so sage, aber du siehst nicht so aus, als würdest du oft campen. Warum bist du hier?«

Diese Frage habe ich mir in den letzten Stunden gefühlte hunderttausend Mal selbst gestellt, darum bin ich auch auf die Idee gekommen, dass das jemand anders genauso interessieren könnte. »Weißt du« – das »Wissen Sie« kann ich glücklicherweise früh genug herunterschlucken – »ein Freund von mir meinte, ich bräuchte mal ein paar Tage Urlaub. Er hat mir wegen der Kosten gleich auch seinen Campingbus geliehen.«

Manfred nickt verständnisvoll und so nachhaltig, dass ich es aus den Augenwinkeln sehen kann. »Hier musst du links. – Leider hast du dir aber den falschen Zeitpunkt ausgesucht.«

Aha, endlich kommen wir mal auf die interessanten Dinge zu sprechen. Jacqueline hat den Tod einer Platzbewohnerin mit keinem Wort erwähnt, er scheint sie gar nicht wirklich zu berühren. Oder wollte sie nur nicht riskieren, dass ich direkt wieder abreise? Wahrscheinlich kann der Platz jede Einnahme gut gebrauchen.

»Wieso falscher Zeitpunkt?«, hake ich schnell nach, bevor Manfred es sich wieder anders überlegen kann.

»Nun ja, weißt du … gestern ist hier eine junge Frau vom Sprungturm gefallen. Wir, also Marianne, das ist meine Frau, und ich, haben sie sogar gefunden.«

Bingo, da habe ich ja genau den Richtigen aufgegabelt, das heißt streng genommen er mich. »Tatsächlich!« Ich versuche, in diesen Ausruf das richtige Maß an Betroffenheit zu legen, gepaart mit einer spürbaren, aber nicht zu deutlichen Neugier.

Doch bevor er mehr erzählen kann, ruft er aus: »Hier in den Seitenweg musst du rein, siehste, da vorne ist schon das Tor.« Mist, der Weg ist eindeutig zu kurz gewesen.

Jacqueline ist, wie abgemacht, über den Campingplatz zum Tor gekommen und hat es für uns geöffnet. Ich fahre hindurch, parke an der Stelle, zu der sie mich winkt, und steige aus. Nachdem sie wieder abgeschlossen hat, gibt sie mir eine kurze Beschreibung des Platzes, die sie mit beiden Armen gestenreich unterstützt, und verschwindet dann wieder Richtung Büro.

Manfred ist auch ausgestiegen. »Sag mal, du hast doch bestimmt noch nichts Ordentliches zu essen in deinem Gefährt, was meinste, willste nicht zu uns rüberkommen zum Essen? In 'ner halben Stunde müsste Marianne es fertig haben.«

Das kann ich mir natürlich nicht entgehen lassen, weder das Essen noch die weiteren Informationen. Mal abgesehen davon, dass in meinem Gefährt nicht nur nichts Ordentliches, sondern überhaupt nichts zu essen ist.

Marianne ist genauso grauhaarig und braun gebrannt wie ihr Mann, doch im Gegensatz zu seiner offensichtlichen Gemütlichkeit ist sie die Bewegung in Person. Wenn ich bisher gedacht habe, ich sei unruhig veranlagt, werde ich während des Essens eines Besseren belehrt.

Bevor Manfred und ich richtig aufgegessen haben, hat sie schon alles wieder gespült und weggeräumt. Dabei plaudert sie herzlich und ohne Unterlass: »Ja, die arme Frau, sie war ja gerade erst angekommen. Noch nicht mal ihr Zelt hatte sie aufgebaut, oder hatte sie das schon aufgebaut, Manfred?«

»Keine Ahnung, das stand ja um die Ecke, hinter den –«

»Sie sah so nett aus und irgendwie glücklich, das heißt, als wir sie im Büro getroffen haben, war sie ganz nervös, hat ein bisschen versucht, die Jacqueline nach den anderen Campingplatzbewohnern auszufragen, aber da war sie an die Falsche geraten. Ja, wenn der Tobi Dienst gehabt hätte, der plaudert manchmal gern, und er nimmt es auch nicht so genau, wenn jemand mal die Papiere nicht richtig ausfüllt oder so. Wir kommen nämlich öfters hier auf'n Platz. Ist 'ne gute Ausgangsstation für Fahrten in den Osten. Aber nachher, als wir sie, also die Irmgard, auf dem Weg zum Essen getroffen haben, da sah sie doch richtig glücklich aus, nicht, Manfred, richtig gestrahlt hat sie, oder?«

»Ich weiß nicht, der Unterschied –«

»Aber mitkommen zum Essen wollte sie nicht, vielleicht beim nächsten Mal, haben wir gesagt, aber sie meinte, sie wollte nur eine Nacht bleiben. Nur eine Nacht – da lohnt sich das Zeltaufbauen ja gar nicht, aber vielleicht war es so ein kleines Ein-Mann-Zelt, da geht der Aufbau schneller. Und dann kommen wir nachts zurück, wir hatten uns etwas festgequatscht mit dieser netten Gruppe aus

Essen, die wir in der Kneipe getroffen hatten, wo wir doch aus Mettmann kommen, sozusagen Nachbarn waren das, nicht wahr, Manfred?, und wir hatten auch ein bisschen was getrunken, Berliner Weiße.«

»Das ist kein Getränk, sondern eine Strafe«, brummt Manfred dazwischen.

»Also, wir kommen zurück und hören schon auf dem Parkplatz den Schrei, ich sag direkt, Manfred, da ist was passiert, wir so schnell es geht durch das Tor, aber aufm Platz ist es ja so dunkel, endlich haben wir sie gefunden, im Sprungbecken, man hat direkt gesehen: Die ist tot.«

Ihre Betroffenheitspause nutzt ihr Mann schamlos aus. »Wir haben sofort mit dem Handy die Polizei verständigt, und während wir gewartet haben, kamen die von der Gruppe aus Magdeburg dazu.«

»Von den anderen Campern war keiner da?« Das ist die erste Frage, die ich einschieben kann.

»Ach, die Dauergäste haben wohl nichts gehört.«

»Zugedröhnt waren die wahrscheinlich wieder«, wirft Manfred dazwischen.

»Aber Manfred, du kennst die Leute doch gar nicht. Die sind immer so nett und freundlich. Und dann fehlte eigentlich nur noch dieser hübsche Hugo, wirklich was zum Gucken«, fügt sie an mich gewandt hinzu, »der schien überhaupt nicht da gewesen zu sein. Kam wohl dann irgendwann später. Ich nenne ihn Locke auf Lederschuhen, du wirst schon noch sehen, warum. Ach, das fällt mir jetzt erst auf, der eine junge Mann mit dem verschlossenen Gesicht von der Magdeburger Gruppe, der war auch nicht dabei.«

»Vielleicht hast du ihn nur nicht gesehen.«

»Als ob mir so etwas entgehen könnte!«

FREITAG, 17.55 UHR

Nach dem Nachmittagsessen drücke ich mich davor, in mein Campinggefährt zu klettern, viel lieber sehe ich mir ein bisschen den Platz an. Ich beginne mit den nahe gelegenen Dusch- und Umkleideräumen. Natürlich praktisch für einen Zeltplatzbetreiber, wenn man schon sanitäre Anlagen vorfindet, denke ich beim Reingehen. Allerdings sollte man sie zwischendurch doch auch mal gründlich reinigen, von renovieren ganz zu schweigen, denke ich nur wenig später beim Rausgehen. Gut, dass ich meine eigene Toilette habe; wo ich in den nächsten Tagen dusche, ist allerdings fraglich.

Erst bei meinem Rundgang erhalte ich einen Überblick über den Rest des Campingplatzes, da mein Gefährt und das von Marianne und Manfred, M und M, wie ich sie inzwischen getauft habe, in einem Winkel des Platzes stehen, der mit hohen Büschen umsäumt ist. Direkt neben den Sanitärräumen steht ein VW-Bus, wahrscheinlich gerade an der Schwelle zum Oldtimer, aber längst nicht so gut in Schuss wie die meisten Autos, die man mit diesem Wort verbindet.

Auf der großen Wiese sind außerdem noch ein paar Zelte aufgebaut. Auf eines der weiter entfernt gelegenen steuert gerade ein Mann zu, der für die glitschige Wiese offensichtlich nicht die passenden Schuhe anhat, denn er rutscht mehr, als er geht – das muss der schöne Hugo sein, Locke auf Lederschuhen, jetzt weiß ich tatsächlich, was Marianne gemeint hat. Bevor er mich bemerkt, ist er in seiner Behausung verschwunden. Sonst ist niemand zu sehen. Die Befragung durch die Polizei scheint inzwischen zu Ende zu sein.

Kurz vor dem Ausgang neben dem Büro wende ich mich nach rechts und gehe immer am Zaun entlang. Jenseits des Zauns liegt zunächst eine Wiese und etwas weiter dahinter, ich traue meinen Augen nicht, ein Hallenbad. Hoffentlich ist das noch in Betrieb, dann hätte ich auch das Problem mit dem Duschen gelöst. Mein kurzes Hochgefühl – wie wenig doch der Mensch in Notsituationen braucht, um glücklich zu sein – wird direkt wieder abgekühlt, denn es fängt an zu regnen. Kurz bleibe ich stehen, schaue erst in den grauen Himmel, dann auf meine Füße, die im Matsch der Zeltwiese stecken, doch ich gebe mir einen Ruck und gehe weiter.

Ab der nächsten Ecke verschlechtert sich die Beschaffenheit des Zauns deutlich. Ich halte etwas Abstand, weil immer mal wieder ein Draht herausragt oder etwas von dem darüber verteilten Stacheldraht herunterhängt. Auf der anderen Seite liegt nun ein Gebiet, das vielleicht einmal ein Sportplatz gewesen sein könnte. Jetzt ist es irgendetwas zwischen Müllhalde und Wildnis. Früher muss dieses ganze Areal eine wirklich beeindruckende Sportanlage gewesen sein.

Nach einiger Zeit versperrt mir eine Ansammlung von Büschen den Weg, mit gutem Willen und ein bisschen Gewalt komme ich aber auch dort hindurch und stehe erneut auf einer kleinen Wiese. Auf zwei Seiten wird sie von dem Zaun begrenzt, der wenige Meter hinter den Büschen eine Neunzig-Grad-Wendung macht. Allerdings kann man diesen Drahtverhau kaum mehr als eine Absperrung bezeichnen, eher reiht sich hier ein Loch an das andere, und an manchen Stellen ist der Maschendraht so weit heruntergedrückt, dass man locker hinübersteigen kann. Wenn jemand von außerhalb hereingekommen ist, dann an dieser Stelle. Langsam und aufmerksam gehe ich die ganze Strecke ab, und tatsächlich, schon nach wenigen Schritten finde ich ein Stück Stoff, das am Zaun hängen geblieben ist.

Während ich das Stückchen vorsichtig abnehme und in eine Plastiktüte lege, vergesse ich sogar, mich weiter über den Regen zu ärgern. Da sehe ich schon den nächsten Fetzen am Draht hängen. Etwas weniger begeistert sammele ich auch den ein und gehe weiter. Als der Zaun, oder das, was von ihm übrig geblieben ist, an einer hohen Mauer endet, habe ich circa zwanzig Stofffetzen zusammen. Die Spurensicherung wird sich freuen.

An der Mauer entlang, die mit ihren drei Metern Höhe nicht zum Drüberklettern einlädt, komme ich wieder an das Tor, durch das ich vor wenigen Stunden auf den Platz gefahren bin. Mein Rundgang ist beendet, und erst mit einiger Verzögerung wird mir klar, dass ich von dem Freibad noch gar nichts gesehen habe. Die ehemaligen Schwimmbecken liegen in der Mitte des Areals, versteckt hinter Büschen. Früher, als das Bad noch in Betrieb war, wurden diese bestimmt hie und da zurückgeschnitten, doch heute wuchern sie fröhlich zu einer solchen Höhe, dass man, wie ich jetzt ebenfalls erstaunt feststelle, nur die Spitze des Zehnmetersprungturms sehen kann.

Da der Regen mich inzwischen ziemlich durchnässt hat, werfe ich nur einen kurzen Blick auf den Sprungbereich, den schließlich meine Kollegen intensiv abgesucht haben, und verziehe mich in meine vorübergehende Behausung.

Nachdem ich mich teilweise umgezogen und möglichst umfassend trocken gerubbelt habe, sitze ich nun in einem Auto, das nicht viel größer ist als diese Jeep-Gefährte, die im Moment so angesagt sind. Alle verfluchen die hohen Benzinpreise und fahren gleichzeitig Autos mit Allradantrieb, die so viel Kraftstoff brauchen, dass sich das Wegfahren von der Tankstelle eigentlich gar nicht lohnt. Wie viel Benzin – oder Diesel? Verschmutzt mein Bus die Umwelt jetzt mehr durch CO_2 oder durch Rußpartikel? – mein Gefährt schluckt, weiß ich nicht. Ich weiß nur, es ist ganz schön eng.

Die Sitzgruppe ist bereits in ein Bett umgewandelt. Bei der Vorführung des Umklappmanövers habe ich direkt eingesehen, dass ich das eher nicht – vor allem nicht schnell und spielend leicht, wie mir der Vermieter des Fahrzeugs versicherte – hinbekommen würde. Der Hinweis auf eine leichte Bedienung gehört schon zu den Standardaussagen über alle möglichen Produkte. Dabei ist die Betonung entweder unnötig – selbst technisch wenig versierte Personen können einen Staubsauger bedienen – oder unrichtig, wie jetzt bei meiner Schlaf-Sitz-Gelegenheit.

Ich sitze also auf einem bereits gemachten Bett, das heißt einer eher eng bemessenen Liege mit einem Schlafsack, schaue direkt auf die eingebaute Campingtoilette und muss zwar zugeben, dass meine Wünsche erfüllt wurden, ich mich aber trotzdem nicht besonders wohlfühle. Mal sehen, wie der Tag für meine Kollegin in Köln gelaufen ist. Die geht allerdings erst nach langem Klingeln an ihr Handy.

»Hallo, Kerstin, könnten wir ein bisschen später telefonieren? Die Kinder müssen noch in die Badewanne, dann zu Abend essen und ins Bett. – Lass das sein!«

»Was soll ich sein lassen?«, frage ich irritiert durch den Lärmpegel, der mir aus dem Telefon entgegenschlägt.

»Oh, tut mir leid, ich meinte Felix. Alles klar so weit bei dir?«

»Ja, ja, schon gut, ruf mich doch einfach an, wenn du so weit bist.«

Genervt schaue ich auf mein Handy, es ist Viertel vor sieben, dann in der hereinbrechenden Dämmerung durch den engen Raum. Ein Informationsaustausch wäre jetzt eine Abwechslung gewesen. Die Kinder meiner Kollegin gehen mir auf die Nerven, obwohl ich sie noch nicht einmal kenne. Aber schließlich sind sie daran schuld, dass heute Morgen schon vor der obligatorischen Frage feststand, wer nach Berlin fahren würde. Schließlich ist das einer zweifachen Mutter mit Teilzeitstelle nicht zuzumuten.

Ich seufze ein bisschen vor mich hin und erinnere mich wehmütig an die Zeit im Bonner Polizeipräsidium, in dem mir jedes Loch in der Wand vertraut war. In Köln ist immer noch alles neu, besonders meine Teilzeitkollegin Ursula Hohmann.

Allein bis ich mich an diesen Namen gewöhnt habe. Eigentlich hatte ich wegen dessen Altertümlichkeit eine Frau kurz vor der Pensionierung erwartet und nicht eine, die schätzungsweise nur ein paar Jahre älter ist als ich. Inzwischen weiß ich zum einen, dass der Name meiner Kollegin auf eine Familientradition zurückgeht, zum anderen, dass die heilige Ursula vor rund eintausendsechshundert Jahren mit ihren zehn bis elftausend Begleiterinnen in Köln als Märtyrerin starb und es durch das Symbol der elf Tränen bis ins Stadtwappen gebracht hat. Das habe ich von meiner Kollegin persönlich gelernt.

In meiner zu engen Behausung kann ich nicht bleiben. Die Decke fällt mir sonst auf den Kopf. Also beschließe ich, mir die Gegend etwas anzusehen, auch wenn man bei der inzwischen hereingebrochenen Dunkelheit nicht viel sehen kann. Der Zeltplatz ist sehr spärlich beleuchtet. Mich wundert eigentlich, dass nicht schon viel mehr Menschen in die leeren Betonbecken gefallen sind.

Bevor ich den Platz durch das Drehkreuz verlasse, vergewissere ich mich noch einmal, dass der Zugangscode noch immer in meiner Hosentasche steckt. Über einen dunklen Parkplatz komme ich auf eine nicht sehr viel stärker beleuchtete Straße. Natürlich, Berlin ist eine arme Stadt, arm, aber sexy – oder wie war noch einmal der Slogan dieses in den Medien sehr präsenten Oberbürgermeisters?

Also, die Bundeszuschüsse reichen offenbar nicht, die Stadt zu beleuchten, oder liegt es einfach an diesem Viertel?, denke ich und betrachte die mir vereinzelt begegnenden Gestalten – irgendwie nicht besonders vertrauenerweckend. Um die Ecke liegt das bekannte Gefängnis Moabit, aus dem gerade ein Häftling entflohen ist – doch diesen Gedanken schüttele ich konsequent ab. Schließlich weiß gerade ich ganz genau: Die richtigen Verbrecher sehen nicht wie solche aus.

Ich biege um eine Ecke und bleibe wie angewurzelt stehen. Aus der Dunkelheit taucht wie aus dem Nichts der in strahlendes Licht getauchte Hauptbahnhof vor mir auf. Ich bin gerade einmal fünf Minuten gegangen. Dieser Zeltplatz hat wirklich eine geniale Lage. Ich erinnere mich an einen der Vorträge meines früheren Bonner Chefs beziehungsweise an seine Tiraden gegen die neue Hauptstadt Berlin. »Und jetzt noch ein neuer Bahnhof, dabei hat Berlin doch schon genug. Ein riesiger Glaskasten, und dazu mitten in der Pampa.« Damit hat er allerdings recht gehabt. Der Hauptbahnhof liegt wirklich relativ weitab vom Schuss, außer man bezeichnet das Regierungsviertel als Zentrum – im Gegensatz zum Kölner Hauptbahnhof, der zwar an Eleganz dem Berliner Pendant sicherlich etwas nachsteht, aber einen unschlagbaren Vorzug hat: die Nähe zum Dom.

Die verschiedenen Perspektiven auf das Kölner Wahrzeichen, wenn man mit dem Zug in oder durch den Bahnhof fährt, faszinieren mich immer noch, obwohl ich diese Aussichten, bis ich endlich eine annehmbare Wohnung gefunden hatte, durch meine viel zu lange Pendelei von Bonn nach Köln sehr intensiv genießen konnte. Aber ob Dom oder nicht, jetzt freue ich mich über diesen Bahnhof, der mir sicherlich auch am Feiertag Einkaufsmöglichkeiten, etwas Leben und hoffentlich auch ein Bier bieten kann.

FREITAG, 20.45 UHR

»Hallo, Kerstin?«

Endlich, Ursula hat es doch noch geschafft, mich anzurufen.

»Schlafen die Kinder?«

Die Antwort ist ein kurzes Lachen. »Sagen wir mal, sie sind zurzeit im Bett. Wie ist es bei dir gelaufen?«

»Ich sitze in einem Campingwagen, bei dem nur der Name eines Mittelmeerteils an Urlaub erinnert, mitten in Berlin im Dunkeln.«

»Willst du mich auf den Arm nehmen?«

Nein, das will ich leider nicht, also erzähle ich ihr die Geschichte. Doch auch Ursula hatte es heute nicht ganz einfach, angefangen bei dem Gespräch mit dem Ehemann, dem sie die Nachricht vom Tod seiner Frau überbringen musste.

»Hubertus Hantke ist, wie seine Frau, Professor an der Kölner Uni, nur nicht für Germanistik, sondern für Jura, Völkerrecht, wenn du es genau wissen willst. Wahrscheinlich ist er so Ende vierzig, genaue Personenangaben bekomme ich morgen, ich wollte ihn nicht danach fragen. Er sieht ziemlich gut aus, braune Augen und silbrige Haare, ein interessanter Kontrast, und unheimlich charmant.«

»Du klingst überrascht«, stelle ich fest.

»Nun ja, es entspricht nicht ganz meiner Vorstellung eines Professors.«

Meiner auch nicht, aber welche Vorstellung hält der Wirklichkeit schon stand? Der Ehemann schien, so Ursulas Eindruck, tief betroffen gewesen zu sein. »Sie war so komisch in letzter Zeit«, hätte er immer wieder gemurmelt. Noch am Abend hätte er mit seiner Frau telefoniert, ob auf Handy oder Festnetz, konnte er allerdings nicht sagen.

Ich stutze etwas: »Wusste der Mann gar nicht, dass Frau Schiller in Berlin war?«

»Nein, das finde ich auch etwas komisch. Er war der Meinung, sie hätte gestern den ganzen Tag und Abend in ihrer Wohnung gearbeitet – sie bewohnen zwei getrennte Wohnungen im selben Haus, musst du wissen. Sie waren erst zum Mittagessen wieder miteinander verabredet.«

Ist ja nett, wenn man sich noch in der Ehe zum Essen verabredet, aber jedem das Seine.

»Was hatte er an?« Da erst einmal keine Antwort auf meine Frage kommt, wiederhole ich sie: »Was hatte er an?«

»Der Professor?«

»Nein, der Milchmann. Natürlich der Professor.«

Meine Kollegin schnaubt erst einmal ins Telefon, auf dieser Seite der Leitung klingt es auf jeden Fall so, wahrscheinlich hat sie einfach nur tief geatmet. »Du mit deinem Kleiderfimmel.«

»Ich habe keinen Kleiderfimmel.«

»Doch, du willst immer wissen, was die Leute tragen, und wenn du sie selbst vor dir hast, musterst du deren Aufmachung, dass es schon fast peinlich ist.«

Na hoppla, ein ausführliches Gespräch über die Abneigung gegenüber unseren jeweiligen Marotten habe ich jetzt nicht geplant, außerdem auch überhaupt keine Lust auf Kritik – nicht jetzt. Allerdings, wenn ich ehrlich zu mir selbst bin, habe ich eigentlich nie Lust darauf. Also atme ich tief durch und bemerke nur: »Kleider machen Leute, wie du vielleicht weißt.«

»So snobistisch hätte ich dich gar nicht eingeschätzt, außerdem – nimm mir das bitte nicht übel – siehst du selbst gar nicht danach aus.«

Wenigstens ist dieser Teil der Kritik nett verpackt und zudem auch noch zutreffend. Ich lege wirklich nicht viel Wert auf ausgeklügeltes Styling, vor allem wenn man meine Kollegin danebenstellt, die zu jeder Tages- und Nachtzeit für eine Modezeitschrift fotografiert werden könnte.

»Ich meine nicht, dass für mich der Wert einer Person durch ihre Kleidung bestimmt wird«, versuche ich zu erklären, »sondern dass man an der Art und Weise, wie sich jemand kleidet, Rückschlüsse auf dessen Persönlichkeit ziehen kann.«

»Gut, also dann schließe mal auf die Persönlichkeit des Ehemanns der Toten: Er trug eine schwarze Stoffhose, ein weißes Hemd, eine schwarze Strickjacke, eine grau gestreifte Krawatte und schwarze Lederschuhe. Die Krawatte war gelockert. Alles übrigens nicht billig, wenn du mich fragst.«

»Das interessiert mich nicht.«

»Na dann halt nicht.«

Jetzt habe ich sie wohl verprellt. »Ich meine, es ist nicht wichtig, oder sagen wir nur nachrangig wichtig, wie teuer Sachen sind, es geht mehr um die Sachen an sich. – Sag mal, du hast ihn doch zu Hause getroffen?«

»Ja.«

»Und er wusste noch nichts vom Tod seiner Frau?«

»Nein.«

»Würdest du an einem Feiertag mit Krawatte und Straßenschuhen im Wohnzimmer sitzen?«

»Nein, ich würde mit einer geflickten Jeans auf dem Boden herumrutschen und Legohäuser bauen, Essen kochen oder Wäsche waschen.«

Ich muss mit ihr lachen, obwohl ich mir das mit den Flicken auf der Jeans nicht vorstellen kann. Vielleicht sollte ich Ursula mal spontan zu Hause besuchen.

»Und, was schließt die Frau mit dem Kleiderfimmel jetzt aus dem Auftreten des Professors?«

Ich zögere kurz: »Entweder er hat dich erwartet, dann wäre das verdächtig, oder er fühlt sich wohl in solchen Sachen ...«

»Und das wäre noch verdächtiger! – Aber wie soll er denn von Köln aus seine Frau in Berlin vom Sprungturm stürzen? Er hatte gestern Abend ab siebzehn Uhr Sprechstunde in der Universität, danach war er zwar allein zu Hause, aber heute Morgen um halb sieben hat er beim Zeitungsholen schon wieder den Nachbarn gesehen, da bleibt nicht viel Zeit.«

»Nein, da bleibt nicht viel Zeit. Hast du den Nachbarn schon gesprochen? Die Flugpläne überprüfst du wohl?«

»Die habe ich schon überprüft.« Ursulas Stimme ist eine Spur schärfer geworden. »Den Nachbar habe ich erst kurz telefonisch gesprochen, da er inzwischen mit seiner Frau über das verlängerte Wochenende zu seiner Tochter gefahren ist. Morgen höre ich mich in der Uni um, ich bin mit der Sekretärin verabredet. Meinst du, ich mach mir hier den Lenz?«

»Schon gut, also er war auf keiner Flugliste und wurde tatsächlich gesehen. Schade, ein einfacher Mord wäre ja auch einmal schön gewesen: als Mörder der sowieso immer schon höchst verdächtige

Ehemann und dann auch noch eine Überführung in wenigen Stunden.«

»Ja, das wäre nicht schlecht, und das Wochenende wäre gerettet, aber vielleicht war es doch Selbstmord?«

»Eine Kölner Professorin, die eigentlich in ihrer Wohnung sitzt und arbeitet, aber in Wirklichkeit in Berlin vom Sprungturm eines stillgelegten Freibads springt?« Ich schüttele den Kopf, aber das kann meine Kollegin natürlich nicht sehen.

SAMSTAG, 8.37 UHR

Was für eine Menschenmenge! Ich komme gerade aus dem nebenan liegenden Hallenbad, in dem ich allerdings nur geduscht habe. Schön saubere Duschen – was man nicht alles zu schätzen lernt. Ganz selbstverständlich reihe ich mich ein in die Menge der Schaulustigen.

»Was ist denn passiert?«, frage ich eine junge Frau neben mir.

Sie betrachtet mich abschätzend. Langsam schiebt sie ihren übergroßen Kaugummi in ihrem Mund zurecht und meint dann, allerdings immer noch nicht besonders deutlich: »Das Zelt der toten Frau wird abgebaut.«

Ich bin überrascht, nicht über die Tote, aber darüber, dass das Zelt jetzt erst abgebaut wird. Meine Nachbarin deutet meinen Gesichtsausdruck anders: »Ach, du weißt noch gar nichts von dem Unfall? Bist noch nicht lange hier aufm Platz?«

Nur kurz ärgere ich mich darüber, dass man mir immer alles im Gesicht ablesen kann, in diesem Fall ist es glücklicherweise die richtige Reaktion gewesen. »Ich bin gestern Nachmittag erst angekommen.«

»Da hast du aber Glück gehabt.«

Fragend hebe ich die Augenbrauen.

»Na ja, seit gestern Abend ist der Platz eigentlich gesperrt, keiner darf mehr drauf, und keiner darf mehr runter. Hoffe nur, dass das bald aufgehoben wird. Oder«, fügt sie hoffnungsvoll hinzu, »muss man durch Mithilfe bei Polizeiarbeit versäumte Arbeitszeit vielleicht nicht nachholen?«

Mithilfe bei Polizeiarbeit würde ich das Rumstehen und Gaffen der hier Anwesenden jetzt auch wieder nicht nennen, aber Schwamm drüber. Irgendetwas wollte ich doch eigentlich fragen, ach ja: »Welcher Unfall?«

»Vorgestern Abend hat sich diese ältliche Frau vom Zehnmeterturm gestürzt. Wir haben uns sowieso schon gewundert, warum die hier war, nach Campen sah die gar nicht aus. Wie die sich angestellt hat beim Zeltaufbau. Hatte Glück, dass der Slobo ihr geholfen hat. Hätte ja eigentlich zu gern gesehen, wie die nach einer Nacht im Zelt ausgesehen hätte, na ja, schließlich musste sie nicht mehr drin schlafen, nich?« Sie fährt sich durch ihre braunen Haare, denen man allerdings die Nacht im Zelt deutlich ansieht.

»Wer ist denn Slobo?«, frage ich möglichst beiläufig.

»Einer aus unserer Gruppe. Ach übrigens, ich bin die Heike. Wenn du mal ein kühles Bier haben willst, wir haben eine Zapfanlage dabei, komm doch einfach mal rüber.«

Die Zapfanlage hat mein Interesse geweckt. »Was für Bier habt ihr denn?«

Die Frage hat sie offensichtlich nicht erwartet, zum ersten Mal lächelt sie mich an, und ihre Antwort verführt mich zu der Zusage, so bald wie möglich vorbeizukommen.

In dem Moment kommt mit großen Schritten mein Berliner Kollege auf uns zu. Mit seinem Seidenschal um den Hals passt er hier auf den Platz wie die Faust aufs Auge, oder bedeutet der Spruch doch, dass etwas besonders gut zusammenpasst? Da bin ich mir nicht ganz sicher.

»Wer sind Sie denn?«, herrscht Nesta mich an. Meine Güte, dem möchte ich nicht in einem Verhör gegenübersitzen.

»Paulsen mein Name, Vanessa Paulsen.«

»Wo kommen Sie her?«

Äh, was stand denn noch mal auf meinem Ausweis: »Norddeutschland«, sage ich deshalb erst einmal vage, bevor es mir wieder einfällt. Stimmt, Braunschweig wäre es gewesen, aber mit viel gutem Willen kann man das dem Norden Deutschlands zurechnen, oder?

»Ich will nicht wissen, wo Sie herkommen« – warum fragt er mich dann? – »sondern, warum Sie hier auf dem Platz sind.«

Obwohl das eigentlich mein Kollege ist, traue ich mich jetzt nicht zu sagen, ich wollte hier zelten. Also schaue ich ihn nur fragend an: »Warum sollte ich denn nicht hier sein?«

»Eigentlich dürfen keine Neuen mehr auf den Platz, und Sie sind doch neu, oder haben wir gestern Ihre Personalien schon aufgenommen?«

»Ach, jetzt verstehe ich, wegen des Unfalls der Frau vorgestern Abend, nein, meine Personalien haben Sie noch nicht aufgenommen. Ich bin gestern Nachmittag erst hier angekommen.«

»Dann brauche ich jetzt Ihren Ausweis.«

»Den habe ich in meinem Bus gelassen, kommen Sie doch kurz mit.«

Nesta nickt brummig und folgt mir Richtung Wohnmobil – so nenne ich das groß geratene Auto jetzt einfach mal. »Und haben Sie gut geschlafen?«, fragt er mich, kaum dass wir außer Hörweite sind.

Gut geschlafen, was denkt der sich? Aber es ist sicher nett gemeint. »Es ging«, sage ich deshalb höflicherweise.

»Na ja, ich meinte nur … Sie sehen so fertig aus.«

Vielen Dank, und das trotz frisch gewaschener Haare. Obwohl uns hier in der Ecke höchstens Marianne und Manfred sehen können, gebe ich Nesta während unseres Wortwechsels meinen Personalausweis, und er tut so, als würde er sich die Angaben notieren.

»Wo können wir uns ungestört unterhalten?«, frage ich dabei.

Mit einem sehr menschlichen Zug antwortet er mit einer Gegenfrage: »Haben Sie schon gefrühstückt?«

Als ich den Kopf schüttele, entscheidet er: »Dann gehen wir ins ›Einstein‹.«

Natürlich, wohin sonst. Als echter Berliner, der etwas auf sich hält, kann man nicht in ein ordinäres Café gehen, um zu frühstücken, es muss gleich das »Einstein« sein, wo sich alles, was Rang und Namen hat, die Klinke in die Hand gibt. Allerdings, das muss ich zugeben, als ich Nesta eine halbe Stunde später gegenübersitze, gut essen kann man dort auch. Außerdem, so das Argument meines Kollegen, das ich tatsächlich nicht widerlegen kann, ist es höchst unwahrscheinlich, dass gerade hier einer vom Campingplatz auftaucht.

»Dann erzählen Sie mal«, fordere ich meinen Kollegen freundlich auf, während ich beschließe, mich erst einmal meinem Tee und den – noch warmen – Brötchen zu widmen. Nesta lässt sich sein sehr üppig geratenes Frühstück dadurch nicht verderben. Er beherrscht die Kunst, gleichzeitig essen und reden zu können. Die Brötchen- oder Schrippenkrümel – wir sind ja schließlich in Berlin –, die sich dabei in seinem Mundwinkel sammeln, machen ihn tatsächlich etwas menschlicher.

»Heute Morgen hatten wir eine erste Gruppenbesprechung.«

Sofort sinkt meine aufkommende gute Laune wieder um ein paar Grad.

Ich mag Gruppenbesprechungen – im Gegensatz zu meiner Kollegin übrigens. Sie wird nach spätestens zehn Minuten nervös, und wenn jemand länger als eine Minute am Stück spricht, fängt sie an, auf den Tisch zu trommeln, oder unterbricht ihn direkt. In den Fällen, in denen sie die Ermittlungen leitet, sind die Besprechungen deshalb sehr kurz und knapp, und einen Kaffee mitzubringen, traut sich sowieso keiner. Allerdings sind Besprechungen auch nie so effektiv wie unter der Leitung von Ursula, das muss man ihr lassen.

Wenn ich dagegen den Vorsitz habe, was ich nicht gern und auch nicht oft mache, ist eine Kaffee- oder Teetasse in der Hand schon fast Pflicht, und wer vor einer halben Stunde aufsteht, den trifft meine tiefste Verachtung. Dabei habe ich jedoch nicht nur im Sinn, möglichst lange auf dem warmen Bürostuhl zu sitzen, nein, ich bin der Meinung, dass viele Fälle, ob Mord oder andere Verbrechen, über Nebenwege gelöst werden. Jede Idee kann wichtig sein, jeder Gedanke uns auf eine Spur bringen, die vielleicht zum richtigen Täter führt.

Aber zu dieser Berliner Gruppenbesprechung hat man mich nicht hinzugeholt. »Warum war ich eigentlich nicht dabei?«, frage ich.

Mein Kollege, der gerade Luft geholt hat, um weiterzureden, schaut mich etwas irritiert an. »Es wäre Ihrem Inkognito sicher nicht zuträglich gewesen, auf dem Polizeipräsidium vorbeizukommen, oder?«

»Warum nicht?«, beharre ich auf meiner Frage. »Schließlich hätten mich dort meine Mitcamper sicher nicht gesehen, oder?«

Er kaut etwas langsamer auf seinem Rührei mit Speck und sucht offensichtlich nach einer Antwort.

»Sie haben überhaupt nicht daran gedacht, mich hinzuzuziehen«, stelle ich jetzt, möglichst trocken, fest. Eigentlich ist das nicht mein Ding, jemandem, vor allem jemand Fremdem, auf den Kopf zuzusagen, was ich denke. Zum einen denke ich dafür zu viel, wenn ich das alles aussprechen wollte, würde ich den ganzen Tag nur noch reden. Zum anderen ist mir durchaus – zumindest meistens – an einem harmonischen Verhältnis zu den Menschen in meiner Umgebung gelegen. Die Harmonie zwischen Nesta und mir interessiert mich allerdings überhaupt nicht, vielleicht, weil es sie von Anfang an nicht gegeben hat.

»Nun ja«, er scheint auch nicht der Mann der offenen Worte zu sein, »wissen Sie«, er windet sich sehr offensichtlich, dann schluckt er plötzlich, schaut mir in die Augen – oh, der Mann hat grüne Augen, mit einem Stich ins Türkise, aber nicht dass mich das in irgendeiner Form interessiert – und sagt: »Ja, ich habe nicht an Sie gedacht.«

Oh, doch ein Mann der offenen Worte, obwohl, wer will schon offene Worte hören? Auf der anderen Seite, mal eine interessante Abwechslung. »Gut, dann müssen Sie mir jetzt eben die Zusammenfassung geben.«

Mit einer solch sachlichen Reaktion hat er wohl nicht gerechnet, ich bin ebenfalls erstaunt über mich, aber auch das kann es geben.

Seine Zusammenfassung ist allerdings mehr als ernüchternd. Die Obduktion hat den vermuteten Todeszeitpunkt zwischen null Uhr und ein Uhr nachts bestätigt. Marianne und Manfred meinen, den Schrei eine Viertelstunde nach Mitternacht gehört zu haben – das passt also zusammen. Alle Verletzungen am Körper des Opfers könnten vom Sturz stammen, eine mögliche Gewaltanwendung durch eine andere Person konnte also nicht nachgewiesen werden.

Insgesamt wurde die Untersuchung dadurch erschwert, dass die Leiche einige Zeit im Wasser gelegen hatte. Der Ablauf des ehemaligen Schwimmbeckens war verstopft, so hatte schon vor Irmgard Schillers Sturz ein wenig Wasser auf dem Boden gestanden, durch die sturzbachartigen Regenfälle in der Todesnacht war noch einiges dazugekommen. Die Brüche deuteten jedoch klar auf einen Fall aus etwa zehn Metern Höhe.

Während ich dem Bericht meines Kollegen zuhöre, widme ich mich nicht nur dem Frühstück, sondern lasse auch meinen Blick immer wieder durch das Café schweifen. Bei meinem letzten Aufenthalt in Berlin habe ich schließlich den Umweltminister im »Kaufhaus des Westens« gesehen, um ehrlich zu sein, ich habe ihn beinahe umgerannt. Nun hoffe ich, wieder ein bekanntes Gesicht zu entdecken.

»Dazu kommt«, mein Kollege schiebt sich ein Stück Brötchen in die Tiefe seiner Backentasche, »dass es auf dem Zehnmeterturm keinerlei verwertbare Spuren gibt, wohl auch wegen des Regens. Nur an wenigen Stellen der Leiter, die etwas geschützt liegt, konnten wir verschiedene Rückstände sicherstellen. Deren Auswertung ist aber noch nicht abgeschlossen. Insgesamt deutet also alles auf einen Selbstmord hin«, schließt Nesta seinen Bericht.

Ich öffne gerade meinen Mund, um ihm zu sagen, für wie unmöglich ich das halte: Eine Kölner Professorin fährt extra nach Berlin, müht sich auch noch mit einem Zeltaufbau ab, klettert dann auf einen Sprungturm, nur um sich umzubringen, das hätte sie auch einfacher haben können. Aber zu dieser Entgegnung komme ich nicht mehr.

Es ist keine Berühmtheit, die in diesem Moment zur Tür hereinkommt, sondern einer meiner Mitcamper: Locke in Lederschuhen. Möglichst schnell und dabei unauffällig gehe ich in Deckung hinter der Speisekarte, die glücklicherweise immer noch auf dem Tisch liegt. Frage mich sowieso, warum in den meisten Restaurants die Speisekarten direkt wieder eingesammelt werden. Man beraubt den Gast damit nicht nur einer interessanten Lektüre, sondern auch der Möglichkeit, sich vielleicht doch noch für einen zusätzlichen Gang oder eine leckere Beilage zu entscheiden.

Vorsichtig luge ich an der Karte vorbei in den Raum. Nesta versteht offensichtlich mein Tun überhaupt nicht, er scheint aber auch nicht weiter überrascht zu sein, was sehr irritierende Rückschlüsse auf sein bereits vorhandenes Persönlichkeitsbild von mir erlaubt.

Irgendwann habe ich einmal den Spruch gehört: »Es gibt keine zweite Chance für den ersten Eindruck.« Diese Erkenntnis wurmt mich seitdem mal stärker, mal weniger stark, da erste Eindrücke nicht unbedingt meine Stärke sind. Unangenehm habe ich immer noch das erste Zusammentreffen mit meinem jetzigen Chef in Erinnerung, bei dem ich beim Rausgehen gegen den offenen Türflügel gelaufen bin, obwohl ich die Tür selbst hatte offen stehen lassen.

Möglicherweise ist auch mein erstes Rendezvous mit einem damaligen Kommilitonen so negativ verlaufen, weil ich den größten Teil des Abends humpeln musste, da mir ziemlich direkt am Anfang der Absatz an einem Schuh abgebrochen war. Heute würde ich mir entweder zu Hause oder im nächsten Schuhladen ein anderes Paar besorgen – heute ist dieser ehemalige Kommilitone leider ein recht berühmter Fernsehregisseur, so ist das Leben.

»Was ist los?«

Meinen Kollegen habe ich fast vergessen, weil ich so intensiv auf meinen Mitcamper starre. »Da«, ich zeige möglichst unauffällig auf den Tisch, »dort sitzt einer, der auch auf dem Campingplatz wohnt.«

»Der Typ im grauen Anzug?«

Ich nicke.

Nesta pfeift leise durch die Zähne und meint dann auf meinen fragenden Blick hin: »Die Frau an seinem Tisch kenne ich.«

Bevor ich nachfragen kann, erhebt sich mein Campingkollege und greift nach seinem Mantel. »Ich werde mal sehen, was der noch für Termine in Berlin hat«, zische ich noch, nehme schnell meine Jacke vom Haken und verlasse möglichst unauffällig das Café.

Ich folge dem Mann durch die Straßen. Für die Berliner Sehenswürdigkeiten entlang der Prachtstraße »Unter den Linden« habe ich keinen Blick, denn ich bin völlig damit beschäftigt, Locke zu folgen, ohne von ihm entdeckt zu werden. Erst als wir auf einer Brücke die Spree überqueren, gestatte ich mir einen Blick auf den Reichstag und die ihn umgebenden Gebäude. Der lockige Haarschopf, dem ich folge, läuft zielstrebig auf einen der Parlamentsbauten zu, der nach einer bekannten Politikerin benannt ist, leider nicht bekannt genug, um mir im Gedächtnis zu bleiben. Vor der Eingangstür bleibt er kurz stehen und dreht sich um, während ich mich hastig und überdeutlich der schönen Aussicht zuwende.

Dann verschwindet er durch die Tür. Langsam folge ich ihm und überlege, ob Normalbürger überhaupt in diesem Gebäude zugelassen sind. Mit meinem Dienstausweis sollte ich nicht wedeln, um meine Camper-Tarnung nicht zu gefährden. Vielleicht versuche ich mich einfach als dumme Touristin, vielleicht sollte ich meinen rheinischen Akzent etwas mehr heraushängen lassen …

»Hier dürfen Sie nicht rein!«

Meine Güte, wenn ich wirklich eine nichts ahnende Touristin wäre, vielleicht sogar aus dem Ausland, hätte ich mich mal wieder über den typisch deutschen Befehlston ärgern können. Tue ich auch so. »Oh, tut mir leid, ich dachte, man könnte die Parlamentsgebäude besichtigen.«

»Vielleicht ging das früher bei euch in der rheinischen Provinz, hier läuft das geordneter ab.«

Über was soll ich mich jetzt mehr wundern: darüber, trotz vermeintlichem Hochdeutsch als Rheinländerin identifiziert worden zu sein, oder über die Überheblichkeit dieser Amtsperson?

»Aber«, ich habe mich für zuckersüß, ich bin doch nur eine unwissende Frau, entschieden, »der Mann vor mir ist doch auch einfach reingegangen.«

»Der hat auch einen Termin bei einem Abgeordneten«, antwortet mein Gegenüber etwas unwirsch.

Soll ich ihn fragen, bei wem der Termin ist? Aber ohne meinen Polizeiausweis riskiere ich wohl nur einen erneuten Verweis. Aus der Sicht des Beamten geht es mich schließlich auch nichts an; wenn er Portier vor meinem Büro wäre, wollte ich auch nicht, dass er wildfremden Personen gegenüber Einzelheiten über meine Besucher ausplaudert. Gut, dann gehe ich eben wieder.

Vor dem Gebäude bleibe ich erst einmal stehen und ärgere mich: darüber, dass ich dem Typ vom Campingplatz ohne Erfolg gefolgt bin, obwohl – das fällt mir zur eigenen Beruhigung ein – es doch schon ein Erfolg ist, zu wissen, wohin er gegangen ist. Darum ärgert es mich jetzt vor allem, dass ich keine Zeit mehr gehabt habe, meinem Kollegen meine Wünsche vorzutragen. So ein Mist aber auch, ich habe noch nicht einmal seine Handynummer – er meine auch nicht, fällt mir dabei ein –, irgendwie ist das alles nicht besonders gut organisiert.

Kurz entschlossen mache ich mich auf den Weg zum Polizeipräsidium.

SAMSTAG, 10.11 UHR

Der Pförtner im Präsidium ist zum einen weiblich, zum anderen viel freundlicher als ihr Kollege im Abgeordnetenhaus. Ohne viele Umstände erklärt sie mir den Weg zum Büro von Hauptkommissar Nesta, dabei mag es allerdings hilfreich gewesen sein, dass ich diesmal auf das Zeigen meines Dienstausweises nicht verzichten musste.

Oben angekommen, werde ich allerdings deutlich weniger freundlich empfangen: »Was machen Sie denn hier, soll Ihre ganze Tarnung schon am ersten Tag auffliegen?«

Bevor ich antworte, zähle ich bis zehn, denn ich bin meistens, vor allem in solchen Situationen, auch nicht die Meisterin der netten Töne, im Gegenteil, ich bin eher für meine scharfen Antworten bekannt.

»Die Chance, aufzufliegen, ist hier ja wohl deutlich geringer als im ›Café Einstein‹«, versuche ich möglichst freundlich zu erklären, »und wenn mich tatsächlich jemand sehen sollte, habe ich eben eine höchst wichtige Aussage gemacht.«

Mein Kollege blickt immer noch skeptisch, aber wenigstens bietet er mir einen Platz an. Ich gehe lieber zu der großen Wandtafel, auf der inzwischen die übliche Zusammenstellung von Fotos, Plänen und Ähnlichem angebracht ist. Die tote Frau im Betonschwimmbecken sieht weniger beängstigend aus als befürchtet. Das mag daran liegen, dass die indirekte Übermittlung per Foto und die Sonne, die durch die Fenster scheint, der Szene viel von ihrem Schrecken nehmen, oder auch daran, dass die Verletzungen des Opfers kaum zu sehen sind – mit Ausnahme der Hände. Interessiert trete ich näher an die Bilder heran: Tatsächlich, die Hände von Irmgard Schiller weisen starke Kratzer auf …

Langsam wird mir bewusst, dass Nesta während meiner Betrachtungen die ganze Zeit mit den Fingernägeln auf den Schreibtisch trommelt. Ich drehe mich zu ihm um.

»Nun, was wollen Sie hier?« Sein Ton ist netter als vorhin, verrät aber, wie schon seine Finger, seine Ungeduld. Dabei sieht er gar nicht so aus, als wäre er auf dem Sprung zu wichtigen Nachforschungen.

»Ich möchte Ihre Handynummer, eine Tasse Kaffee, einen Laptop mit Internetzugang und schließlich die Fortsetzung des Berichts ab da, wo wir im Café unterbrochen worden sind.«

»Sie sind ja schließlich überstürzt abgehauen«, murrt mein Kollege. »Warten Sie einen Moment.«

Ohne weitere Erklärungen verlässt er den Raum. Na ja, zumindest das bin ich gewohnt. Ursula pflegt auch lieber drei Worte zu wenig als eins zu viel zu verlieren, nervend ist das aber schon, vor allem für mich, die ich lieber alles ausdiskutiere und eher zweimal als keinmal erkläre. Darum auch ihr Spitzname – Mona. Bis ich hinter dessen Bedeutung gekommen bin, hat es etwas gedauert. Mona von »monosyllabic«, eines meiner Lieblingswörter im Englischen, weil sein äußeres Erscheinungsbild noch stärker als bei seinem deutschen Pendant »einsilbig« in überdeutlicher Diskrepanz zur inhaltlichen Bedeutung steht.

Nestas Rückkehr reißt mich aus meinen sprachwissenschaftlichen Betrachtungen. Er hat zwei Kaffeebecher dabei, und ich bin fast versöhnt. Neben den Kaffeebecher, den er vor mir abstellt, legt er seine Visitenkarte, auf die er noch eine zweite Handynummer geschrieben hat, außerdem verkündet er, dass ich gleich einen Laptop mitnehmen könnte. Na bitte, geht doch.

Dann setzt er sich – war das wirklich ein Lächeln auf seinem Gesicht? Obwohl, bei der Stimmung, in der ich mich seit Beginn des Falles befinde, werde ich wohl auch noch nicht viel gelächelt haben. Um seinem Blick auszuweichen, betrachte ich die Visitenkarte.

»Das ist aber eine interessante Schreibweise Ihres Vornamens.« Dort steht nämlich nicht Christian, sondern Cristian, mit K hätte ich es ja noch gelten lassen.

»Das ist nicht interessant, das ist italienisch.« Das Lächeln ist wieder von seinem Gesicht verschwunden. Das habe ich wirklich toll gemacht, aber wenigstens weiß ich jetzt, woher sein Faible für Lederschuhe kommt.

Nesta ist wieder ganz bei der Sache: »Wo waren wir denn stehen geblieben, als Sie so plötzlich das Frühstück verlassen haben?«

Verlassen mussten, korrigiere ich stumm.

»Genau, wir hatten gerade festgestellt, dass alles sehr nach Selbstmord aussieht.«

»Wir?« Ich richte mich auf meinem Stuhl auf. »Ich bin davon noch keineswegs überzeugt, und da ich nun mal hier bin und diese lächerliche Campingplatznummer mitmache, werde ich auch weiterforschen, bis ich etwas finde oder der Fall eingestellt wird.«

Er zuckt nur mit den Schultern: »Gut, was wollen Sie also wissen?«

»Zuerst hätte ich gerne einen Überblick über die Personen, die sich auf dem Campingplatz befinden.« Ich greife nach meinem Kaffeebecher und schlage die Beine übereinander.

Mein Kollege lehnt sich zurück, holt tief Luft und berichtet: »Glücklicherweise sind es nicht viele um diese Jahreszeit. Zum einen die Gruppe junger Leute in den beiden Zelten auf der großen Wiese. Sie kommen alle aus Magdeburg und verbringen das lange Wochenende in Berlin. Ebenso das Ehepaar in dem Wohnmobil neben Ihnen. Die zwei in dem Bus neben den Duschen scheinen immer die ganze Saison auf dem Platz zu wohnen, wo sie sich im Winter aufhalten, konnte ich noch nicht klären. Die Adresse auf ihren Personalausweisen gehört zu einer unbewohnbaren Ruine am Rande Berlins. Offensichtlich kennen sie die Betreiber des Campingplatzes recht gut. Dann gibt es noch zwei Frauen in einem weiteren Zelt, die aus Mönchengladbach kommen, und daneben wohnt unser Freund aus dem Café. Alle Namen und Personendaten werde ich in meinem Bericht auflisten.«

»Der Typ ist merkwürdig«, werfe ich ein und füge wegen seines verständnislosen Gesichts hinzu: »Der aus dem Café.«

»Warum denn merkwürdig? Er ist in Berlin zu Besuch und hat Verabredungen, ob er jetzt im Hotel oder auf dem Campingplatz wohnt, tut doch eigentlich nichts zur Sache«, wendet Nesta ein.

»Für ein Hotel wäre er aber definitiv passender gekleidet«, murmele ich, während mir das Bild durch den Kopf schießt, wie Locke vorsichtig auf seinen Ledersohlen durch die aufgeweichte Wiese des Platzes stelzt.

»Wohin ist der Mann eigentlich so eilig verschwunden?« Nestas Frage klingt fast beiläufig, gleichzeitig habe ich aber das Gefühl, als würde er die Luft anhalten.

»In das Gebäude mit den Büros der Bundestagsmitglieder.«

»Ah, das Paul-Löbe-Haus.«

»Ich dachte, es wäre nach einer Frau benannt?«

»Sie meinen das Marie-Elisabeth-Lüders-Haus. Darin sind nur Archiv, Bibliothek und ähnliche Einrichtungen untergebracht.«

Sein Ton ist etwas belehrend und erinnert mich an Ursula. Um weiteren Unterweisungen zu entgehen, frage ich schnell: »Und wer war die Frau, mit der Locke zusammengesessen hat?«

»Die Frau eines Politikers.« Nesta ist plötzlich etwas kurz angebunden.

Ich überlege noch, ob diese Sache eine Nachfrage verdient oder erst einmal zurückgestellt werden kann, da schaut mir mein Gegenüber genau in die Augen und erklärt in nachdrücklichem Ton: »Eine Beziehung zu Irmgard Schiller, unserem Opfer, konnten wir bei keiner Person entdecken – was übrigens auch für die Selbstmordtheorie spricht.«

SAMSTAG, 11.59 UHR

Mit einem Laptop unterm Arm verlasse ich durchaus beflügelt das Polizeipräsidium. Obwohl mir Nesta sozusagen beim Hinausgehen noch mitgeteilt hat, dass unser Opfer relativ kurz vor seinem tödlichen Sturz Geschlechtsverkehr hatte. Wann genau könne man jedoch nicht sagen. Warum muss er mir so etwas zwischen Tür und Angel mitteilen? Etwas versöhnt bin ich durch sein Versprechen, mir den Bericht, den er direkt schreiben will, so schnell wie möglich per Mail zuzusenden.

Die Fahrt mit der U-Bahn zurück zum Campingplatz dauert lange. Dabei war für mich das Straßenbahnsystem von Köln schon eine deutliche Steigerung gegenüber der Bonner U-Bahn, für die der Begriff System zu hoch gegriffen ist. Schließlich ist Bonn auch die nach Einwohnerzahl kleinste Stadt mit eigener U-Bahn – war das jetzt in Deutschland oder in ganz Europa? Köln ist in dieser Hinsicht – und nicht nur in dieser – eine deutlich größere Nummer, was ich natürlich nie laut sagen würde. Aber die Fahrt mit öffentlichen Verkehrsmitteln in Berlin erscheint mir geradezu unendlich lang.

Je näher ich dem Campingplatz komme, desto bedrückter wird meine Stimmung. Auf dem letzten Stück, das ich zu Fuß zurücklegen muss, setze ich mich irgendwann einfach auf eine Bank auf einem mehr kleinen als schönen Rasenstück direkt an der Straße. Warum fühlt man sich manchmal so kraftlos und niedergeschlagen, manchmal sogar ohne jeden erkennbaren Grund?

Nicht zu verwechseln übrigens mit schlechter Laune. Schlechte Laune habe ich des Öfteren, wenn man jemanden fragen würde, mit dem ich selbst nicht mehr rede, viel öfter als nötig. Das ist aber etwas ganz anderes. Bei schlechter Laune, Wut oder auch Enttäuschung fühle ich mich eher übervoll von unangenehmen Gefühlen. Jetzt aber fühle ich mich einfach leer. Gut, im Moment könnte es am Schlafmangel liegen oder an der Tatsache, dass ich an einem Wochenende in einer fremden Stadt sitze und meine Bleibe aus zwei Quadratmetern auf Rädern besteht. Gerade bin ich dabei, mich zusammenzureißen, da klingelt mein Handy.

»Hallo, Kerstin, stör ich?«

»Ja, ich muss erst meine Kinder ins Bett bringen …«

Meine Kollegin bricht in Lachen aus, gut, Pluspunkt für sie. »Ich habe ein paar Neuigkeiten.«

Die kann ich wirklich gebrauchen. »Dann lass mal hören.«

Ursula hat sich am Morgen mit der Sekretärin im Büro von Irmgard Schiller getroffen. Im Computer der Toten gab es wenige direkte Hinweise, aber offensichtlich viel Interessantes.

»Weißt du, was mich beeindruckt hat?« Die Frage ist offensichtlich rhetorisch gemeint, denn Ursula wartet nicht auf meine Antwort: »Wie gut Irmgard bei den Evaluationen weggekommen ist. Fast nur positive Einträge, teilweise noch einmal ausdrücklich hervorgehoben, wie sehr sie sich gekümmert und für die Studenten interessiert hat.«

»Also Schleimerei?«, will ich wissen.

»Nein, abgesehen davon, dass die Urteile anonym abgegeben wurden, hört sich das alles nicht nach Schleimerei an, sondern nach echter Überzeugung.«

Ich verbeiße mir die Frage, woran sie das bei einer schriftlichen Evaluation erkennen könne, wenn man den Unterschied zu echten Komplimenten manchmal sogar bei einem Menschen, der einem gegenübersteht, kaum erkennen kann. Aber was hätte den Studenten das Schleimen in diesem Fall genützt?

Mein Schweigen offensichtlich richtig deutend, kommt aus dem Hörer auch schon die Ermahnung: »Sei nicht immer so kritisch!«

»Ist ja gut«, brummele ich zurück.

»Aber das Beste ist«, meine Kollegin klingt mit einem Mal richtig begeistert, »die hatte mal was mit einem Studenten.«

»Woher weißt du das denn?«

»Frau Haller, also die Sekretärin, hat so etwas angedeutet. Wusste allerdings nicht wirklich viel darüber, aber glücklicherweise wusste Henry etwas mehr.« Glücklicherweise muss ich wieder nicht nachfragen, denn sie fährt direkt fort:

»Henry arbeitet an der Aufsicht des Germanistischen Seminars. Passt auf, dass keine Bücher mit rausgenommen werden, und berät und informiert, weiß einfach alles – sagt die Sekretärin. Henry hat mir lang und breit erklärt, warum er so sicher ist, dass Irmgard

Schiller ein Verhältnis mit einem Studenten hatte, und auch, welcher es sein könnte.«

»Woher weiß dein neuer Freund das?«

»Oh, er weiß das nicht, er meint, es sei mehr so ein Gefühl.«

Na prima, wenn wir jetzt schon Gefühle als Ermittlungsgrundlage brauchen, dann sind wir in diesem Fall noch schlechter dran, als ich bisher gemeint habe.

Ursula scheint meine Gedanken zu erahnen. »Ich weiß, das ist nicht viel, aber immerhin eine Spur, der man nachgehen kann. Ich glaube schon, dass Henry dafür einen Riecher hat, schließlich ist er Franzose.«

»Sieht er denn auch gut aus, dein Franzose?«

»Sei doch nicht so zickig, es ist schließlich mal eine Information. Und er sieht gut aus, ich wollte dich nur nicht neidisch machen.«

»Und?«, frage ich sehr kurz angebunden nach weiteren Informationen.

»Nun, leider weiß Henry den Namen nicht mehr, er meinte aber, es wäre der eines Diktators gewesen.«

Ich verdrehe die Augen, was Ursula glücklicherweise nicht sehen kann. Die ist sowieso schon beim nächsten Thema.

»Leider war weder auf dem Computer noch im Kalender oder irgendwo sonst ein Hinweis zu finden, warum Irmgard in Berlin war. Natürlich kümmern wir uns noch um die gelöschten Dateien, aber das dauert etwas – übrigens auch um die gelöschten Mails, von denen Frau Haller erzählt hat. Mails, die Irmgard Schiller wohl nicht nur direkt gelöscht, sondern auch aus dem Papierkorb entfernt hat.«

»Woher weiß die Sekretärin dann überhaupt von diesen Mails?«, werfe ich ein.

»Das habe ich mich auch gefragt«, meint Ursula dazu nur trocken. »Diese Frau Haller hat mir erzählt, in den letzten Monaten hätte ihre Chefin einige Treffen gehabt, über die sie nicht informiert gewesen sei.«

»Na ja, vielleicht findet sich eine wichtige Information unter den Sachen aus Irmgards Wohnung oder in ihrem Computer dort«, werfe ich ein.

»Nur«, die Stimme meiner Kollegin ist etwas lauter geworden, »Irmgard Schiller hatte zu Hause gar keinen Computer.«

»Wie bitte?«

»Wir haben keinen gefunden, und ihr Mann wusste auch nichts von einem Gerät.«

»Komisch.«

»Ja, äußerst komisch.«

Das Wort hallt noch in meinem Ohr, als ich längst das Gespräch mit Ursula beendet habe und gedankenverloren auf der Bank sitze. Missmutig starre ich auf die graue Häuserreihe gegenüber. Wie viel lieber würde ich jetzt die Nachforschungen an der Universität betreiben. Noch einmal durch die langen Gänge laufen, die alten Holzbänke in den Hörsälen ansehen und den einzigartigen Geruch der Bibliotheken schnuppern …

Gut, in den wenigen Semestern, die ich tatsächlich an der Kölner Universität studiert habe, fand ich die Gänge eher unübersichtlich, die Hörsäle zu voll und die Bibliotheken zu staubig. Lange hielt ich es auf jeden Fall nicht aus, und mein damaliger Abstecher von Bonn nach Köln war schnell zu Ende. Damals war ich überzeugt gewesen, eher nach München, Hamburg oder Berlin zu gehen, als nach Köln zurückzukehren – aktuell wäre mir, offen gestanden, Köln wesentlich lieber als die riesige, fremde Hauptstadt.

In diesem Moment fängt es auch noch an, leicht zu nieseln. Wenigstens ist der Laptop in eine Plastiktüte gewickelt, muss ja nicht jeder gleich sehen, wie gut ich technisch ausgestattet bin. Durch den immer stärker werdenden Regen laufe ich weiter zum Campingplatz und freue mich zum ersten Mal auf mein fahrendes Heim, wenigstens ist es trocken und auch erstaunlich warm.

Am Platzeingang will ich schwungvoll die Gittertür aufstoßen und laufe mit Wucht dagegen. Warum ist die Tür mitten am Tag abgeschlossen? Nicht so schlimm, ich habe ja den Zugangscode – aber leider in der anderen Hose, wie ich nach einem Griff in die Tasche feststellen muss. Langsam werde ich immer nasser, was sich negativ auf meine Laune auswirkt. Da sehe ich eine Bewegung im Büro des Campingplatzes. Ich rufe und hämmere gegen das Stahltor, nicht ganz die feine englische Art, aber dafür wirkungsvoll. Langsamen Schritts kommt endlich jemand aus dem Büro und schließt für mich die Gittertür auf.

Der junge Mann nickt mir nur kurz zu und trollt sich dann direkt wieder in Richtung Büro. Etwas unschlüssig schaue ich ihm hinterher – er wollte weder wissen, wer ich bin, noch, was ich will, oder kennt er mich, nur ich ihn nicht? Kurz entschlossen gehe ich ihm hinterher.

»Hallo, mein Name ist …«, Mist, ich komme schon wieder ins Stocken, »Vanessa. Ich glaube, wir sind uns noch nicht begegnet.«

Er schaut aus seinem Sessel zu mir hoch. »Ich bin der Tobi.« Mehr scheint er dazu nicht zu sagen zu haben.

Es bringt ihn auch gar nicht aus der Ruhe, dass ich einfach vor ihm stehen bleibe und ihn unverhohlen mustere: Mit seinen dichten dunkelblonden Locken, den blauen Augen und der Nickelbrille sieht der junge Mann nicht unbedingt schlecht aus, mir ist er aber insgesamt etwas zu, wie soll ich sagen, schmierig. Die Haare sind nicht ungepflegt, aber eine Spur zu lange nicht gewaschen, die Gesichtszüge sind zu unscharf durch den leichten Hang zum Übergewicht, seine Finger, die etwas nervös mit einem Ernie-Badeente-Schlüsselanhänger spielen, erinnern an Würstchen, und der Blick, der genauso auf mir ruht wie meiner auf ihm, ist nicht klar, sondern leicht verschleiert.

»Ist Jacqueline nicht da?«, versuche ich jetzt ein Gespräch in Gang zu bekommen.

»Nein.«

Mein Gott, ist der Junge gesprächig. Hat Marianne nicht gesagt, er plaudere gerne? Wohl nicht mit jedem. Doch so leicht gebe ich mich nicht geschlagen.

»Jacqueline hat gesagt, wenn ich eine Frage hätte, könnte ich mich jederzeit an sie wenden.« Ich bin mir nicht mehr sicher, ob die junge Frau bei meiner Anmeldung auf dem Campingplatz so etwas wirklich wörtlich gesagt hat, aber ihre nette, hilfsbereite Art legt eine solche Annahme durchaus nahe.

»Du kannst auch mich fragen.«

Na ja, immerhin ein Anfang, nur – was soll ich fragen?

»Ist das«, ich deute mit dem Daumen über meine Schulter, »ein öffentliches Hallenbad?« Etwas Besseres ist mir leider auf die

Schnelle nicht eingefallen, hoffentlich hat er mich heute Morgen nicht in das Schwimmbad gehen sehen!

»Hmm.«

War das jetzt ein Ja oder Nein? Egal, ich weiß die Antwort ja eigentlich. Meine Güte, wie kann ich diesem Typ ein paar Informationen entlocken?

Doch erstaunlicherweise liefert Tobi mir das Stichwort selbst: »Du siehst nicht aus wie eine Camperin.« Immer noch liegt sein musternder Blick auf mir – und meiner auf ihm?

Ich lächle zur Abwechslung mal. »Wie sieht denn der normale Camper aus?«, will ich wissen.

»Anders.«

Ja super, das war's wohl schon wieder mit dem Gespräch. »Waren hier noch nie Typen, die überhaupt nicht aussahen wie Zeltplatzbesucher?«

»Hm, der eine Kerl, der im Moment da ist, der mit den Schmalzlocken.«

Das sagt der Richtige, denke ich.

Tobi ist wieder in Schweigen verfallen, aber er hat dabei anscheinend nachgedacht, denn nach einer Pause fährt er fort: »Sonst weiß ich keinen.«

Schon will ich aufgeben und setze zum Gehen an, da fügt er noch hinzu: »Außer der eine Kerl natürlich.«

Ich ziehe meine Augenbrauen hoch.

»Weißte, da war vor Kurzem so ein Typ, der hat ein paar Fragen zum Platz gestellt – im Auftrag von seiner Tochter. Aber mal ehrlich, wenn Papi schon Zweihundert-Euro-Jeans trägt, was will die verwöhnte Göre dann hier? Ist auch bisher keine gekommen, die zu dem Typen gepasst hätte, hätt mich auch gewundert.«

»Wann war dieser Mann denn hier?«, versuche ich das Eisen zu schmieden, solange es heiß ist – oder eher lauwarm in Tobis Fall.

Er starrt so lange auf die Wand gegenüber, dass ich anfange zu zweifeln, ob er meine Frage überhaupt wahrgenommen hat, doch dann gibt er sich einen Ruck: »Kurz bevor ich zu meinen Eltern nach Rostock gefahren bin.«

»Und wann war das?« Inzwischen kann ich meine Ungeduld kaum noch kontrollieren. Wie kann ein Mensch so langsam sein?

Wieder folgt eine Pause, diesmal aber etwas kürzer: »Ich war so zehn Tage bei denen, gestern Abend bin ich zurückgekommen.« Erschöpft sinkt er noch tiefer in seinen Sessel.

Draußen regnet es immer noch. Im Laufschritt eile ich zu meinem Campingmobil. Dabei überlege ich, ob ich irgendwie noch mehr Informationen aus Tobi hätte herausbringen können. Na ja, vielleicht versuche ich es morgen noch einmal. Jetzt will ich erst einmal ins Trockene.

SAMSTAG, 16.37 UHR

Gemütlich im Stuhl zurückgelehnt, ein frisches Bier in der Hand, sitze ich in der Sonne. Gut, es ist kein Kölsch, aber das bekommt man in der Regel sowieso nur in einem nicht besonders großen Radius rings um Köln. Glücklicherweise wenigstens in Bonn, da mich das nach dieser Stadt benannte Bier noch nie besonders überzeugt hat. Jetzt tut es auch das Pils in meiner Hand.

Ganz kurz, aber wirklich nur ganz kurz, habe ich darüber nachgedacht, ob ich das Bier annehmen darf, schließlich bin ich eigentlich im Dienst. Aber irgendwelche Vorteile muss dieses Undercover-Camping haben. Der Begriff kommt mir bekannt vor: Undercover-Camping. Irgendwann hat es doch einmal einen »Tatort« gleichen Namens gegeben, ach ja, mit diesem Hamburger Duo. Na ja, singen werde ich auf jeden Fall nicht.

Dafür schaue ich mir die Magdeburger Gruppe etwas genauer an. Heike scheint sich wirklich gefreut zu haben, dass ich die Einladung von heute Morgen angenommen habe. Das finde ich nicht selbstverständlich. Wie viele Einladungen werden schließlich in der Hoffnung ausgesprochen, dass niemand jemals darauf zurückkommt. Sie steht jetzt gerade mit den meisten der anderen um den Grill herum, um zu diskutieren, ob die Kohle schon heiß genug ist, um die Würstchen daraufzulegen – also auf den Grill.

Niemand scheint von mir zu erwarten, dass ich mich an der Diskussion beteilige, also lasse ich es auch bleiben, denn das Für und Wider von mehr oder weniger Glut habe ich schon oft genug mit erörtert. Genauso wie die Vor- und Nachteile verschiedener Kohlearten oder Holz als Feuerungsmittel. Nicht dass ich in den letzten Jahren – oder kann man schon Jahrzehnten sagen? – zu irgendeinem Ergebnis gekommen wäre, geschweige denn meine jeweiligen Diskussionspartner. Aber diese Erörterungen werden, glaube ich, auch nicht ergebnisorientiert geführt. Der Weg beziehungsweise die Diskussion ist das Ziel.

Außer mir diskutiert nur einer nicht mit, der auf seinem Stuhl im Schatten der Büsche sitzt und die Kapuze seines schwarzen Sweatshirts tief in die Stirn gezogen hat. Menschen mit Kapuzen erregen mein Misstrauen, oder sagen wir einmal neutraler, mein

Interesse. Denn meistens haben sie etwas zu verbergen vor der Welt, und wenn es nur sie selbst sind. Schlechtes Wetter lasse ich als weiteren Grund jetzt mal außen vor.

Inzwischen löst sich die Gruppe um den Grill auf, nur einer bleibt als Wache neben den Würstchen stehen.

»Eigentlich schade für dich, dass du gestern erst gekommen bist, da hast du ja das Beste verpasst.«

Während er sich in den Klappstuhl neben mir plumpsen lässt, streicht sich mein neuer Nachbar keck eine braune Haarsträhne aus den leuchtend blauen Augen und strahlt mich mit einer Reihe wirklich beeindruckend weißer Zähne an. Er ist der Schönling der Gruppe, ganz ohne Frage. Das denkt er selbst und auch die weiblichen Mitglieder, wie man unschwer feststellen kann. Mir persönlich ist er etwas zu klein, aber das liegt wahrscheinlich eher an meiner eigenen Größe.

Besser kann es für mich gar nicht laufen. Ohne dass ich fragen muss, kommt jemand von selbst auf den Mord zu sprechen – Todesfall, höre ich Nesta mich verbessern. Wenigstens muss ich nicht mehr erstaunt tun, längst bin ich auch auf dem Platz offiziell in den Kreis der Eingeweihten aufgenommen.

»Das war sicherlich ziemlich aufregend für euch?« Das Fragezeichen am Ende meines Aussagesatzes versuche ich so gut wie möglich hörbar zu machen. Doch meiner indirekten Aufforderung, weiter über den Fall zu reden, hätte es gar nicht bedurft.

»Du scheinst dich ja glänzend zu amüsieren, Johann«, wendet sich die Blondine mir gegenüber vehement an meinen Sitznachbarn. »Hast du völlig vergessen, dass da gestern eine Frau ums Leben gekommen ist?« Empört funkelt sie zu ihm herüber und wirft dabei ihre langen blonden Haare nach hinten. Ob die Empörung echt ist oder nur Kulisse, um ihre hellen Augen und die langen Wimpern in Szene zu setzen, kann ich nicht sagen.

»Aber die Frau wollte doch sterben, schließlich war es Selbstmord«, werfe ich ein und hoffe, diese Frage heute Morgen mit Heike noch nicht erörtert zu haben. Wenn man andauernd Gespräche führt, bei denen man sich unwissender stellen muss, als man ist, verliert man schnell den Überblick.

»Warum hätte sie sich umbringen sollen?«

Ich zucke etwas zusammen. Zum einen habe ich nicht mit einer Bemerkung von dem dunklen Kapuzentyp – Slobo ist sein Name, wie ich inzwischen herausgehört habe – gerechnet, zum anderen nicht mit diesem aggressiven Tonfall.

»Natürlich war es kein Selbstmord, da ist doch dieser Typ weggerannt.«

»Franziska!«

Die Blondine schaut überrascht von ihren Fingernägeln auf, als ihr von allen Seiten gleichzeitig böse Blicke und Ausrufe zugeworfen werden. Unsicher sehen mich daraufhin alle an, der Würstchenaufpasser fasst sich als Erster.

»Weißt du, wir sind uns nicht sicher, wir saßen alle hier draußen, also fast a…« Er stockt, als er den Blick von Heike auffängt.

»Auf jeden Fall, es war schon spät, wir hatten alle was getrunken«, erklärend deutet er auf ein leeres Bierfass, »und waren uns nicht sicher. Darum haben wir auch der Polizei nichts gesagt, und es wäre gut, wenn das so bleibt.« Erwartungsvoll sieht er mich an.

Was soll ich jetzt antworten? »Reingefallen, du hast es gerade selbst der Polizei erzählt!« Eher nicht. Ihm gerade ins Gesicht lügen will ich aber auch nicht, obwohl meine Anwesenheit eine einzige große Lüge ist.

Ich setze mein freundlichstes Lächeln auf und versuche es mit dem, was in solchen Situationen meistens wirkt: mit einer Gegenfrage: »Den Schrei der Frau habt ihr aber sicher mitbekommen, oder? Schließlich haben Marianne und Manfred das bis draußen auf den Parkplatz gehört. Und ihr sitzt hier fast direkt an den Schwimmbecken.« Ich weise zu den Büschen, die den Zeltplatz meiner Gastgeber von den leeren Betonbecken trennen.

Aufmunternd schaue ich in die Runde: Franziska poliert vehement ihre Fingernägel, Slobo hat sich schon längst wieder ganz in seine Kapuze verkrochen, der Grillmeister beschäftigt sich intensiv mit den Würstchen, und Johann tut so, als würde er über die Schulter des dritten weiblichen Gruppenmitglieds plötzlich intensiv ihr Buch mitlesen. Ob Bölls »Gruppenbild mit Dame« geeignet ist, um mittendrin einzusteigen?

Nur Heike sieht mich offen und prüfend an – habe ich schon zu viel Interesse gezeigt? Aber jetzt mal ehrlich, auch wenn ich nicht bei der Kripo wäre, würde mich ein Mord oder auch Selbstmord doch interessieren!

»Natürlich haben wir den Schrei gehört.«

Das steht jetzt aber so nicht in der Aussage der Gruppenmitglieder.

»Aber wir haben uns nichts dabei gedacht.«

Bitte? Beim Todesschrei eines Menschen, gerade mal zwanzig Meter entfernt, nichts gedacht?

»Weißt du, wie gesagt waren wir nicht mehr ganz nüchtern und außerdem«, sie zögert, »etwas in Streit geraten.«

»Und wie war das mit dem Klirren, als ob etwas runtergefallen ist?«, wirft Franziska ein. Wieder erntet sie böse Blicke von ihren Freunden, worauf sie allerdings nur mit einem Schulterzucken reagiert.

Ich registriere ihren Einwurf ohne Kommentar und überlege, wie viele Fragen ich mir noch leisten kann, ohne das Misstrauen vollends auf mich zu ziehen. Eine? Oder wäre das schon eine zu viel? Wer nicht wagt, der nicht gewinnt.

»Verstehe«, fange ich vorsichtig an, »man rechnet ja auch kaum mit einem Selbstmord direkt nebenan.«

Alle scheinen sich etwas zu entspannen, auch die Leserin blättert nach einigen viel zu langen Minuten endlich mal wieder eine Seite um.

»Aber wie konnte euch dann auffallen, dass jemand weggerannt ist?«, frage ich.

Umgehend ist das Misstrauen wieder da. Gerade befürchte ich, sie würden mich auffordern, ihre Runde zu verlassen, da kommt die Rettung, und zwar in Person von Marianne.

Ohne die angespannte Stimmung zu bemerken, bahnt sie sich ihren Weg direkt zum Grillmeister. »Sag mal, glüht eure Kohle schon? Wir wollten nämlich gerade unseren Grill anschmeißen, da sagt der Manfred, da grillt doch schon jemand. Der Manfred hat nämlich eine ungeheuer empfindliche Nase. Und da dachte ich, frag doch mal nach, ob wir unser bisschen Fleisch hier mit drauflegen dürfen.«

Sie schaut sich in der Gruppe fragend um, und da alle irgendwie ihre Zustimmung signalisieren, kommt jetzt auch Manfred heran, in der Hand schon eine Tüte mit Grillsachen. Während Marianne wieder verschwindet, um nach und nach Stühle, Tisch, Geschirr, Besteck, zwei Salate und einige andere Dinge zu holen, beginnt am Grill eine neue Diskussion – diesmal unter Einschluss von Manfred – um die Frage, ob die Würstchen fertig sind oder nicht. Ich persönlich bin ja der Meinung, dass Würstchen mit schwarzen Stellen schon länger fertig sind, aber ich halte es für klüger, mich mit dieser Meinung nicht einzubringen.

Stattdessen wundere ich mich. Wie kann die Gruppe jemanden gehört haben? In der Umzäunung des Platzes gibt es nur an einer Stelle Möglichkeiten, hindurchzukommen. Der Weg vom Sprungturm zu diesem Teil des Zauns ist zwar direkt und kurz, aber viel zu weit weg vom Zeltplatz der Gruppe. Natürlich hätte ein Fremder auch an jeder anderen Stelle über den Zaun klettern können, aber das hätte ihn aufgehalten. Oder der Täter befindet sich immer noch auf dem Platz?

Wie auch immer, irgendjemand ist vom Sprungturm weggerannt. Wie passt das zum vermeintlichen Selbstmord?

SAMSTAG, 19.35 UHR

Endlich ist es dunkel geworden. Eigentlich geht mir zu dieser Jahreszeit die Sonne schon wieder viel zu früh unter, aber heute habe ich sehnsüchtig darauf gewartet, dass es dunkel wird, um ein kleines Experiment durchzuführen. Denn während ich eben am Grill gesessen habe, ist mein Blick am Sprungturm hängen geblieben. Am Zehnmeterturm. Vom Standort meines Wohnmobils aus verdecken die Sträucher um die gesamte frühere Schwimmanlage die Sprungtürme, aber hier lässt die Begrünung den Blick auf das höchste Sprungbrett frei. Die Grillgruppe hatte in der Tatnacht also nicht nur die Möglichkeit, Irmgard Schiller zu hören, sondern auch, sie zu sehen.

Jetzt will ich in der Dunkelheit ausprobieren, ob ich auf dem Sprungbrett stehend von unten gesehen werden würde. Denn richtig dunkel wird es hier nicht, wie ich gestern Abend schon festgestellt habe. Zwar ist der Campingplatz mehr als spärlich beleuchtet, aber den Himmel erhellen stets die Lichter der Großstadt.

Meiner Geduld ist es auch überhaupt nicht zuträglich gewesen, dass die Gespräche – von meiner Warte aus – immer uninteressanter geworden sind. Manfred und der Würstchenchef der Magdeburger Gruppe, inzwischen weiß ich auch, dass er Klaus heißt, haben sich nahe am Bierfass niedergelassen und über Fußball diskutiert. Zwar gehöre ich durchaus zu den Frauen, die wissen, welche Mannschaften in der Ersten beziehungsweise Zweiten Bundesliga sind, je nachdem, in welcher Liga der FC gerade spielt. Das Interesse für den Kölner Fußballclub ist sogar eine Leidenschaft, die ich schon aus Bonn mitgebracht habe und die ich immer noch mit demjenigen teile, wegen dem ich Bonn verlassen habe und mit dem ich seitdem nichts mehr teile. Aber Diskussionen über den deutschen Lieblingssport, vor allem nach ein paar, oder auch mehr, Bierchen, gehören definitiv nicht zu meinen bevorzugten Unterhaltungen.

Irgendwann hat auch die Böll-Leserin ihr Buch zur Seite gelegt. Marie, so habe ich inzwischen aus den Gesprächen der anderen herausgehört, ist nicht Teil der Magdeburger Gruppe, sondern mit ihrer Freundin irgendwo aus dem äußersten Westen angereist. War da nicht irgendjemand aus Mönchengladbach? Marie beschäftigt sich auf jeden Fall sehr intensiv mit Johann – zu dessen ungeteilter Freude und dem deutlichen Verdruss von Franziska. Deren Gespräch mit Marianne, das Letztere im Prinzip als Monolog führt, lässt ihr auch reichlich Gelegenheit zur Beobachtung.

Die einzige Unterhaltung, die mich wirklich menschlich, aber auch beruflich interessiert, ist die zwischen Heike und Slobo. Deren Flüsterton und Körperhaltung laden aber nicht dazu ein, sich einfach mal einzuklinken. Von Maries Zeltkameradin und Locke ist die ganze Zeit nichts zu sehen gewesen, ebenso wenig von dem Dauercamperpärchen neben den Umkleiden.

Bevor ich mich von meinem Stuhl erhebe, überlege ich, ob ich mich allseits vernehmlich ins Bett abmelden oder einfach verschwinden soll. Nach einem erneuten Blick in die Runde entscheide ich mich für das Zweite. Möglichst unauffällig schlendere ich also in Richtung meines Campinggefährts, um mich außen um den Schwimmbereich herum bis zu den Sprungtürmen vorzuarbeiten.

So hell der Himmel auch ist, am Boden ist es stockdunkel. Eine Taschenlampe möchte ich nicht benutzen, und so taste ich mich langsam durch Gras und Büsche. Ein bisschen komme ich mir vor wie Winnetou oder Old Shatterhand, obwohl diese natürlich nur auf den Finger- und Zehenspitzen den Weg hinter sich hätten bringen müssen. Eine Anschleichart, die ich zu gern einmal von einem Könner vorgeführt bekommen würde, am liebsten natürlich von Pierre Brice oder auch von Erol Sander. Aua, ein Ast schlägt mir schmerzhaft ins Gesicht. Winnetou wäre das sicher nicht passiert.

»Komm mit, die Büsche von gestern waren doch ganz nett, meinst du nicht?«

Meine Güte, wer ist das? Fast habe ich mein Ziel erreicht, da warnt mich eine Stimme vor entgegenkommenden Campern. Wer schlägt sich denn um diese Zeit hier mitten in die Büsche – außer mir natürlich?

»Warum musst du denn immer diese Tasche mitschleppen?«

Jetzt erkenne ich die Stimme, es ist Johann, der offensichtlich jemanden durch die Büsche lotst.

»Jetzt zerr doch nicht so, Mann, hast du es eilig«, antwortet eine Frau. Allerdings bin ich mir nicht ganz sicher, um wen es sich handelt. Die Stimme habe ich noch nicht oft gehört.

»Hast du es nicht eilig?« Danach folgen ganz deutliche Kussgeräusche.

Oh nein, warum müssen sich die zwei gerade diese Büsche für ein Schäferstündchen aussuchen? Sie kommen immer näher, und mir bleibt nur der Rückzug. Möglichst leise, wenn auch nicht unhörbar, kämpfe ich mich aus den Büschen wieder heraus. Doch die beiden sind offensichtlich zu sehr mit sich beschäftigt, als dass sie auf das gelegentliche Knacken und Rascheln geachtet hätten. Leises Murmeln begleitet meinen Rückzug, einmal dringt ein stärkeres Prasseln zu mir, offensichtlich haben die beiden sich irgendwo niedergelassen.

Jetzt bleibt mir nur der Weg durch den Schwimmbereich. Diesen habe ich aus verschiedenen Gründen gemieden. Vor allem kann ich dort besser gesehen werden, außerdem sind meine Schritte auf den Betonplatten sicherlich sehr deutlich zu hören. Aber es hilft nichts. Langsam hangele ich mich an einem der Becken vorbei, die früher dazu dienten, sich abzuduschen und die Füße vor dem Schwimmbereich zu reinigen. Da das Wasser in diesen Becken grundsätzlich, selbst im Hochsommer, eiskalt ist, war ich schon als Kind Meisterin darin, mich daran vorbeizuschummeln. Jetzt habe ich sogar den Vorteil, dass ich keinen Bademeister fürchten muss, der mich wegen meines Manövers lautstark verwarnt.

Trockenen Fußes komme ich im Schwimmbereich an. Jetzt muss ich aber doch meine Schuhe ausziehen, denn schon nach einem Schritt wird mir klar, dass ich sonst nicht ungehört an den beiden Buschromantikern vorbeikomme. Barfuß – lieber jetzt richtig kalte Füße als nachher nasse Strümpfe – schleiche ich zur Sprunganlage.

Da bleibe ich plötzlich wie angewurzelt stehen. Ein Schatten klettert gerade die Leiter des Sprungturms herunter. Ob die Person mich gesehen hat? Was hat der oder die hier zu suchen? Entschlossen gehe ich weiter, doch schlangengleich ist der Schatten die Leiter herunter und im Dunkeln der Büsche verschwunden. Ich muss an die Legende denken, dass Mörder immer an den Ort ihrer Tat zurückkehren, die ich selbst durch meine Erfahrung allerdings nicht bestätigen kann. Wer auch immer es war, als ich endlich zum Fuß der Leiter komme, ist er oder sie nicht mehr zu sehen.

Durch den Zwischenfall lasse ich mich nicht von meinem Vorhaben abbringen. Leise klettere ich die erste Leiter hoch auf das Dreimeterbrett. Vorsichtig luge ich über den Rand. Eigentlich finde ich Dreimeterbretter nicht besonders beeindruckend, aber über einem leeren, meiner Ansicht nach auch besonders tiefen Sprungbecken und im Dunkeln erscheint selbst dieses Brett bereits erschreckend hoch.

Entschlossen erklimme ich die nächste Leiter. Doch auf dem Fünfmeterbrett zögere ich. Dabei bin ich gerade mal bis zur Hälfte gekommen und muss eigentlich noch einmal fünf Meter nach oben – leichte Bewunderung für die Tote steigt in mir auf. Da kommt so eine gut gekleidete Professorin von der Uni und erklimmt ohne mit der Wimper zu zucken einen Zehnmeterturm in Berlin.

Ich gehe vorn an die Absprungkante, um mir das Zehnmeterbrett zuerst einmal von unten anzusehen. Von hier oben kann man die Umrisse des Hallenbads und die Lichter vom Parkplatz sehen. Die Gruppe am Grillfeuer ist noch durch Büsche verdeckt. Nur die weiter hinten am Zaun stehenden Zelte von Locke und den beiden Frauen aus Mönchengladbach kann ich erahnen, ebenso die Umkleideräume und den daneben aufgebauten VW-Bus.

Langsam drehe ich mich in die Richtung meines Campinggefährts und des Mobils meiner Nachbarn aus Mettmann. Unwillkürlich strecke ich dabei meine Hand nach dem Seitengeländer des Sprungbretts aus, unbewusst spüre ich das kühle Metall – doch plötzlich gibt das Geländer nach, und die dichte Dunkelheit unter mir kommt unaufhaltsam auf mich zu.

SAMSTAG, 20.43 UHR

»Du bist ja nicht gefallen.« Meine Kollegin scheint völlig unberührt, während mir noch immer die Hände zittern. »Sei doch froh, dass du so gut reagiert und dich direkt auf den Boden geschmissen hast. Übrigens verdankst du dein gutes Reaktionsvermögen wohl eher deiner Ausbildung bei der Polizei. Als reine Akademikerin hättest du erst reagiert, wenn du schon zehn Meter weiter unten gelegen hättest.«

Wie Irmgard Schiller, denke ich und muss, auch wenn ich diesen erneuten Seitenhieb auf meine Universitätserfahrung als völlig unnötig ansehe, Ursula insgeheim recht geben.

Ihr Anruf ist außerdem genau im richtigen Moment gekommen.

Wie in Trance bin ich nach meinem Beinahe-Unfall vom Sprungturm gestiegen und möglichst leise quer über den Schwimmbereich zu meinem Wohnmobil gelaufen. Wie leise ich dabei wirklich gewesen bin und vor allem wie gut sichtbar mitten zwischen den Schwimmbecken ohne verdeckenden Pflanzenwuchs, kann ich allerdings nicht sagen. In meinem Wohnmobil angekommen, habe ich mich in Ermangelung weiterer Sitzmöglichkeiten auf mein Bett plumpsen lassen und gerade versucht, meine Gedanken zu ordnen, als mein Handy klingelte.

Als Erstes habe ich leise geflucht, weil ich vergessen hatte, es lautlos zu schalten. Wenn es bei meinem Weg durch die Büsche geklingelt hätte, wäre ich selbst dann aufgefallen, wenn ich die Indianer-Schleichtechnik angewandt hätte. Gut, dass Winnetou kein Handy hatte. Aber der wäre sicher so vorausschauend gewesen, es in solch wichtigen Situationen auszustellen. Prinzipiell war ich aber froh über das Klingeln meines Mobiltelefons, denn das holte mich zurück in die Realität.

»Kerstin?«

Ursulas Ton klingt etwas besorgt. Wie lange habe ich schon in den Hörer geschwiegen? Was hat sie mir alles erzählt? »Hast du schon mal einfach auf dem Rücken gelegen und in die Sterne gesehen?«

Sie lässt sich nicht anmerken, ob sie von meinem offensichtlich zusammenhanglosen Geschwafel überrascht ist. »Hie und da schon mal, warum?«

»Ja, ich auch, aber es waren eher romantische Gelegenheiten, Camping mit einer Jugendgruppe, am Lagerfeuer mit einem bestimmten Menschen, abends auf dem Balkon mit einem auch sehr speziellen, aber heute, da war es anders.«

»Na ja, bei den anderen Malen ging ja auch kein Fast-Unfall mit möglicher Todesfolge voraus, oder?«

Meine Güte, da versucht man sich in philosophischen Anwandlungen, und was kommt! »Das meine ich nicht, aber mir ist auf einmal klar geworden, wie viele Sterne da draußen sind, wie viele helle Lichtpunkte in einem unbeschreibbar großen Raum. Kennst du Joseph Roth?«

Die Frage ist rein rhetorisch, denn trotz meines Germanistikstudiums steckt mich Ursula mit ihren Literaturkenntnissen locker in die Tasche.

»Als Carl Joseph in den Ersten Weltkrieg zieht und zum ersten Mal versteht, dass es noch andere Länder auf der Welt gibt, wie als würden wir heute in den Sternenhimmel sehen. Die Erkenntnis, wie unbedeutend der einzelne Mensch und sein Schicksal ist, genau das habe ich heute erlebt.«

Kurzes Schweigen, dann ganz leise: »Ich verstehe dich. Weißt du, wir waren letztens mit den Kindern im Planetarium und sind virtuell immer weiter von der Erde weggeflogen, an den Planeten vorbei, aus der Milchstraße heraus, und plötzlich waren wir außerhalb des Universums – es gibt einfach Momente, in denen man merkt, wie klein man eigentlich ist.«

Dankbar schweige ich einen Augenblick. Ich hatte schon Angst, sie würde mich nicht verstehen.

Aber wie klein ich auch immer im Universum bin, hier auf der Erde habe ich im Moment einen Fall zu bearbeiten. Ich räuspere mich: »Warum rufst du eigentlich jetzt noch an?«

»Eben habe ich noch einmal meine Mails gecheckt und den Abschlussbericht aus Berlin gefunden.«

Abschlussbericht? Irgendwie habe ich das Gefühl, im falschen Film zu sein. Während ich bei meinen Nachforschungen an der Spree fast in den Tod stürze, hat meine Kollegin am Rhein schon den Abschlussbericht aus Berlin. »Ich kenne den Bericht noch gar nicht.« Das klingt etwas, nein sehr gereizt.

»Nicht?« Sie beachtet meinen Ton gar nicht. »Na, dann gebe ich dir mal die wichtigsten Dinge durch: Nach Ansicht von Hauptkommissar Nesta hat Frau Schiller Selbstmord begangen durch einen Sprung vom Zehnmeterturm in bekanntem Freibad. Bei keiner der Verletzungen konnte Fremdverschulden nachgewiesen werden. – Kerstin? Warum sagst du nichts?«

Von meiner erneuten Sprachlosigkeit ist Ursula offensichtlich irritiert.

»Es tut mir leid.« Das scheint sie ernst zu meinen, auch wenn ich nicht genau weiß, was ihr leidtut.

»Schon gut.« Ich versuche, möglichst überzeugend zu klingen. »Lass uns morgen weiterreden.«

SONNTAG, 9.18 UHR

Zufrieden schaue ich in den Spiegel. Heute habe ich die besten Klamotten aus den Tiefen meiner Reisetasche heraufgeholt, auf dem Campingplatz habe ich bisher keine Verwendung für sie gehabt. Schon will ich mich zur Tür wenden – halt, ich werde meine Aufmachung noch durch eine Hochfrisur krönen. Eigentlich trage ich mein Haar ungern zusammengefasst. Ich sehe dann so streng aus, fühle mich auch so und benehme mich am Ende auch noch passend zur Frisur. Überhaupt spiegelt entweder meine Stimmung die Verfassung meiner Haare wider oder umgekehrt. Und jetzt fühle ich mich nach Hochfrisur.

Noch einmal zögere ich, bevor ich die Tür aufmache. Wie soll ich die Menschen, die mir in Kürze gegenübersitzen werden, anreden? Auf ihren Zorn, ihre Enttäuschung und ihre Wut, mich, ihre Campingkumpanin, als Polizistin wiederzusehen, habe ich mich inzwischen mehr oder weniger vorbereitet, aber ich bin und bleibe unschlüssig, ob ich im Verhör beim vertrauten »Du« des Campingplatzes bleiben soll oder nicht. Ich verschiebe diese Entscheidung auf später.

Endlich verlasse ich also die Damentoilette, die ich nach meiner Ankunft im Polizeipräsidium als Erstes aufgesucht habe, um mich meines Äußeren zu vergewissern. Als ich das Büro meines Kollegen betrete, erdolcht mich dieser mit Blicken, während seine Antwort auf mein »Guten Morgen« ein unverständliches Genuschel bleibt. Meine Güte, was habe ich diesem Mann eigentlich getan? Na gut, ehrlich gesagt weiß ich es.

Nach dem Telefonat mit Ursula habe ich gestern Abend zuerst überlegt, mich direkt schlafen zu legen. Aber wer kann schon schlafen, wenn er gerade dem Tod entronnen ist – oder wenigstens einer schweren Verletzung? Ich griff also erneut zum Telefon und rief Alexandra an. Alex ist zum einen eine Freundin aus Grundschultagen, und zum anderen konnte ich mir sicher sein, dass sie mehr mit Verständnis und Freude als mit Vorwürfen, warum ich mich nicht früher gemeldet hätte, reagieren würde.

Die nächsten Stunden verbrachten wir in der Kneipe. Während ich ihr alles erzählte – Geheimhaltung war mir inzwischen egal –, wich meine Erschütterung mehr und mehr einer tiefen Wut: auf meinen Berliner Kollegen, auf die Bewohner des Campingplatzes und zuletzt auf mich selbst. Zwei Tage hatte ich mich treiben lassen, die Vorschläge von Nesta befolgt, war zu Tatverdächtigen oder zumindest Tatzeugen nett gewesen und hatte mich von ihnen zuquatschen lassen. Es reichte. Der Anblick meiner Campingbehausung bei meiner Rückkehr brachte schließlich das Fass zum Überlaufen, und ich griff erneut zum Handy. Auf die Uhr schaute ich nicht, ich wusste auch so, dass es zu spät war für diesen Anruf.

Seit unserem Telefonat sind offensichtlich zu wenige Stunden verstrichen, um meinen Berliner Kollegen auch nur annähernd zu besänftigen. Äußerst schlecht gelaunt blafft er: »Die Vorgeladenen werden ab neun Uhr dreißig hier sein. Die waren nicht gerade begeistert, am Sonntag aufs Polizeipräsidium bestellt zu werden.«

Genauso wenig wie du, schießt es mir durch den Kopf, aber ich muss ihn nicht noch mehr auf die Palme bringen.

»Was soll das alles eigentlich?«

»Ist die Spurensicherung schon am Campingplatz, um das Fünfmeterbrett und das Sprungbecken noch einmal zu untersuchen, genauso wie die Löcher im Zaun?« Mit einer Gegenfrage zu antworten erweist sich des Öfteren als gute Taktik.

Nicht so bei Nesta. Er nickt zwar und muffelt: »Ich habe sie heute Morgen rausgeschickt, oder hätte ich die auch schon um zwei Uhr aus dem Bett klingeln sollen?« Dann wiederholt er aber seine Frage, noch eine Spur genervter als vorher, wenn das überhaupt möglich ist: »Was das alles hier soll, habe ich gefragt.«

»Der Tod von Irmgard Schiller war kein Selbstmord. Sie ist vom Fünfmeterbrett gestürzt, weil vorher jemand das Geländer gelockert hatte, jemand, der sie ganz bewusst dort hinaufgelockt hat.«

Mein Kollege zeigt jetzt wenigstens eine Spur von Interesse. »Warum verhören Sie dann die Leute vom Campingplatz? Die kannten das Opfer doch gar nicht.«

Da bin ich mir inzwischen nicht mehr ganz so sicher. »Die Leute vom Campingplatz, einige wenigstens, haben nicht die Wahrheit gesagt über die Mordnacht, darum«, erläutere ich. »Außerdem will ich den Berliner Teil der Ermittlungen jetzt abschließen, heute Mittag fahre ich nämlich zurück nach Köln.«

Jetzt habe ich die ungeteilte Aufmerksamkeit meines Kollegen. »Das heißt, ab heute Mittag brauchen Sie meine Hilfe nicht mehr?«

Welche Hilfe?, denke ich, nicke aber nur.

»Könnten Sie mir dann einen Gefallen tun?« Er wartet meine Antwort gar nicht ab. »Erzählen Sie niemand hier im Präsidium, dass der Fall doch nicht ganz abgeschlossen ist. Ist ja auch nur eine Frage von Stunden«, fügt er noch hinzu.

Ich verstehe nicht, was das soll, aber diesen Typ habe ich von Anfang an nicht verstanden, also kommt es darauf auch nicht mehr an. »Ich fange jetzt mit den Verhören an.«

Nesta zeigt mir den Weg und zieht sich dann in sein Büro zurück.

Ich habe beschlossen, mit Locke zu beginnen, weil ich mit ihm bis auf einen ausgetauschten Gruß noch gar nicht zusammengetroffen bin. Er sitzt schon in dem Zimmer, das mir für die Befragungen zugewiesen worden ist, gemeinsam mit einer jungen Kollegin, der ich mit einem Lächeln zunicke. Ich grüße und setze mich ihm gegenüber.

»Beginnen wir ganz von vorn: Name und Adresse?«

»Bernhard Müller aus München.« Das weiß ich, seitdem Nesta seinen Bericht letzte Nacht auf meine Nachfrage auch mir endlich zugemailt hat.

»Auf dem Campingplatz nennen Sie aber alle Hugo.«

»Alle kann gar nicht sein. Nur diese Schwatztante aus dem Ruhrpott hat mich überhaupt nach meinem Namen gefragt, der wollte ich die Wahrheit nicht sagen, und Hugo war der erstbeste Name, der mir einfiel. Angemeldet bin ich jedoch auf meinen richtigen Namen.« Plötzlich stutzt er. »Aber woher wissen Sie das denn?«

Jetzt bin ich etwas verwirrt. Nicht nur, dass er mich gar nicht mit Fragen überfallen hat, wie ich denn vom Zeltplatz ins Polizeipräsidium komme – er scheint mich gar nicht zu kennen beziehungsweise wiederzuerkennen.

»Ich habe die letzten zwei Tage auch auf dem Platz gewohnt.« Also, nicht dass ich mich für besonders eitel halte, aber von einem

Mann einfach übersehen worden zu sein, nagt schon ein bisschen an mir.

»Ach, Sie sind die Frau aus dem VW-Bus.« Es ist zwar kein Gefährt von Volkswagen, aber das tut hier nichts zur Sache.

»Ja, die bin ich.«

»Verstehe, Sie waren eine Undercover-Camperin.«

Ich nicke. »Ich möchte noch einmal die Aussagen aller Campingplatzbewohner aufnehmen, da sich ein paar Differenzen ergeben haben.«

Er nickt.

»Berichten Sie mir von Ihren Aktivitäten in der Mordnacht sowie am Nachmittag davor.«

Seitdem ich – im wörtlichen Sinn – begriffen habe, dass das Geländer am Fünfmeterturm gelockert worden war, um den Sturz von Irmgard Schiller herbeizuführen, habe ich mir Gedanken über einen möglichen Ablauf gemacht. Wahrscheinlich wurde die Brüstung erst nach Einbruch der Dunkelheit präpariert, möglicherweise auch erst kurz vor dem Sturz. Trotzdem habe ich mich entschlossen, die Frage nach dem Alibi auf den Nachmittag auszudehnen.

Bernhard Müller überlegt einen Moment. »Ich bin Donnerstag erst gegen Mittag angekommen. Zuerst habe ich eine gefühlte Ewigkeit mit dem Zeltaufbau verbracht und mich dann etwas ausgeruht. So gegen achtzehn Uhr bin ich in die Stadt gegangen.« Es folgt die Wiederholung seiner Aussage, die er auch schon am Freitag gegenüber Nesta gemacht hat: Er war den ganzen Abend in Berlin unterwegs gewesen, erst sehr spät, gegen ein Uhr dreißig wieder auf den Campingplatz zurückgekommen und hatte die Polizei schon bei der Arbeit vorgefunden.

»Gibt es Zeugen für Ihre Aussage?«

»Ich habe Ihren Kollegen bereits die Lokalitäten genannt, in denen ich gewesen bin.«

»Das weiß ich.« Etwas überbetont wiederhole ich meine Frage: »Gibt es aber auch Zeugen für Ihre Aussage?« Danach haben meine Berliner Kollegen noch nicht explizit gefragt, aber es bestand auch keinerlei Verdacht gegenüber Herrn Müller.

Dieser nickt, zögert aber mit einer Antwort. Ich verschränke die Arme und warte.

»Sie sind nicht aus Berlin, oder?«

Den Bezug zu meiner Frage verstehe ich nicht, aber ich senke bejahend den Kopf.

»Sehen Sie, hier in der Stadt ist vor einer Woche eine Frau ermordet worden.«

Glücklicherweise hat Ursula mir die Geschichte inzwischen erzählt, also kann ich erneut nicken, diesmal mit wissendem Gesichtsausdruck.

»Ich arbeite für eine überregionale Zeitung. Donnerstagabend beziehungsweise -nacht habe ich eine Freundin des Mordopfers treffen können, die hat mir die Adresse ihrer Tante gegeben, die bei einem Treffen am Freitag dann den Kontakt zu einer Freundin vermittelt hat, und wissen Sie, wer das ist?« Inzwischen scheint er doch ganz froh zu sein, endlich mal jemandem seine Geschichte erzählen zu können. »Die Ehefrau des Ministers, dessen Geliebte die Ermordete gewesen sein soll.«

Die Frau im »Café Einstein«! Nesta hatte doch gesagt, das sei die Ehefrau eines bekannten Politikers. Irgendwie klingen diese Zusammenhänge aber eher nach Familiendrama als nach Polit-Thriller.

»Da ich nicht wollte, dass meine Anwesenheit in Berlin bekannt werden würde, kam ich auf den Einfall, nicht im Hotel, sondern auf diesem Campingplatz abzusteigen. Eine blöde Idee im Nachhinein, Zelten ist wirklich nicht mein Ding. Man bekommt einfach zu viel von seinen Nachbarn mit. Oder stehen Sie darauf, anderen Menschen beim Sex zuzuhören?« In seinem Blick liegt eine Aufforderung, die ich nicht ganz zu deuten weiß.

Also einfach weiter im Text: »Eine Sache verstehe ich dann aber nicht.«

Er schaut mich erwartungsvoll an.

»Warum betreiben Sie diesen ganzen Aufwand mit der Camperei und treffen Ihre Informantin dann im ›Café Einstein‹?«

Er zuckt zusammen, erschrocken, fast schon entsetzt.

Ich winke ab: »Ich habe Sie zufällig gesehen.«

Locke macht eine wegwerfende Handbewegung. »Das war ihre Wahl, darauf hatte ich keinen Einfluss.« Dann lehnt er sich ein bisschen vor. »Können Sie mir einen Gefallen tun?«

Ich hebe die Augenbrauen.

»Erzählen Sie doch hier im Präsidium niemandem, wer ich bin. Wissen Sie, hier wurde eine sehr große und wichtige Sonderkommission gebildet, das Ganze ist von höchster Priorität, in diese Nachforschungen möchte ich lieber nicht verwickelt werden.«

Langsam fällt es mir wie Schuppen von den Augen. Darum hat sich mein Berliner Kollege so komisch verhalten. Sicherlich will er auch gern bei dieser so wichtigen Sonderkommission mitarbeiten. Natürlich, politisch und dienstlich gesehen ist das auch viel interessanter als eine Kölner Frauenleiche in einem ausgedienten Schwimmbad.

»Meinen Sie, Sie können das geheim halten?«

In meinem Ärger würde ich am liebsten wirklich alles für mich behalten, aber in erster Linie bin ich schließlich Polizistin. Ich schüttele den Kopf. »Es tut mir leid, solche Informationen kann ich nicht zurückhalten, aber«, versuche ich ihn zu beschwichtigen, »ich werde sie möglichst diskret behandeln.«

Doch das nützt gar nichts, seine gesamte Freundlichkeit und der Charme, mit dem er vorher versucht hat, mich einzuwickeln, sind von meinem Gegenüber abgefallen. »Da bittet man einmal die Polizei um Unterstützung, und was passiert?« Er hat seine Stimme erhoben. »Ihr pfuscht uns wieder mal ins Handwerk. Morgen stehen meine Rechercheergebnisse in jedem kleinen Popelsblatt, und ihr seid schuld.«

Das kann ich mir und meinen Kollegen nicht bieten lassen. »Passen Sie mal auf, wenn Sie jetzt nicht ganz vorsichtig sind, dann werde ich Sie wegen Unterschlagung wichtiger Informationen belangen lassen, und außerdem, wenn hier jemand anderen in die Arbeit pfuscht, dann sind das ja wohl Sie und Ihre Kollegen!« Auch ich habe die Stimme erhoben und mich auf dem Stuhl aufgerichtet. Mit kalter Stimme füge ich hinzu: »Sie werden sich bereithalten, bis Ihr Alibi überprüft worden ist. Jetzt können Sie gehen.«

Ich bitte die diensthabende Beamtin um die Vorführung der nächsten Zeugen und stürme in Richtung Nestas Büro. Vor der Tür halte ich noch einmal an und zähle bis zehn, um mich etwas zu beruhigen, dann gehe ich hinein.

»Kann es sein« – oh, das Zählen hat nicht unbedingt bewirkt, meinen Ton zu zügeln – »dass Sie von Anfang an keine Lust zu den Ermittlungen im Mordfall Irmgard Schiller hatten?«, blaffe ich Nesta an.

Dieser schaut etwas überrascht hoch.

»Sie wollten das Ganze doch nur einfach so schnell wie möglich abschließen, um bei dieser Sonderkommission mitwirken zu können. Und dafür lassen Sie mich aus Bonn kommen und setzen mich auf diesen Campingplatz?«

»Kommen Sie nicht aus Köln?«

Als würde das jetzt jemanden interessieren. Manchmal vergesse ich eben, dass ich inzwischen in Köln und nicht mehr in Bonn wohne.

»Das tut hier jetzt nichts zur Sache! Sie haben die Ermittlungen nicht nachdrücklich genug betrieben und dann, als das Obduktionsgutachten nicht dagegensprach, umgehend einen Selbstmord beschlossen, um den Fall möglichst schnell abschließen zu können.«

Wenn ich auf Einsicht oder sogar eine Entschuldigung gewartet habe, irrte ich mich.

»Und Sie«, Nesta ist inzwischen auch aufgestanden, »Sie haben Ihre Ermittlungen doch völlig ohne mich geführt. Sie mahnen bei mir meinen Bericht an, während Sie selbst an mich Informationen noch nicht einmal mündlich weitergeben. Stattdessen bekomme ich mitten in der Nacht einen Anruf, alle schon einmal vernommenen Zeugen noch einmal vorzuladen und die Spurensicherung erneut rauszuschicken, ohne weitere Erklärung, und dafür gebe ich Ihnen sogar meine private Handynummer.«

»Sie haben überhaupt nicht nach weiteren Informationen gefragt, Ihnen war der ganze Fall doch von Anfang an egal.«

»Und Ihnen war von Anfang an alles nicht recht, angefangen bei meiner Person und den Nachforschungen auf dem Zeltplatz.«

Ich hole tief Luft, tief in mir drin weiß ich, dass er recht hat, wenn auch nur ein bisschen. Kurze Zeit starren wir uns wortlos an, da klopft es an der Tür.

»Cris, kommst du, das Treffen beginnt in ein paar Minuten.« Der Kollege, der seinen Kopf ins Zimmer gesteckt hat, schaut etwas irritiert auf mich.

»Geh schon mal vor, ich komme gleich.« Nesta winkt den anderen Mann ungeduldig aus dem Zimmer. Aber als er sich wieder an mich wendet, ist sein Ton freundlicher. »Passen Sie auf, ich muss jetzt zu dieser Konferenz, Sie müssen mit Ihren Befragungen weitermachen. Was halten Sie davon, wenn wir dann zusammen essen gehen, bevor Sie zurück nach Köln fahren?«

Damit habe ich jetzt wirklich nicht gerechnet, aber was soll's, ich nicke, und wir verlassen beide den Raum. Am Ende des Ganges warten schon Manfred und Marianne auf mich, ich straffe die Schultern.

Grußlos folgen die beiden mir in das Besprechungszimmer und setzen sich, ohne mich eines Blickes zu würdigen. Das wird schwer werden. Gut, dann streng nach Vorschrift. »Nennen Sie mir bitte Namen und Adresse.«

Sie kommen der Aufforderung förmlich nach.

»Beschreiben Sie mir bitte, was Sie Donnerstagnachmittag und in der Nacht von Donnerstag auf Freitag getan haben und wie Sie Frau Schiller gefunden haben.«

Manfred – heute darf er mal reden, denn Marianne ist offensichtlich nicht bereit, mich eines Wortes zu würdigen – erklärt, dass er und seine Frau erst gegen Abend auf dem Campingplatz angekommen seien. Dann wiederholt er noch einmal, was die beiden schon den Berliner Kollegen zu Protokoll gegeben und übereinstimmend auch mir selbst erzählt haben. Sie waren vom Essen gekommen, hatten am Tor den Schrei gehört, schließlich im Sprungbecken den reglosen Körper entdeckt und per Handy Polizei und Krankenwagen verständigt. Dabei vermeidet er es sowohl, mich anzusehen, als auch, mich direkt anzusprechen.

»Bitte denken Sie jetzt noch einmal genau darüber nach, was passierte, nachdem Sie Frau Schiller gefunden hatten. Welcher von den Zeltplatzbewohnern kam wann zur Unglücksstelle?«

Wieder darf Manfred reden: »Nun ja, zuerst wussten wir ja nicht, woher der Schrei genau gekommen war. Wir vermuteten aber direkt, dass vielleicht jemand in ein leeres Schwimmbecken gefallen ist, und liefen dorthin. Auf dem Weg kamen wir am Grill der Magdeburger Gruppe vorbei und riefen ihnen zu: ›Da scheint sich jemand verletzt zu haben!‹ Die hatten sich vorher lauthals gestritten und wohl nichts bemerkt. Im Schwimmerbecken war nichts zu sehen, dann gingen wir erst ans Kinderbecken, als Letztes zum Sprungbecken, und« – er schluckt – »da lag sie dann.«

»Wer war alles dabei?«

»Na, wir und die Gruppe aus Magdeburg.«

»Wer genau, nennen Sie mir bitte die einzelnen Namen.«

»Äh, wie heißen die denn noch? Die nette junge Frau mit den braunen Locken, die immer lacht.«

»Die heißt Heike.« Aha, Marianne kann das eigene Schweigen nicht mehr ertragen, allerdings jagt mir ihr Ton einen kalten Schauer über den Rücken.

»Und, ach ja, der immer am Grill steht, der weiß wirklich, wie man richtig grillt, findet man bei jungen Leuten heutzutage ja nur noch selten …«

»Der heißt Klaus«, unterbricht ihn seine Frau spitz.

»Wer war denn da noch? Ach natürlich, Franziska«, fügt er mit einem Lächeln hinzu. Erstaunt schaue ich ihn an, gerade den Namen hat er sich also gemerkt.

Auch seiner Frau scheint das nicht entgangen zu sein, was ihre Laune offensichtlich noch weiter drückt, wenn das überhaupt möglich ist.

»Was war mit den anderen?«, frage ich weiter, »beispielsweise mit diesem Slobo?« Unschlüssig schaut Manfred mich an. »Der große Dunkle«, füge ich deshalb erklärend hinzu.

»Ach der, irgendwann habe ich ihn gesehen, direkt am Anfang, oder erst als die anderen beiden dazukamen?«

»Welche anderen beiden?«, will ich wissen.

»Der Labersack, wie heißt der noch?« Manfred sieht seine Frau fragend an.

»Du meinst den gut gebauten jungen Mann mit den blauen Augen – der heißt Johann.« Oh, das ist wohl die Retourkutsche für Franziska.

»Ja, ja, der Johann und das Mädchen, das ständig ein Buch vor der Nase hat, die waren am Sprungbecken auch dabei.«

»Vorher noch nicht.«

Manfred stutzt. »Ja, das stimmt, beim Schwimmer- und Kinderbecken waren die noch nicht, erst als wir alle am Sprungbecken standen. Der Labersack ist dann auch ins Becken hineingeklettert, um nach der Frau zu sehen.«

»Wenn Sie mich fragen …« Aha, Marianne kann sich nicht mehr zurückhalten, und sie macht aus ihrer Haltung auch keinen Hehl. Während Manfred jede direkte Ansprache vermieden hat, offensichtlich unschlüssig, wie er mich anreden soll, benutzt Marianne das distanzierte »Sie« – aber ich habe es schließlich auch eingeführt in dieses Gespräch. »… der Johann und das Buchmädchen waren auch vorher nicht mit der Gruppe zusammen gewesen. Er hatte den Pullover auf links und sie den BH in der Hosentasche.«

Manfred und ich sehen sie fragend an. »Na ja, der eine Träger schaute heraus.«

Das muss man im Dunkeln erst einmal bemerken. »Und Johann hat direkt gewusst, dass die Frau tot war?«

»Er hat nur geschrien, wir sollten einen Krankenwagen rufen. Und ich«, man kann den Stolz in Manfreds Stimme hören, »habe gesagt, dann rufen wir auch direkt die Polizei.«

Am Ende der Befragung stürmt Marianne grußlos an mir vorbei aus dem Zimmer. Ich wende mich an Manfred: »Es tut mir leid, dass ich euch anlügen musste, ihr wart so freundlich zu mir.«

Manfred lächelt und schüttelt mir die Hand: »Schon gut, ist doch deine Arbeit.«

Da steckt Marianne noch einmal ihren Kopf herein: »Trotzdem muss man andere nicht ausnutzen, jetzt komm, Manfred.«

Die nächsten Stunden habe ich das Gefühl, in einer Dauerwiederholungsschleife festzusitzen. Immer wieder lasse ich mir die Tatnacht und den Nachmittag davor schildern, mal mit mehr, mal mit weniger Details. Das Paar aus dem VW-Bus war nach eigener Aussage am Nachmittag in der Universitätsbibliothek, hatte sich dann etwas zu essen gemacht und danach relativ früh tief und fest geschlafen. Erst das Polizei- und Rettungswagenaufgebot habe sie schließlich geweckt.

»Wie haben Sie nur so fest schlafen können?« Das interessiert mich wirklich.

Der Mann lacht. »Ohropax! Wenn man so viel Zeit auf einem

Campingplatz verbringt wie wir, muss man sich etwas einfallen lassen.«

Die beiden wohnen tatsächlich im Sommer im VW-Bus, um in Berlin zu studieren. Im Winter jobben sie in den heimatlichen Bergen, um das Studium zu finanzieren, interessant, aber eher unverdächtig.

Daniela, die Freundin der Dauerleserin Marie, kann zum Tathergang ebenfalls nichts beisteuern, denn sie war die ganze Nacht unterwegs. Bereitwillig gibt sie mir mehrere Adressen von Trinkkumpanen. Erst als ich erneut nach dem Nachmittag frage, wird sie etwas redseliger.

»Am Nachmittag? Da habe ich einfach gestreikt. Wissen Sie, das Ganze war einfach ein großer Fehler. Ich dachte, wir, Marie und ich, machen uns ein schönes Wochenende, und was ist: Die lacht sich direkt diesen Macho an, und ich kann sehen, wo ich bleibe. Den ganzen Mittwochabend haben wir schon bei dieser Gruppe aus dem Osten verbracht, am Donnerstagnachmittag hatte ich auf die keine Lust mehr und bin erst einmal im Zelt geblieben. Aber selbst da hat man keine Ruhe: Erst streiten sich zwei so laut, dass man es selbst durch den MP3-Player hört, dann folgt auch noch wilde Bumserei in derselben Lautstärke, da bin ich dann irgendwann einfach geflüchtet.«

»Aus welchem Zelt kamen die Geräusche?«

Daniela überlegt nur kurz und zuckt dann mit den Schultern. »Kann ich nicht sagen.«

In Gedanken überfliege ich noch einmal die Aufstellung der Zelte auf dem Platz. Das Zelt von Daniela und Marie steht nahe an dem von Locke. Der hat doch eben auch etwas von Sex im Zelt erzählt, vielleicht meinte er das nicht anzüglich, sondern ganz konkret, aber wen hatten die beiden dann gehört? In der Nähe stand doch nur noch … Ich atme zischend aus: In der Nähe stand nur noch das Zelt des Mordopfers. Natürlich, Irmgard Schiller hatte vor ihrem Tod Geschlechtsverkehr, das wurde bei der Obduktion festgestellt. Offensichtlich also auf dem Campingplatz – also auch mit jemandem vom Campingplatz?

Die Mitglieder der Magdeburger Gruppe bestätigen im Prinzip die Aussage von Marianne und Manfred, wobei sie versuchen, den genauen Aufenthaltsort der einzelnen Personen durch beharrliches Schweigen oder übermäßige Geschwätzigkeit im Dunkeln zu lassen. Trotzdem stellt sich nach und nach heraus, dass Heike, Franziska und Klaus offenbar die meiste Zeit zusammen verbracht haben. Wobei ein kurzer Ausflug aufs Sprungbrett wohl auch für einen dieser drei möglich gewesen wäre.

Bei Slobo dagegen muss ich mehrmals nachfragen. »Ich war immer mit den anderen zusammen, das habe ich dir doch schon gesagt!« Zwar hat er auf meine Bitte hin diesmal die Kapuze vom Kopf gezogen, aber seine ganze Körperhaltung signalisiert Abwehr.

Ich lasse nicht locker: »Marianne und Manfred haben aber ausgesagt, dass du erst später zu den Becken gekommen bist.«

»Ja und, dann war ich da gerade vielleicht mal pissen.«

»Und warum fällt dir das erst auf Nachfrage ein?«

»Mensch, ich war besoffen.«

Als Letzten ihrer Gruppe habe ich mir Johann aufgespart. Irgendwie scheint der zu ahnen, dass ich von seinen nächtlichen Ausflügen in die Büsche inzwischen weiß. Er versucht gar nicht mehr, diese zu verschweigen. Das ist praktisch, dann können wir direkt zur Sache kommen.

»Sie haben gehört, wie jemand weggerannt ist?«

»Ach ja, die Schritte, aber Franziska hat Ihnen doch davon erzählt.«

»Aber sie war nachgewiesenermaßen beim Grill, also kann sie keine Schritte gehört haben, Sie dagegen schon.« Ich beuge mich etwas vor: »Jetzt überlegen Sie genau, von wo kamen diese Schritte, und wann haben Sie sie gehört?«

Er scheint wirklich intensiv nachzudenken, auf jeden Fall sieht er mit der gerunzelten Stirn so aus – aber es bringt nichts: »Ich weiß es nicht, ich weiß es wirklich nicht. Wie Sie wissen, hatte ich Wichtigeres zu tun.« Er grinst mich offen an.

Auch mein letztes Gespräch an diesem Tag bringt mich nicht weiter. Marie war offensichtlich ebenfalls zu sehr auf Johann konzentriert, als dass sie irgendetwas anderes wahrgenommen hätte. »Schritte, nein, ich habe keine Schritte gehört. Von denen hat Johann am nächsten Tag am Grill erzählt. Ich kann dir wirklich nicht mehr sagen.«

Das klingt überzeugend, auch wenn ihre Finger, die unruhig am Verschluss ihrer Tasche spielen, etwas anderes auszudrücken scheinen. Ich versuche einen anderen Ansatz: »Weißt du denn, warum die Magdeburger sich in der Tatnacht so heftig gestritten haben?«

Ein Lächeln zuckt über ihr Gesicht. »Ich denke, ein Grund war ich. Sie warfen Johann vor, das gemeinsame Wochenende zu zerstören. Den gleichen Vorwurf musste sich nachher, als wir weg waren, wohl auch dieser dunkle Typ mit der Kapuze – wie heißt er noch? Ach egal – anhören, weil er zwischendurch längere Zeit einfach verschwunden war. Seit Jahren gehen die am Tag der Einheit zusammen zelten. Wie kann man nur so versessen auf seinen Freundeskreis sein?«

Erst durch ihren ärgerlichen Blick bemerke ich, dass ich begonnen habe, mit den Fingernägeln auf die Tischplatte zu trommeln. Schuldbewusst stecke ich die Hand in die Tasche, denn wenn ich etwas an meiner Kölner Kollegin nicht mag, dann sind das die verschiedenen Arten, mit denen sie immer wieder ihre Ungeduld zur Schau stellt. Dabei bin ich gar nicht ungeduldig, nur etwas genervt – und ratlos.

SONNTAG, 19.20 UHR

Endlich! Ich sitze auf meinem Balkon und schaue auf den Dom. Um diesen mir inzwischen teuer gewordenen Ausblick zu genießen, habe ich wegen des kühlen Oktoberabends sogar meine Skiklamotten angezogen. Als ich von Bonn aus eine Wohnung in Köln gesucht habe, war mir die Aussicht auf das Wahrzeichen der Stadt nicht nur nicht wichtig gewesen, ich hätte damit in einer Wohnung mitten in Deutz auch nicht gerechnet, sodass ich den Hinweis darauf in der Internetanzeige tatsächlich überlesen hatte. Erst der Andrang an Interessenten, der für eine Zweizimmerwohnung im fünften Stock überraschend groß war, brachte mich langsam auf die Idee, dass diese Wohnung Vorzüge zu bieten hatte, von denen ich noch nichts ahnte.

Die Wahl fiel damals also weniger auf mich, weil ich bereit gewesen wäre, für den Blick am meisten zu zahlen, sondern weil die anderen potenziellen Mieter wohl von dem Schnitt der Wohnung etwas abgeschreckt waren. Ein großer Wohn-Ess-Kochraum kombiniert mit einem Schlafzimmer, das wegen der Schrägen noch nicht einmal das Aufstellen eines einzigen Schranks erlaubt, ist einfach nicht jedermanns Sache. Wenn ich damals nicht unbedingt aus Bonn weggewollt hätte, wäre ich wohl auch abgesprungen. So liegt mein Kleiderschrank immer noch zerlegt im Keller, aber die Aussicht habe ich sehr zu schätzen gelernt.

Obwohl ich nicht in Köln geboren, deshalb also eine ganz objektive Betrachterin bin, halte ich den Dom für ein sehr gelungenes Bauwerk. Ich denke schon immer dann besonders gern und effektiv nach, wenn ich eine Aussicht genießen kann. Ungeschlagen ist dabei immer noch der Blick auf den Wilden Kaiser in Österreich. Vorübergehend hatte ich in einer meiner Wohnungen sogar eine selbst kreierte Fototapete von diesem Gebirge, aber bei dieser Art der Vermittlung verliert der Anblick leider viel von seiner Eindruckskraft und gewinnt dafür umso mehr an überromantischem Kitsch.

Jetzt versuche ich mit Blick auf den Dom, Klarheit über die letzten Tage zu gewinnen und die Ereignisse noch einmal Revue passieren zu lassen.

Der Abschluss war netter als erwartet. Nesta hat mich tatsächlich zum Essen eingeladen, und das hat viel von den davor angestauten Spannungen zwischen ihm und mir genommen – was durchaus nicht an mir lag.

Gleich nach der Bestellung wollte ich ihm meine gesammelten Kritikpunkte vortragen und begann mit der vorwurfsvollen Frage, wie es einem Pathologen heutzutage noch passieren könnte, einen Sturz vom Fünfmeterbrett mit einem vom Zehnmeterturm zu verwechseln. Doch Nesta schaute mich nur durchdringend an und fragte: »Hast du noch nie einen Fehler gemacht?«

Einen Moment überlege ich, was mich mehr stört. Der ungefragte Übergang zum vertraulichen Du oder das Aufwarten mit einem dieser Totschlagargumente, die ich intensiv hasse. Die Art, wie er es vortrug, bewirkte jedoch, dass mein Zorn mehr und mehr abebbte. Schließlich war ich ganz versöhnt, als Cristian mir berichtete, der leitende Pathologe wäre über das Wochenende verreist gewesen und meine Leiche bei dem jüngsten Mitglied des Teams, sozusagen als Stapellauf, gelandet. Gut, ich kann also den sehr unbefriedigenden Stand der Ermittlungen nicht mehr auf meine Berliner Kollegen allgemein und einen davon speziell schieben, aber das ändert nichts daran, dass sich eine Lösung des Falls noch nicht im Entferntesten abzeichnet.

Langsam wuchte ich mich aus dem Balkonsessel, um mir ein neues Bier zu holen, als ich ganz entfernt mein Handy klingeln höre. Bei meiner Ankunft habe ich es irgendwo in der Wohnung abgelegt. Ich trotze nunmehr seit Jahrzehnten sehr erfolgreich meinen eigenen Bemühungen, etwas mehr Ordnung in mein Leben zu bringen, wozu ein fester Platz sowohl für das Handy als auch das schnurlose Telefon gehören sollte. Glücklicherweise ist meine Wohnung klein genug, sodass ich das Mobiltelefon finde, bevor es aufhört zu klingeln.

»Hallo, Kerstin, bist du wieder im Lande?«

»Ursula! Schön, dass du nachfragst, trotz Familienfeier.« Irgendjemand in der Sippschaft meiner Kollegin hat heute oder hatte vor Kurzem Geburtstag. Das habe ich mir gemerkt – Einzelheiten leider nicht.

»Die Großeltern sind alle schon wieder weg, das Chaos fast

schon wieder gebändigt, die Kinder glücklich und müde, und ich war gerade für ein Stündchen im Büro. Und bei dir? Wie war das Mittagessen mit dem Berliner Kollegen?«

»Nett«, meine ich etwas irritiert.

»Nett?«, kommt es fragend aus dem Hörer.

»Na ja, was soll ich sagen …«

»Entschuldige mal, gestern Abend hast du den Typ noch aufs Blut gehasst, und heute hattest du ein nettes Date mit ihm?«

»Das war kein Date, das war ein Essen mit einem Kollegen«, protestiere ich und weiß, dass das nur ein Teil der Wahrheit ist. Eigentlich ist es wirklich nur ein Essen unter Kollegen gewesen, aber dafür war es eben – zu nett. Ich selbst bin wahrscheinlich am meisten überrascht darüber und werde mich hüten, Ursula zu erzählen, dass ich fast meinen Zug verpasst habe, weil wir beim Essen und dem anschließenden Kaffee die Zeit vergessen haben, oder dass ich noch immer die flüchtige Berührung von Cristians Hand spüre, als er mir auf dem Weg zum Zug meine Reisetasche aus der Hand genommen hat.

»Gibt es etwas Neues?«, versuche ich jetzt abzulenken – mit großem Erfolg.

»Die KTU hat die gelöschten Mails auf Irmgard Schillers PC wiederherstellen können.«

Ich halte vor Spannung die Luft an, während die Stimme meiner Kollegin nicht den Hauch von Aufgeregtheit verrät. »Und?«

»Sie stand in Verhandlung, Originaldokumente von Heinrich Böll zu kaufen.«

»Und?« Meine Spannung lässt merklich nach.

»Kerstin!«

Warum klingt Ursula plötzlich so genervt?

»Ein großer Teil des Nachlasses von Heinrich Böll ist bei dem Einsturz des Kölner Stadtarchivs 2009 verschüttet worden, die angebotenen Dokumente stammen aus den verschütteten Beständen.«

»Und?«

Ursula stöhnt. »Meine Güte, geh mal einen Schritt zur Seite, du stehst ja auf deiner Leitung! Offensichtlich versucht hier jemand, unrechtmäßig erlangte Schriftstücke zu versilbern.«

Gut, langsam fällt auch bei mir der Groschen. »Und was hat das mit dem Berliner Sprungturm zu tun?«

»Mit dem Dokumentenverkäufer war als Treffpunkt der Berliner Campingplatz verabredet, der Austausch sollte am Freitag um zwölf Uhr stattfinden.«

»Das bedeutet …«

Aber meiner Kollegin bin ich heute eindeutig zu langsam, sie unterbricht mich unwirsch: »Das bedeutet, dass ein Zeltplatzbewohner oder auch eine -bewohnerin diese Originalmanuskripte verschachern wollte.«

»Ja, aber da bringt man seine potenzielle Abnehmerin doch nicht um.«

»Außer, diese kommt hinter die Identität, die man um jeden Preis schützen will.«

Um jeden Preis – die Worte meiner Kollegin hallen noch in meinem Kopf nach, als das Gespräch längst beendet ist. Würde jemand, der Dokumente klaut, wirklich töten, um sich zu schützen? Und wenn ja: Wer von meinen Campinggenossen käme dafür in Frage?

MONTAG, 8.38 UHR

Die Frau auf dem Foto wirkt fast jungenhaft schmal, hat kurzes braunes Haar und dunkle Augen, die einen selbst auf den Fotos noch eindringlich zu mustern scheinen. Ich bin überrascht, aber warum? Was habe ich denn erwartet? Irmgard Schiller war zweiundvierzig Jahre, das ist heutzutage wirklich kein Alter mehr, viele gründen dann erst eine Familie. Es gab mal eine Zeit, zugegeben, das ist lange her, da war für mich vierzig uralt, aber inzwischen habe ich selbst die dreißig überschritten und steuere diese Marke somit an, und ich merke mal wieder – alles ist relativ.

Seite um Seite blättere ich durch das Fotoalbum, das ich hier in Irmgard Schillers Wohnung aus dem Regal gezogen habe, und merke, wie sich ein Klumpen in meinem Hals bildet. Bei jedem Fall gibt es immer einen Punkt, an dem mir das persönliche Schicksal des Opfers unvermittelt bewusst wird. Wenn man so viel mit Leichen zu tun hat wie ich, muss man sich eine gewisse Distanz zu der damit verbundenen Person angewöhnen – so gut es eben geht. Aber ganz unvermittelt bricht diese Distanz meist irgendwann zusammen, obwohl ich inzwischen auch eine gewisse Übung darin habe, sie wiederherzustellen.

Manchmal kommt dieser Moment schon bei der ersten Inaugenscheinnahme des Opfers, manchmal bei der Obduktion, oft beim ersten Zusammentreffen mit den Angehörigen. Solche Punkte hat es für mich bei diesem Fall alle nicht gegeben. Darum ist er sehr theoretisch geblieben, wie ein Beispiel aus dem Lehrbuch – bis jetzt.

Diese Frau sieht definitiv zu jung aus zum Sterben und dazu noch ziemlich attraktiv. Dieser Professorin traue ich es tatsächlich zu, das Herz eines Studenten erobert zu haben. Wer hatte Ursula dieses Gerücht denn noch mal weitererzählt? Ach ja, die gute Seele des Germanistischen Seminars. Wie war denn noch sein Name? Wie irgendein französischer Fußballspieler? Ribéry? Nein, so heißt doch kein Mensch mit Vornamen, ach ja: Henry.

Wir müssen noch einmal mit Henry reden. Vielleicht weiß er mehr. In der Regel erzählen Menschen der Polizei eher weniger, als sie tatsächlich wissen, egal, aus welchen Gründen. Ich muss mir einen Zettel machen, was ich alles in Angriff nehmen will, um nicht die Hälfte zu vergessen. Ohne schriftliche Notizen bin ich im Leben aufgeschmissen.

In einem Anflug von Modernismus habe ich vor ein paar Monaten versucht, meine Zettelwirtschaft in mein Handy zu übertragen, sogar mit eingestelltem Erinnerungsruf. Das Ergebnis war, dass ich zum Zeitpunkt der Erinnerung mein Handy gerade ausgeschaltet oder nicht bei mir hatte, dass ich vergaß, neue Notizen anzulegen und die alten regelmäßig zu bearbeiten. Nach wenigen Tagen griff ich wieder auf meine altbewährten Zettel zurück, was übrigens nicht bedeutet, dass ich nichts mehr vergesse, aber die Quote ist doch wieder deutlich geringer.

Also mache ich mich in der Wohnung auf die Suche nach Stift und Papier. Meine Güte, ist das hier aufgeräumt, überall empfängt mich die gleiche Ordnung wie im Wohnzimmer und die gleiche Helligkeit durch die vielen hohen Fenster. Im Schlafzimmer verharre ich kurz vor dem Doppelbett – also hatten die beiden zwar getrennte Wohnungen, aber nicht getrennte Betten oder auf jeden Fall nicht immer. Mein Blick fällt aus dem Fenster, und ich bleibe wie gebannt stehen.

Über den gepflegten Garten hinweg sieht man ins Grüne, und als wäre das hier mitten in der Stadt nicht schon genug Grund zum Wundern, sieht man in der Ferne – Elefanten. Zuerst traue ich meinen Augen kaum – »Ja, Kerstin, wenn die Elefanten wenigstens rosa wären.« –, aber es bleibt dabei, und langsam schaltet mein Gehirn: Das muss der Kölner Zoo sein. Ich habe schon gehört, dass dieser mitten in der Stadt liegen soll, aber besucht habe ich ihn noch nie. Oder vor sehr, sehr langer Zeit, muss ich mich korrigieren, denn in Ermangelung eines eigenen Tierparks bin ich mit der Bonner Schule nach Köln in den Zoo gefahren.

Eine tolle Wohnung, muss ich feststellen, während ich mich zögernd wieder auf die Suche nach Papier und Stiften mache. Endlich, der nächste Raum ist offensichtlich das Arbeitszimmer, hier muss ich doch fündig werden. Aber zuerst sehe ich nur Bücher, die sich in Regalen über alle Wände und bis zur Decke des hohen Raumes ziehen. Der kleine Schreibtisch in der Mitte des Zimmers wirkt fast verloren, dafür ist er genauso ordentlich wie der Rest der Wohnung: Alle Papiere, die es hier gibt, sind in Klarsichthüllen auf der Schreibtischplatte aufgereiht. Von Schmierpapier ist nichts zu sehen, selbst ein Drucker fehlt, aus dem ich mir ein leeres Blatt hätte klauen können. Die Schublade des Holztisches, der offensichtlich mehr als Anschauungs- denn als Arbeitsobjekt dient, enthält ein paar Arbeitsgeräte, wie Locher und Hefter, und ein paar Stifte.

Seufzend beginne ich in den Tiefen meiner Handtasche nach möglichen Schmierzetteln zu kramen. Ein alter Einkaufszettel fällt mir als Erstes in die Hände, aber der ist schon von beiden Seiten beschrieben. Reflexartig knülle ich das Papier zusammen und werfe es in den Papierkorb, um genau zu sein, auf dessen Kante – knapp vorbei ist auch daneben –, von der der Papierball abprallt und in der hintersten Ecke unter dem Schreibtisch verschwindet. Mist! Soll ich das Papier einfach liegen lassen? Aber doch nicht in der Wohnung eines Mordopfers!

Also lasse ich mich auf alle viere nieder und krieche unter den Schreibtisch. Beim Rückzug stoße ich auch noch den geflochtenen Papierkorb um, der glücklicherweise leer ist. Natürlich, die Spurensicherung hat den gesamten Inhalt mitgenommen, um nach eventuellen Hinweisen zu suchen. Ich stelle ihn wieder auf, bevor nach dem Umweg über mein Hirn die Information meiner Augen bei meiner Hand ankommt, dass in den Ritzen des Korbes ein Stück Papier hängen geblieben ist. Ich nehme den Papierkorb wieder hoch und schaue noch einmal genau nach. Tatsächlich hängt dort ein kleiner Fetzen, den ich mit den Fingern aber nicht erreichen kann.

Ich überlege kurz und gehe dann ins Bad. Jede Frau, oder fast jede, besitzt eine Pinzette. Sorgfältig schaue ich in jede Schublade, jeden Schrank und jedes Täschchen. Im Schmuckkoffer werde ich fündig. Mit der Pinzette gelingt es mir tatsächlich, den Papierfetzen herauszuziehen und in eine der kleinen Plastiktüten zu stecken, die ich inzwischen immer mit mir herumtrage. Der Einfachheit halber auch in meiner Freizeit, dann vergesse ich nicht, die Tüten wieder in die Tasche zu stecken, wenn ich Dienst habe. Früher ist es mir bei Ermittlungen öfters passiert, dass ich krampfhaft in fremden Wohnungen nach einer sauberen Tüte oder Aufbewahrungsmöglichkeit suchen musste, immer in der Furcht, dass die fremde Verpackung doch Spuren an dem Indiz verwischen würde – ganz zu schweigen von DNA.

Erfreut über meinen Fund stelle ich schwungvoll den Papierkorb wieder zurück, zu schwungvoll, denn dieser kippt direkt um. Mit einem leisen Fluch auf den Lippen bücke ich mich erneut unter den Schreibtisch – glücklicherweise muss ich diesmal nicht ganz darunterkriechen –, als ich mitten in der Bewegung stoppe.

»Was machen Sie hier?« Die Stimme in meinem Rücken klingt eisern, fast blechern. Immer wieder finde ich es erstaunlich, wie unterschiedlich eine prinzipiell neutrale Redewendung ausgesprochen werden kann – angefangen mit dem einfachen »Hallo«. Wenn ich morgens meinen Schreibtisch im Präsidium erreicht habe, sind mir mindestens zehn verschiedene Stimmungen allein mit diesen zwei Silben entgegengeschwungen. Doch das hier ist keine Stimmung mehr, das ist ein eiskalter Lufthauch, der mir in den Nacken weht.

Langsam stelle ich den Papierkorb auf und drehe mich auf dem Stuhl um, immer darauf bedacht, mit meinen Händen keine falsche Bewegung zu machen. Tatsächlich, der Mann ist bewaffnet, ich habe es nicht anders erwartet. Von der kleinen – dafür aber nicht weniger tödlichen – und teuren Waffe wandert mein Blick langsam zum Gesicht des Mannes. Die Augen sind unverwandt auf mich gerichtet. Irgendwie bin ich bisher der Ansicht gewesen, nur helle Augen könnten so eisig schauen, aber mit braunen geht es offensichtlich auch sehr gut. Sie bilden einen interessanten Kontrast zu den silbrigen Haaren des Mannes – das habe ich doch schon einmal irgendwo gehört, ach ja, genau, jetzt weiß ich, wer mir gegenübersteht: Hubertus Hantke, Irmgard Schillers Mann.

Wahrscheinlich, nein, ganz sicher – ich habe die Geburtsdaten doch irgendwo gelesen – ist er nicht viel älter als seine Frau, aber er sieht deutlich älter aus. Nicht verbraucht, das gebräunte Gesicht hat nur wenige Falten, und selbst die grauen Haare haben eher den Richard-Gere- als den Johannes-Heesters-Charme. Trotzdem wirkt dieser Mann so gesetzt und konservativ, wohingegen mir vor wenigen Minuten Irmgard von den Fotos fast jugendlich entgegengelächelt hat.

»Was Sie hier machen, habe ich gefragt.« Meinem Gegenüber ist das Schweigen wohl zu lang geworden.

»Mein Name ist Kerstin Heller, ich bin Hauptkommissarin und ermittele im Mord an Ihrer Frau – wenn ich Ihnen meinen Ausweis zeigen dürfte.« Irgendwie erscheint es mir besser, mit der Mündung der Waffe in meiner Richtung nicht unvermittelt in meine Jackentasche zu greifen, um den Ausweis einfach herauszuziehen.

Mein Gegenüber starrt mich weiter unverwandt an: »Sahen Sie vor drei Tagen nicht anders aus?«

Na bravo, er verwechselt mich mit meiner Kollegin. Gut, ich komme dabei deutlich besser weg, aber verstehen kann ich es trotzdem nicht. Ursula hat blonde, glänzende Locken, während meine Haare in einem eher undefinierten Hellbraun an die in diesem Zusammenhang immer gern zitierten Spaghetti erinnern. Außerdem habe ich grüne Augen, darauf lege ich Wert, blaue wie Ursulas gibt es doch überall. Mal abgesehen von unseren unterschiedlichen Namen – aber warum soll sich ein Professor schon den Namen von einer oder zwei dahergelaufenen Polizistinnen merken …

»Ich bin«, sage ich deshalb noch einmal langsam und gedehnt, »Hauptkommissarin Kerstin Heller, vor drei Tagen haben Sie mit meiner Kollegin Hauptkommissarin Hohmann gesprochen.«

Er runzelt die Stirn, bleibt aber weiter mit erhobener Waffe vor mir stehen.

»Die letzten Tage war ich in Berlin, um mir den Tatort und die Zeugen anzusehen. Das Schwimmbad«, füge ich noch hinzu, vielleicht überzeugt ihn meine Kenntnis des Falls davon, sich wenigstens meinen Ausweis anzusehen. »Könnten Sie jetzt bitte die Waffe wegstecken?« Irgendwie behagt es mir nicht, ständig eine Pistole auf mich gerichtet zu haben. Grundsätzlich kann ich so etwas verständlicherweise nicht leiden, aber bei Hubertus Hantke habe ich wirklich die ganze Zeit das Gefühl, er wäre imstande, auch abzudrücken.

Langsam, fast widerwillig steckt er die Pistole in seine Jackentasche, nicht ohne sie vorher zu sichern – sie ist tatsächlich entsichert gewesen! –, dann streckt er ohne Worte seine Hand nach meinem Ausweis aus. Ebenfalls stumm reiche ich ihm das Gewünschte.

Hoffentlich zweifelt er den Ausweis nicht an, schließlich hat sich meine Frisur inzwischen geändert, obwohl – höchstwahrscheinlich hätte ich ihm auch den Ausweis von Ursula zeigen können, ohne dass es ihm aufgefallen wäre.

»Meinetwegen« – was soll das nun wieder heißen? – »aber meine Frage bleibt trotzdem, was machen Sie hier?«

Wie kann man so hartnäckig sein? »Ich will mir das Umfeld Ihrer Frau noch einmal persönlich ansehen. Wie gesagt war ich bis gestern Abend in Berlin, ich mache mir gern ein eigenes Bild von der Persönlichkeit des Opfers.«

Oft habe ich gesehen, dass Verwandte, vor allem Lebenspartner, bei dem Wort Opfer zusammenzucken, verständlicherweise, aber in Hubertus Hantkes Gesicht rührt sich kein Muskel.

»Gibt es denn irgendwelche neuen Erkenntnisse?« Noch immer steht er regungslos in der Tür, nur seine Hände umklammern jetzt – glücklicherweise – nicht mehr den Pistolengriff, sondern die eigenen Finger.

Fieberhaft überlege ich, was ich ihm erzählen kann und vor allem auch will. Um Zeit zu gewinnen, beginne ich mit einer Gegenfrage: »Wussten Sie, dass Ihre Frau ein Verhältnis hatte?«

Eigentlich ist Ursula für so indiskrete, nicht gerade taktvolle Fragen zuständig, vielleicht will ich aber einfach nur einmal eine Reaktion im Gesicht des Juraprofessors sehen. Doch ich werde enttäuscht: Er zuckt noch nicht einmal mit einer Wimper, nur für einen kurzen Moment verkrampfen sich die Hände noch stärker ineinander, dann lösen sie sich ganz und verschwinden in den Taschen des Jacketts, so als hätte ihr Besitzer gemerkt, dass sie ihn verraten könnten. Doch was könnten sie verraten?

»Nein, das wusste ich nicht.« Hantkes Tonfall hat wieder den blechernen Klang vom Anfang angenommen. »Noch etwas?«

Wie, das war's schon? Hatte er meiner Kollegin nicht vorgeschwärmt, welch gute Ehe er mit Irmgard Schiller geführt hat, und jetzt nur ein paar Worte auf eine aus seiner Sicht doch eigentlich ungeheuerliche Unterstellung?

Ich schüttele langsam den Kopf: »Nein, das war's für den Moment, wenn sich etwas Neues ergibt, werden wir es Ihnen mitteilen.«

Als ich gerade an ihm vorbei aus dem Zimmer gehen will, hält er mich mit einer Handbewegung zurück. »Sagen Sie«, sein Ton ist etwas lebhafter geworden, »meinen Sie nicht, dass Ihre Nachforschungen etwas nachdrücklicher geführt werden sollten? Schließlich sind in einem Tötungsdelikt die ersten Tage die entscheidenden.«

Tötungsdelikt, so etwas sagen doch eigentlich nur Polizisten, ach ja, und Juristen – habe ich vergessen.

»Wir tun, was nötig ist.« Diesmal habe ich seinen eiskalten Ton sehr gut getroffen.

An der Tür wende ich mich kurz noch einmal um. Hantke steht am Schreibtisch und dreht etwas in seiner Hand. An der Wohnungstür angekommen, weiß ich auch, was es war: Mist, ich habe vergessen, die Pinzette wieder wegzuräumen. Und ich hätte ihn fragen sollen, was er in der Wohnung gewollt hat. Na ja, immerhin ist es die Wohnung seiner Frau. Gewesen.

MONTAG, 11.00 UHR

Aufseufzend lehne ich mich in meinem Bürostuhl zurück. In der letzten Stunde habe ich die gesamten Unterlagen des Falls noch einmal – gut, ich sollte ehrlich sein, wenigstens mir selbst gegenüber: zum ersten Mal – gründlich durchgesehen, und jetzt sieht mein Schreibtisch aus wie ein Schlachtfeld. Etwas reumütig linse ich auf den Tisch meiner Kollegin; der ist natürlich vorbildlich aufgeräumt, und das liegt nicht daran, dass sie nicht daran sitzt. Irgendwie schafft sie es, selbst beim intensivsten Aktenstudium Ordnung zu bewahren – für mich ein Ding der Unmöglichkeit.

Doch an diesen Gegensatz habe ich mich inzwischen gewöhnt. Trotzdem merke ich, wie meine Laune langsam, aber sicher immer schlechter wird. Mich nervt, wenn man mit Ermittlungen nicht weiterkommt. Ich habe bereits versucht, den Anwalt des Opfers zu erreichen. Leider hat die Anwaltskanzlei aber bis einschließlich heute geschlossen. Selbst über die Handynummern und die privaten Nummern der beiden Anwälte der Sozietät habe ich niemand erreicht – wahrscheinlich sind die im Kurzurlaub. Und ich Idiot sitze im Büro und zerbreche mir den Kopf über ein Kapitalverbrechen.

Aber, aber, als die Krise ausbrach, die mal Finanz-, mal Wirtschaftskrise heißt, habe ich mir eigentlich fest vorgenommen, froh über meinen Arbeitsplatz im Allgemeinen und meine interessante Arbeit im Besonderen zu sein. Also. »Wir machen uns jetzt einen Kaffee, und dann denken wir noch einmal von vorne über alles nach«, sage ich zu mir selbst und stehe auf.

In der Tür stoße ich mit Ursula zusammen, die eigentlich erst heute Nachmittag kommen wollte.

»Hey, du bist schon da? Ich wollte mir gerade einen Kaffee holen, möchtest du auch einen?«

»Das ist eine sehr gute Idee, ich habe auch ein bisschen Kuchen von gestern mitgebracht.« Sie lächelt, aber nicht mit den Augen.

Die Aussicht auf Kuchen, das Geräusch beim Mahlen des Kaffees und der Duft, als die dunkle Flüssigkeit in die Becher fließt, versöhnen mich mit meinem Dasein, und einmal mehr freue ich mich über diese Kaffeemaschine, für die wir Kollegen vor ein paar Monaten zusammengelegt haben. Selbst Ursula als eingefleischte Tee-Trinkerin gönnt sich seitdem eine Tasse Kaffee am Tag, aber auch wirklich nur eine.

Bei Kaffee und Kuchen könnte man fast vergessen, wozu wir eigentlich hier sind – aber nur fast: »Und, wie geht's jetzt weiter?«, reißt mich meine Kollegin aus meiner Kaffeestimmung. Zwar beginne ich mich langsam an ihre sehr praktische und rationelle Vorgehensweise zu gewöhnen, aber einen weicheren Einstieg hätte ich mir selbst bei ihr durchaus vorstellen können.

»Hey, ich hatte kein Wochenende«, versuche ich die Situation aufzulockern, »das ist sozusagen unser Familien-Sonntagsfrühstück.«

»Hör mir bloß damit auf, von Familie habe ich für die nächsten Monate wirklich genug.«

Ich stutze. »Ist was mit deinen Kindern?«

Sie schüttelt nur den Kopf und zieht eine Akte zu sich, wohl um mir zu signalisieren, dass sie einfach anfangen wolle zu arbeiten.

»Was ist denn los?«, versuche ich trotzdem einen zweiten Anlauf.

»Was los ist?« Sie fährt sich ungeduldig durch die Haare, was ihren Locken allerdings nichts anhaben kann. »Ich hatte Ärger mit meiner Schwägerin, das heißt habe ich immer noch.« Sie macht ein wütendes Schnaubgeräusch, sodass ich fast die Kaffeetasse fallen lasse. Nicht dass ich solche Geräusche nicht kenne, ich produziere verschiedenste Geräusche bei verschiedensten Gelegenheiten, besonders anziehend ist immer wieder mein Grunzen, wenn ich richtig lachen muss. Manchmal frage ich mich, wie viele Männer ich damit schon verschreckt habe.

»Warum«, Ursula sieht mir voll ins Gesicht, mit stahlhartem Blick – meine Güte, wenn sie gestern auch so geguckt hat, ist es durchaus verständlich, dass die anderen sich angegriffen gefühlt haben – »warum«, wiederholt sie jetzt, »meinen Menschen, wenn sie einen freundlichen Ton anschlagen, könnten sie einem jede Gemeinheit, jeden Vorwurf und jede Kritik ins Gesicht sagen, warum hat immer der unrecht, der laut wird?«

Ich brauche einen Moment, um zu kapieren: »Du bist laut

geworden?« Mein Erstaunen ist so groß, dass es selbst bei Ursula ankommt.

Sie lächelt leicht. »Na ja, ich kann noch viel lauter, aber für die meisten Menschen ist meine halbe Lautstärke schon zu viel.«

Ungläubig schaue ich sie an. Das Lauteste, was ich von meiner Kollegin je gehört habe, war ein Zuruf im Flur, und das war gerade mal meine normale Unterhaltungslautstärke gewesen.

Jetzt verzieht sich ihr Mund, und während ich noch überlege, ob sie anfängt zu weinen, bricht sie in ein lautes Lachen aus. Aus der soll mal jemand schlau werden.

»Du solltest mal dein Gesicht sehen. Du entdeckst gerade neue Seiten an mir, oder? Aber sag mal ganz ehrlich, bist du denn zu Hause immer wie hier im Büro?«

Vor meinen Augen sehe ich mich lautstark (und falsch) singend halb nackt durch die Wohnung tanzen. Jetzt lache auch ich. »Ich denke, das hier ist wirklich ziemlich nah an einem Familien-Frühstück, oder?«

Sie lacht immer noch, als ich einwerfe: »Gut, dann wollen wir jetzt mal an die Arbeit gehen.«

Sie schaut etwas erstaunt, immerhin habe ich gerade ihren Spruch geklaut, aber es muss auch Ausnahmen im Leben geben.

»Zuerst möchte ich wissen«, gehe ich direkt in die Vollen, »wie es sein kann, dass jemand Dokumente aus Heinrich Bölls Nachlass auf einem Berliner Campingplatz verkaufen möchte. Ich dachte, die Sachen liegen alle im Archiv.«

»Du weißt aber schon, dass das betreffende Archiv vor ein paar Jahren eingestürzt ist?«

Ich fürchte, Ursula meint diese Frage wirklich ernst, was unangenehme Rückschlüsse auf ihre Meinung über meine Allgemeinbildung zulässt. »Natürlich weiß ich das«, verkünde ich sehr nachdrücklich. »Aber ich weiß auch, dass neunzig Prozent der Akten geborgen werden konnten«, füge ich hinzu, um meinen Wissensstand zu demonstrieren.

»Das ist richtig.« Sie nickt bestätigend und nimmt dann einen Schluck Kaffee. »Aber die geretteten Bestände sind auf verschiedene Aufbewahrungsorte verteilt, ungeordnet, teilweise noch tiefgefroren, und zudem manche in sehr schlechtem Zustand.«

Langsam beginne ich zu begreifen, worauf sie hinauswill. »Das heißt, im Moment hat niemand den Überblick, welche Dokumente da sind und welche nicht?«

Sie wiegt den Kopf hin und her. »Ich bin natürlich auch keine Expertin«, dieses Eingeständnis fällt ihr sichtlich schwer, »aber ich habe mich gestern Abend im Internet schon ein bisschen schlaugemacht. Soweit ich das sehe, könnte es gut sein, dass das Fehlen des einen oder anderen Dokuments im Moment nicht auffällt. Wie ein solches oder sogar mehrere aber nach Berlin ins Freibad kommen, ist mir schleierhaft.«

»Gut, dann werden wir morgen wohl mal mit der zuständigen Stelle sprechen müssen.« Ich gebe meinem Ton eine nachdrückliche Note, wobei ich mit der Begrifflichkeit »zuständige Stelle« nur davon ablenken will, dass ich keine Ahnung habe, wer diese sein könnte. Doch wozu gibt es einen Computer? Bis morgen werde ich schon herausfinden, an wen wir uns wenden können.

»Übrigens habe ich heute Morgen in der Wohnung von Irmgard etwas gefunden.« Ich wühle in den Papieren auf meinem Schreibtisch und stoße dabei die Kaffeetasse fast um. »Diesen Zettel.« Ich reiche ihr den Schnipsel in der Plastiktüte und schildere in kurzen Worten und möglichst würdevoll meine Kriecherei unter den Schreibtisch.

»Übergabe der Dokumente«, liest Ursula vor. »Was soll das denn heißen?«

»Nun, bei Dokumenten habe ich natürlich sofort an die Akten aus dem Stadtarchiv gedacht. In den Unterlagen, die du mir hingelegt hast, waren ja die ganzen Mails von dem Dokumentenverkäufer. Wie gut, dass unsere Fachleute auch gelöschte Mails wieder sichtbar machen können.« Ich habe den betreffenden Stapel Papiere zu mir gezogen. »Aber in keiner dieser Mails folgen die drei Worte so aufeinander wie auf dem Schnipsel.«

Ursula schaut mich irritiert über den Schreibtisch an: »Das bedeutet?«

»Nun ja, ich dachte, es ist vielleicht möglich, dass Irmgard Schiller eine Mail nicht mit ihrem Mailprogramm auf dem Uni-Computer geöffnet hat …«

»Und wie sonst?«, hakt meine Kollegin nach. »Zu Hause hatte sie doch keinen Rechner.«

»Ich weiß es nicht, vielleicht bei ihrem Mann. Das müssen wir noch klären.«

Ich reiche ihr die Papiere über den Tisch. »Vielleicht hat sie diese Mail dann in Fetzen zu Hause in den Papierkorb geworfen. Wo ist denn der restliche Inhalt des Mülleimers?«

Abwesend hebt Ursula ihren Blick von den Papieren in ihren Händen: »Der war doch leer – steht im Bericht der KTU.« Mit einer umfassenden Geste verweist sie auf die Unterlagen auf meinem Schreibtisch. Dann legt sie Papierstück und Mails beiseite.

»Wir geben das morgen Heiwi, er soll herausfinden, ob es verwertbare Spuren auf dem Schnipsel gibt, die Schriften vergleichen und was er noch so macht.« Sie heftet einen Notizzettel für unseren Kollegen an die Tüte. »Außerdem kann man doch Mails auch über das Internet abrufen. Das sollen er oder Matthias mal für Irmgards Mails machen. Und wir«, meine Kollegin hat offensichtlich eine Idee, »wir versuchen es noch einmal bei den Nachbarn von Irmgard Schiller.«

Irgendwie scheine ich etwas ratlos auszusehen, denn Ursula fährt erklärend fort: »Du weißt doch, in dem Haus wohnte Irmgard Schiller, eine weitere Wohnung hat ihr Mann, unterm Dach wohnt der Neffe, der im Moment unauffindbar ist, und dann wohnt im Erdgeschoss noch ein älteres Ehepaar. Die beiden waren bis gestern bei ihrer Tochter in Marburg. Ich habe schon kurz telefonisch mit ihnen gesprochen, aber vielleicht fällt ihnen bei einem persönlichen Gespräch noch etwas ein.«

Ältere Leute sind mir als Zeugen am liebsten. Meistens sehen und hören die eine Menge, da sie nicht mehr so stark mit sich selbst beschäftigt sind, und außerdem haben sie meistens keine Hemmungen, mit der Polizei zu reden, im Gegenteil, da gilt der Titel einer Hauptkommissarin noch etwas, wenn auch die weibliche Endung manchmal irritierend wirkt.

MONTAG, 12.12 UHR

Warum ist das denn so grün hier? Erstaunt bleibe ich am Fenster stehen und starre in den Garten. Zwar sieht man vom Erdgeschoss aus die Elefanten nicht, auf die man aus der Wohnung von Irmgard Schiller im zweiten Stock einen guten Blick hat, dafür hört man durch das gekippte Fenster verschiedene Tiergeräusche, die allerdings fast vollständig von lauten Kinderstimmen übertönt werden.

»Wenn Sie so freundlich sind?«

»Ja, natürlich«, antworte ich, reiße mich von der Aussicht los und nehme der kleinen alten Dame das Tablett ab. Ich war Frau Wegner in die Küche gefolgt, um ihr bei der Zubereitung des Tees zu helfen. Sie hat darauf bestanden, uns etwas zu kredenzen, obwohl auf ihrem Herd, wie ich sehen kann, schon das fertige Mittagessen bereitsteht.

»Danke, dass wir Sie in der Mittagszeit stören dürfen«, erkläre ich jetzt dem grau gelockten Hinterkopf, als wir gemeinsam Tassen und Kanne über den Flur ins Wohnzimmer tragen. Wenigstens haben wir vorher angerufen, beruhige ich mein aufkommendes schlechtes Gewissen. Ursula ist mit Herrn Wegner im Wohnzimmer geblieben, wo er ihr inzwischen offensichtlich seine Gesteinssammlung gezeigt hat, wie sein begeistertes Gesicht und ihre angestrengt interessierte Miene verraten.

Wenigstens hat diese Überbrückung bewirkt, dass das ältere Ehepaar sich wieder etwas beruhigen konnte. Zwar haben sie durch Ursulas Anruf bei der Tochter der Wegners schon vom Tod ihrer Nachbarin erfahren, aber das Auftauchen von zwei Kriminalkommissarinnen scheint den beiden erst bewusst zu machen, dass »Irmschen«, wie sie sagen, nicht nur tot ist, sondern ermordet wurde. Jetzt sitzen sie nebeneinander auf dem Sofa und halten sich an den Händen.

»Das ist ja alles so schrecklich, ich weiß gar nicht, was ich sagen soll, ich kenne dat Irmschen schon seit« – Frau Wegner macht eine Pause, offensichtlich, um nachzurechnen – »ja eben seit ihrer Jeburt. Ihre Eltern wohnten auch schon hier im Haus, nette Leute, und so ein nettes Kind und so intellijent, meinst du nicht, Häns?«

Häns nickt.

»Aber wer kann denn so ’ne nette junge Frau ermorden wollen, oder war es etwa« – sie stockt wieder und fährt dann im Flüsterton fort – »eine Verjewaltijung?«

»Nein, nein«, meine Kollegin hat ihren festen So-jetzt-nehmen-wir-das-Gespräch-mal-in-die-Hand-Ton angeschlagen: »Sie wurde vom Sprungturm eines stillgelegten Freibads in Berlin gestoßen.«

Obwohl ich die Fakten nun schon zur Genüge kenne, empfinde ich diese Aussage erneut als irritierend. Frau Wegner kommentiert diese Nachricht mit einem leisen »Ach du leeven Jott«.

»Nun wollen wir gerne von Ihnen wissen, ob Ihnen etwas aufgefallen ist –«, fährt Ursula fort.

»Nein, nein, überhaupt nix.« Frau Wegner wartet das Ende der Frage überhaupt nicht ab.

»Wir möchten wissen«, springe ich meiner Kollegin bei, »ob Ihnen besonders in den letzten Tagen oder Wochen aufgefallen ist, ob Frau Schiller Sorgen hatte, vielleicht auch Streit mit jemandem?«

»Streit hatten die immer«, brummt Herr Wegner in seinen nicht vorhandenen Bart, was ihm einen strafenden Blick seiner Frau einträgt.

»Wat sähste denn da, Häns, in jeder Ehe jit et Streit, oder? Das war ganz normal. Et Irmschen war ja auch so ein guter Mensch, wissen Se. Der Mischael, ihr Neffe, darf ganz umsonst hier wonne. Und da war mal ein junger Mann, mit dem haben wir se im Wald gesehen, ein Student von ihr, sahte sie später. Der hätte Probleme gehat, und darum hat se sich um ihn gekümmert. Um ihre Studenten hat et Irmschen sich sowieso immer so nett gekümmert …«

Ich werde aufmerksam. »Könnten Sie uns diesen Studenten beschreiben?«

Frau Wegner schüttelt direkt den Kopf, ihr Mann schließt sich mit einer verneinenden Kopfbewegung an und fügt erklärend hinzu: »Wir haben die beiden nur von Weitem gesehen.«

»Dunklet Haar«, fällt da Frau Wegner noch ein, »und groß.«

Ursulas Gedanken gehen schon in eine andere Richtung: »Der Neffe – Michael –, wissen Sie, wo wir den finden können?«

Mit dieser kleinen Frage hat meine Kollegin eine Lawine losgetreten. Minutenlang schildert uns nun Frau Wegner die Familiengeschichte der Schillers, erzählt von den beiden Schwestern, von denen nur die eine, Irmgard, das Haus erbt und die andere mit dem Pflichtteil abgespeist wird, weil sie einen »Gassarbeidersjung« geheiratet hat. Dann berichtet sie ausführlich von dem Neffen Irmgards, der erst vor kurzer Zeit wie der verlorene Sohn aufgetaucht und mit offenen Armen empfangen worden ist – bis ich eine Atempause schamlos ausnutze, um die ursprüngliche Frage zu wiederholen:

»Und wo könnte Michael jetzt sein?«

Doch darauf haben die Nachbarn keine Antwort.

Also versuche ich es anders: »Können Sie uns vielleicht sagen, wo Sie am Donnerstag und in der Nacht zum Freitag waren?«

»Sind wir etwa verdächtig?« Frau Wegner haucht die Worte nur.

»Nein, nein« – oh, was habe ich da nur gesagt –, »Sie sind nicht verdächtig, aber vielleicht haben Sie etwas gesehen oder gehört, das uns weiterhelfen könnte.«

Da seine Frau noch immer verunsichert scheint, schildert uns Herr Wegner jetzt sehr ausführlich den Tagesablauf der beiden am Donnerstag mit Arztbesuch, Mittagsschläfchen und Ausflug in die Stadt. Ursula wird immer ungeduldiger, was aber offensichtlich nur mir auffällt.

Bei einer passenden Gelegenheit hakt sie schließlich ein: »Wann haben Sie denn Frau Schiller zum letzten Mal gesehen?«

»Morgens, als wir zum Arzt gingen. Sie hat gerade die Post aus dem Briefkasten geholt.«

»Hat sie vielleicht gesagt, ob sie vorhatte, zu verreisen?«

»Nein, das hat se nich, im Gegenteil, sie hat erzählt, dass sie heute zu Hause arbeid, komisch, das hat sie sonst nie gemacht, sahte immer, in der Universität könnte sie besser arbeide. Sie hat uns noch eine gute Reise gewünscht. Danach haben wir se nich mehr gesehen.« Frau Wegner schluchzt leise.

In möglichst freundlichem Tonfall fahre ich fort: »Und Herrn Hantke, haben Sie den am Donnerstag oder Freitag gesehen?«

»Dä Herr Professor? Nä, den haben wir am Donnerstag nich gesehen.«

»Dafür parkte dem sein Wagen die ganze Zeit auf unserem

Platz direkt vor dem Haus! Und abends hat der ganz schön laut ferngesehen.« Herr Wegners Stimme zittert leicht vor Empörung.

»Wann war das?«

»Um Viertel nach zehn.«

Irritiert schaue ich Herrn Wegner an.

»Das waren die Tagesthemen – hört man doch an der Melodie! Freitagmorgen habe ich ihn übrigens auch gesehen. Ich gehe jeden Tag ganz früh spazieren, immer pünktlich um halb sieben. Da stand der Herr Professor gerade im Flur, um die Zeitung hochzuholen – im Schlafanzug, aber mit Straßenschuhen. Komisch, habe ich noch gedacht, und das am Feiertag. Sonst sieht man den nie vor neun oder zehn Uhr, sogar mitten in der Woche.«

MONTAG, 14.00 UHR

»Dann ist der Ehemann wohl endgültig raus. Die Wegners haben seine Aussage, am Freitagmorgen um halb sieben Uhr die Zeitung geholt zu haben, bestätigt, und zwischen Viertel nach zehn abends und halb sieben Uhr morgens bleibt offensichtlich zu wenig Zeit für einen Ausflug nach Berlin.« Die Enttäuschung in meiner Stimme ist unüberhörbar. Über meinen dampfenden Kaffee hinweg schaue ich meine Kollegin auf der anderen Seite der Schreibtische an.

»Du magst ihn nicht.« Das ist mehr eine Aussage als eine Frage von Ursula gewesen.

»Er hat heute Morgen einfach einen schlechten Eindruck auf mich gemacht.«

»Wie würdest du denn reagieren, wenn jemand die Sachen deiner kürzlich verstorbenen Frau durchwühlt? Vielleicht steht er einfach noch unter Schock, jeder Mensch verarbeitet Trauer anders.«

Oh nein, nicht schon wieder diese Verständnisleier – im Prinzip nicht falsch, aber nicht meine Tasse Kaffee, wie man so nett sagt.

»Wir müssen morgen auf jeden Fall endlich die Vermögensverhältnisse klären.« Ursula bleibt sachlich. »Und wenn dieser Neffe etwas oder viel erbt, dann schreiben wir ihn zur Fahndung aus.«

»Ja, wo mag der nur sein?«, murmele ich vor mich hin.

Ursula hat während unseres Wortwechsels einen dicken Papierstoß hervorgezaubert und in zwei gleichen Hälften auf ihren und meinen Platz verteilt. »Das hier schauen wir als Nächstes durch«, verkündet sie jetzt voller Elan, während meine Energie schlagartig verfliegt.

»Was sind das denn für Listen?« Warum muss ich immer nachfragen, warum knallt sie mir einfach ein paar Kopien auf den Tisch ohne weiteren Kommentar? Man könnte ja mal ein Wort zu viel verlieren!

»Ach«, Ursula hebt tatsächlich den Kopf, »das sind die Listen der Studenten, die in den letzten Jahren bei Frau Schiller zu Veranstaltungen angemeldet waren.« Sie will schon wieder weiterlesen.

»Und«, mein Ton wird langsam, aber sicher genervt, »was suchen wir in den Listen?«

»Natürlich das Verhältnis; den Jungen mit dem Diktatorennamen.«

»Du glaubst nicht wirklich, dass wir hier irgendwo einen Adolf in den Kopien finden, oder?«

Jetzt ist es an Ursula, genervt zu reagieren. Sie schießt mir einen vernichtenden Blick zu: »Natürlich nicht! Aber bist du schon mal auf den Gedanken gekommen, dass es noch mehr Diktatoren gab als Hitler? Wer von uns beiden hat denn Geschichte studiert und erzählt das bei jeder Gelegenheit?« Dieser Seitenhieb musste jetzt natürlich sein. »Vielleicht heißt jemand Josef, wie Stalin, oder Francisco, wie Franco.«

Gut, das könnte sein, da muss ich ihr recht geben, was ich natürlich nicht laut sage. Im Gegenteil, mit einer Aura der Erhabenheit beuge ich mich jetzt über die Listen, um sie durchzugehen. »Warum reichen die Listen nur zwei Jahre zurück?«

»Diese Listen konnte die Sekretärin auf die Schnelle aus dem Computer ziehen. Die Teilnehmer der Veranstaltungen früherer Semester muss sie etwas aufwendiger zusammenstellen, aber die bekommen wir in den nächsten Tagen.«

Langsam gehe ich die aufgeführten Namen durch, wobei ich Mädchennamen einfach überlese, schließlich hatte Henry, der nette Franzose an der Aufsicht des Germanistischen Seminars, ausdrücklich von einem männlichen Verhältnis gesprochen. Als ich die Liste beiseitelege, ist meine Kollegin natürlich schon fertig und wirkt etwas unzufrieden.

»So wird das nichts! Das sind einfach zu viele. Dabei suchen wir noch nicht einmal die Nadel im Heuhaufen, sondern einen Halm.« Sie macht eine resignierte Handbewegung.

Ich seufze. »Ich denke, es hilft nichts. Wir müssen alle männlichen Teilnehmer rausschreiben und durchleuchten. Allerdings sollten wir uns, wenigstens für den Anfang, auf die älteren Studenten beschränken.«

Erneut machen wir uns an die Arbeit. Dabei hasse ich jeglichen Papierkram, und eine lange Liste mit Tausenden, na ja, auf jeden Fall gefühlten Tausenden, von Namen auf einen vagen Verdacht hin durchzugehen, ist der schlimmste Papierkram, den ich mir vorstellen kann.

Mit einem Stift markiere ich alle männlichen Studenten der fortgeschrittenen Semester. Ich habe extra einen Marker in knalligem Pink gewählt, um meiner Laune wenigstens optisch auf die Sprünge zu helfen. Ursula benützt natürlich einen Buntstift, wahrscheinlich aus dem Bioladen. Sofort bekomme ich wegen meines synthetischen Industrieprodukts ein schlechtes Gewissen. – Ich sollte mich besser auf meine Arbeit konzentrieren.

»Meine Engel!«

Bei diesem Ausruf in der Lautstärke eines Trompetenstoßes zucke ich unwillkürlich zusammen.

Ursula runzelt nur die Stirn. »Heiwi, was machst du denn hier?«

»Hast denn nur du, mein Schatz, das Anrecht darauf, an einem Montag zu arbeiten?«, kontert unser Kollege daraufhin zuckersüß.

Ursula verzieht ihr Gesicht noch eine Spur mehr, sagt aber nichts.

»Hey, was gibt's?« Im Gegensatz zu meiner Kollegin freue ich mich über den Besuch. Bei Heiwi weiß man nie genau, wann er im Büro ist. Er liebt ungeregelte Arbeitszeiten genauso wie gutes Essen, und seitdem er nach eigenen Angaben »in den besten Mannesjahren« ist und seine drei Töchter fast erwachsen sind, meint er, sich in beiderlei Hinsicht keinerlei Beschränkungen mehr auferlegen zu müssen. Das führt zwar dazu, dass er Teambesprechungen zu normalen Bürozeiten verpasst, dafür kann man ihm jederzeit jegliche anfallende Untersuchung aufs Auge drücken.

»Schön, dich wiederzusehen! Ich habe schon befürchtet, du würdest Köln nur als Arbeitszwischenstopp zwischen der alten und der neuen Hauptstadt benutzen.«

Als wäre ich freiwillig nach Berlin gefahren …

»Und du, mein Engel«, er wendet sich an Ursula, »solltest mir dankbar sein. Gestern Abend hast du dich noch darüber gefreut, dass ich die gelöschten Mails wieder hervorgezaubert habe.«

Meine Kollegin ringt sich zu einem Lächeln durch. Nicht dass sie Heiwi nicht mag, ich glaube, es gibt überhaupt niemand, der

Heiwi nicht mag, aber seine stetig gute Laune geht ihr regelmäßig auf die Nerven.

»Ich bin dir immer und für alles dankbar, das weißt du doch.«

Heiwi ist versöhnt, schließlich kennt er Ursula schon, solange sie denken kann – das ist der Nachteil, wenn man aus einer Polizistenfamilie stammt.

»Was bekomme ich für eine weitere Top-Information?« Er sieht uns forschend an.

Beim ersten Mal habe ich seine Frage für einen blöden Spruch gehalten und etwas forsch geantwortet, ob ich ihn für seine Arbeit bestechen müsste. Inzwischen weiß ich, dass er tatsächlich eine Gegenleistung für jede Information erwartet, und zwar in Naturalien, wobei er immerhin in keinster Weise wählerisch ist. Von mir hat er deshalb schon alles Mögliche zwischen einem angestaubten Kaugummi und einer Schachtel teuerster Pralinen bekommen, von Ursula dagegen eine Auswahl diverser Gemüse aus biologischem Anbau und verschiedenste Vollwertkekse.

Diesmal bin ich vorbereitet: Ich beuge mich zu meiner Handtasche und ziehe einen Schokoladenbären mit der Aufschrift »Grüße aus Bär-lin« heraus und direkt einen zweiten hinterher, den ich Ursula reiche. Gestern auf dem Berliner Hauptbahnhof gab es zehn Bären zum Sonderpreis, da musste ich einfach zugreifen.

Heiwi beginnt direkt, den armen Bären zu köpfen, und auch Ursula bedankt sich, offensichtlich ehrlich erfreut.

»Und nun? Ist deine Gegenleistung von derselben Klasse wie mein Bär?«

Mein Kollege schiebt ein ziemlich großes Stück Schokolade in die Backentasche und verkündet: »Ich weiß, von wo die Mails versandt wurden.«

»Welche Mails?«

Mal wieder ernte ich einen bösen Blick meiner Kollegin für diese Zwischenfrage. Warum weiß sie immer, worum es geht, ohne jede Erklärung?

»Aber Engel, wir versuchen doch den Absender der Mails zu finden, der der Professorin den Böll angeboten hat.« Heiwi sieht mich zärtlich an, er liebt es, andere belehren zu können.

»Okay, und?«

»Ratet mal!«

Gut, jetzt ist nicht nur Ursula genervt, sondern auch ich werde etwas unruhig. Nicht nur, dass man für jede Information etwas springen lassen muss, auch wenn es nur Süßigkeiten sind; wenn Heiwi besonders gut gelaunt ist, muss man auch noch raten.

»Heute nicht.« Ursulas Stimme klingt nur noch mühsam beherrscht.

Sofort geht ein Schatten über das Gesicht unseres Kollegen, sodass ich mich gezwungen sehe, die Situation zu retten: »Na ja, wie wäre es mit vier Vorgaben?«

»Also«, Heiwi wartet erst gar nicht darauf, was Ursula dazu sagt, »a) der Server im Kanzleramt, b) der private Computer des Opfers, c) ein Internetcafé auf der Keupstraße oder d) der Laptop ihrer Sekretärin.«

»C.« Unsere Antwort kommt wie aus einem Munde.

»Na ja, gut, das war zu einfach für meine Engel, nächstes Mal bereite ich mich besser vor. Hier ist die Adresse. Und was macht ihr so Schönes?«

Sein schneller Themenwechsel zeigt, wie übel er uns unsere richtige Antwort nimmt, aber Ursula scheint das nicht zu stören.

»Wir gehen die Namen der Studenten von Irmgard Schiller durch, um eventuell denjenigen zu finden, mit dem sie ein Verhältnis gehabt haben könnte.«

Während Ursulas Erklärung überkommt mich plötzlich das Gefühl, etwas Wichtiges überlesen zu haben. Noch einmal greife ich nach meinem Teil der Liste. Wo hatte ich noch mal gestutzt beim Durchlesen? Genau, es ist ein Oberseminar gewesen. Hektisch suche ich die betreffende Seite heraus und lese sie noch einmal, diesmal aber laut, ohne mich an den erstaunten Blicken meiner Kollegen zu stören: »Peter Weber, Ivonne Maltik, Fatima Güntürk, Verona Poll, Slobodan Lburić ...«

Natürlich, wie blöd kann man denn eigentlich sein! Gut, ich kann zu meiner Verteidigung anfügen, dass ich bei der Befragung in Berlin die vollständigen Namen nicht selbst aufgenommen habe, sondern die hilfreiche Kollegin, die mir zugewiesen worden war. Und man spricht den Namen auch anders aus: Liburitsch, aber trotzdem ...

»Was ist?« Ursula ist aufmerksam geworden.

»Wir haben ihn. Hier, Slobodan Lburić, erstens der Name eines Diktators, Slobodan Milošević, und noch dazu einer von der Gruppe aus Magdeburg, die ich in Berlin verhört habe.«

»Natürlich.« Dafür, dass ich in Berlin gewesen bin und nicht meine Kollegin, fällt bei ihr der Groschen recht schnell. »Dieser zugeknöpfte Slobo!«

»Genau.« Ich nicke grimmig.

»Und alles nur, weil ich danebenstand!« Wenigstens die gute Laune von Heiwi ist wiederhergestellt. »Dann gehe ich jetzt mal nach Hause.« Ziemlich zügig wendet er sich Richtung Tür, doch Ursula ist schneller.

»Heiwi«, ruft sie ihn zurück und drückt ihm das Tütchen mit dem von mir gefundenen Papierschnipsel in die Hand. »Könntet ihr, du oder Matthias, dieses Stück bitte untersuchen und nachforschen, ob es noch Mails an Irmgard Schiller gibt, die nicht auf ihrem Rechner in der Uni gelandet sind?«

»Das machen wir gleich morgen früh.« Mit diesem Satz ist er endgültig verschwunden.

»Dem werde ich jetzt einen Besuch abstatten«, verkünde ich, als mein Kollege weg ist.

»Dem Slobo?«

»Natürlich.«

»In Magdeburg?«

»Nein, der arbeitet und wohnt inzwischen in Bonn, die Adresse müsste ja bei den Unterlagen sein, die ich aus Berlin mitgebracht habe.«

»Soll ich mitkommen?«

»Nein, du gehst jetzt mal nach Hause, dann hast du wenigstens noch ein bisschen vom Ferientag mit deinen Kindern. Wir sehen uns dann morgen früh wieder.«

»Gut.«

Eigentlich habe ich eine etwas ausführlichere Reaktion erwartet, vielleicht sogar einen Dank, dass sie nach Hause gehen kann, aber was soll's!

»Aber zuerst«, Ursula ist offensichtlich noch nicht fertig, »gucken wir auf der Keupstraße vorbei.«

MONTAG, 16.15 UHR

Wir sind da. Ich schaue interessiert aus dem Beifahrerfenster meines eigenen Autos. Am Anfang meiner Zusammenarbeit mit Ursula habe ich einen folgenschweren Fehler begangen: Auf dem Weg zu einem Tatort fragte ich sie, wo der denn wäre – schließlich war ich zu diesem Zeitpunkt erst wenige Tage auf dem Kölner Präsidium und wohnte sogar noch in Bonn. Daraufhin streckte sie gebieterisch die Hand aus und meinte nur: »Ich fahre.« Und ich Blödian legte tatsächlich meine Autoschlüssel in ihre Hand und ließ sie ans Steuer.

Seitdem greift Ursula bei Einsätzen in Gegenden von Köln, die ich noch nicht kenne – und davon gibt es immer noch genug –, ohne zu fragen nach meinen Autoschlüsseln, wenn wir nicht einen Dienstwagen benutzen. Denn Ursula kommt immer mit der Bahn zur Arbeit, und ich glaube ihr sogar, dass sie das vor allem aus Umweltgründen macht. Allerdings habe ich auch das Gefühl, dass sie es genießt, hie und da mit meinem schnellen, deshalb auch nicht unbedingt umweltschonenden Auto fahren zu können.

»Und, was sagst du?« Ursula sieht mich fragend an.

»Ich fühle mich wie im Urlaub.«

Sie lacht.

Tatsächlich, die Straße erinnert mich an Istanbul, vor allem der Geruch, wie ich beim langsamen Aussteigen feststelle. Leider passen der graue Himmel und die Temperatur nicht zu dem Erinnerungsbild, das vor meinem inneren Auge entsteht. In der türkischen Mittelmeermetropole habe ich vor noch nicht einmal einem Jahr einige wunderschöne und faszinierende Tage verbracht. Aber das war in meinem vorherigen, anderen Leben.

»Allerdings sehen nicht alle Kölner diese Straße als eine Art Urlaubsparadies.« Ursula ist auch ausgestiegen und sieht sich prüfend um.

»Warum können wir nicht wie in Amerika mit solchen Gegenden umgehen? Da heißt dann ein Viertel einfach Chinatown und wird dadurch zur Touristenattraktion. Wir in Deutschland sehen weniger den exotischen Charakter als vielmehr Verbrecherhorte, dabei lauern Verbrecher und Verbrechen überall.«

»Ja, auch in Chinatown, schließlich hat die Chinesenmafia die italienische längst in den Schatten gestellt«, stellt meine Kollegin in ihrer sachlichen Art fest. »Dort ist das Internetcafé.«

Sie stiefelt los, ohne nachzusehen, ob ich ihr folge, was ich deshalb notgedrungen tue. Wahrscheinlich wird man so als Mutter.

Im Laden empfängt uns ein Läuten, das an Big Ben erinnert. Offensichtlich der englische Teil der Multikulti-Einrichtung, die uns im Laden empfängt. Man kann auch sagen, bunt zusammengewürfelt, aber die farbenfrohen indischen Decken an den Wänden, die winkenden Chinakatzen im Schaufenster und die schwedische Inneneinrichtung, gepaart mit einem türkischen Samowar und einer Kuckucksuhr aus dem Schwarzwald, schaffen ein internationales Ambiente. Die Computer auf den Tischen sind dagegen aus Ostasien und ziemlich neu, wie ich mit schnellem Blick feststelle.

Hinter einer improvisierten Theke aus einem klapprigen, unbehandelten Kiefernholz-Regal steht ein junger Mann, der sich mit einem der Nutzer unterhält. Bruchstücke wie »krass, Mann«, »steile Schnalle« und »chillig« lassen meine Haare zu Berge stehen, wobei ich mangels eines Spiegels nicht sicher bin, ob das tatsächlich im wahrsten Sinne des Wortes so ist.

Als wir die Theke erreicht haben, wendet sich der junge Mann um und mustert uns kurz. »Womit kann ich Ihnen helfen?«, fragt er.

Seine Aussprache hat plötzlich jeden Akzent verloren, ich bin beeindruckt und hake direkt nach: »Haben Sie nicht gerade ganz anders gesprochen?«

Er grinst ein bisschen: »Ich passe meine Sprache der Erwartung meiner Kunden an.«

»Und was erwarten wir?«

»Irgendeine Auskunft – Sie sind doch von der Polizei, oder?«

Ich bin einen Moment pikiert, denn ich werde ungern direkt für das gehalten, was ich bin.

Ursula entgegnet dagegen schlagfertig: »Hatten Sie schon so viel mit unseren Kollegen zu tun, dass Sie uns gleich beim Hereinkommen erkennen?«

Er grinst nur breiter und schaut uns erwartungsvoll an.

Meine Kollegin macht auch gleich weiter. »Wir haben Hinweise darauf, dass von Ihrem Internetcafé Mails abgesandt wurden, die in einem Zusammenhang mit einem Mordfall stehen könnten, und erwarten Ihre Mithilfe.«

»Sie *bitten* um meine Mithilfe, meinen Sie wohl.«

Ursula zieht nur ihre Augenbrauen in die Höhe; mit meiner Beteiligung an diesem Gespräch rechnet offensichtlich sowieso niemand mehr.

»Es tut mir leid, aber über meine Kunden gebe ich grundsätzlich keine Auskünfte, außer«, er lächelt uns fast mitleidig an, »Sie haben eine richterliche Verfügung.«

Meiner Kollegin scheint es nun tatsächlich vorübergehend die Sprache verschlagen zu haben. Doch dann lächelt sie den jungen Mann freundlich an und erwidert in einem Tonfall, der den seinen sehr genau trifft: »Aber was denken Sie! Wir möchten nur, natürlich gegen Bezahlung, einen Ihrer Rechner nutzen. Wir testen dieses«, sie schaut sich prüfend um, »Etablissement für die Polizei Köln. Wenn wir zufrieden sind, schicken wir unsere Kollegen auch vorbei. Ich denke, es stört Sie nicht, wenn bei Ihnen ab morgen jeden Tag Uniformierte ein und aus gehen? – Ach, und der Vollständigkeit halber hätte ich gerne Ihren Ausweis gesehen.«

Nur ein Blitzen in seinen schwarzen Augen verrät den Ärger des jungen Mannes, während sein Mund immer noch zu einem Lächeln verzogen ist, als er Ursula seinen Personalausweis reicht. »Igor Iwanowitsch«, steht darauf – mit einem russischen Namen hätte ich nicht gerechnet. Dieser Mann scheint genauso international zu sein wie sein Internetcafé.

Ohne ein weiteres Wort reicht Ursula ihm seinen Ausweis zurück, geht dann zielstrebig auf einen der Computer zu und setzt sich. Ich folge ihr und kann mir eine gewisse Anerkennung nicht verkneifen. Der Ladenbesitzer – oder Ladenhüter –, das kann ich noch aus den Augenwinkeln sehen, hat sein Lächeln inzwischen komplett verloren.

An einem der hinteren Bildschirme lässt Ursula sich nieder, und ich ziehe mir den Nachbarstuhl heran.

»Was machen wir jetzt?«, will ich wissen.

»Wir tun so, als benutzten wir den Computer.«

Ich schaue einen Moment ins Leere. »Weißt du was? Wir tun nicht nur so.« Mir ist eine Idee gekommen.

»Was hast du vor?«

»Rück mal ein Stück«, brumme ich nur und wende mich dem Computer zu.

Wenige Minuten später habe ich eine neue Mailadresse bei einem der kostenlosen Anbieter eingerichtet und von dieser eine Nachricht an unseren Dokumentenverkäufer gesendet: »Dringendes Interesse an Böll-Dokumenten.« Dass mir das nicht schon früher eingefallen ist! Als ich fertig bin, zahlen wir unsere Gebühren und wenden uns zum Gehen, doch kurz vor der Tür – Ursula muss ein Columbo-Fan sein – dreht meine Kollegin sich noch einmal um:

»Noch sind wir nicht zufrieden mit Ihrem Service und können Sie unseren Kollegen somit nicht weiterempfehlen. Möglicherweise geben wir Ihnen aber in den nächsten Tagen noch eine Chance, und dann hoffen wir auf eine bessere Zusammenarbeit von Ihrer Seite.«

»Wir hier in der Keupstraße wissen ja besonders gut, wie man sich auf die Zusammenarbeit mit der Polizei verlassen kann«, hören wir den jungen Mann noch rufen, während wir zu den Tönen von Big Ben den Laden verlassen.

MONTAG, 17.18 UHR

Endlich freie Fahrt! Eine gefühlte Ewigkeit hat es gedauert, Ursula am Bahnhof abzusetzen und dann durch die Straßen von Köln bis zum Verteiler zu kommen.

Jetzt habe ich den dichten Bereich hinter mir, und der Verkehr lichtet sich – man merkt der Autobahn die Schulferien an. Daher kann ich Gas geben, und meine Laune verbessert sich schlagartig; weniger wegen des Ziels – Bonn meide ich seit einiger Zeit. Außerdem macht es mir ein schlechtes Gewissen, dass schon wieder ein Wochenende fast vorbei ist, ohne dass ich meine Eltern auch nur angerufen hätte. Wenn ich heute Abend noch einen Abstecher dorthin mache, fällt vielleicht noch etwas Leckeres zum Essen für mich ab.

Meine gute Laune erhält noch einmal Auftrieb, und ich drücke das Gaspedal noch ein bisschen mehr nach unten. Ja, ich fahre gern Auto. Damit meine ich weniger den Weg morgens zur Arbeit, bei dem ich mehr an Ampeln stehe als wirklich fahre. Trotzdem nehme ich doch meistens das Auto, wie so viele andere auch, offensichtlich ist das Benzin immer noch nicht teuer genug und die Umwelt nicht zerstört genug. Ich beschließe mal wieder, ab morgen mit dem Fahrrad zum Dienst zu fahren.

Der Weg nach Bonn allerdings ist fürs Fahrrad definitiv zu lang, und so genieße ich die Fahrt über die Autobahn. Ich fliege schnell und vor allem ungestört dahin. Außerdem kann ich im Auto Musik mal so richtig laut hören, und damit meine ich im Grönemeyer'schen Sinne so laut, dass sie in den Magen fährt. Sonst geht das eher nicht – Kopfhörer sind keine wirkliche Alternative, und in der Wohnung bekommt man Ärger mit den Nachbarn. Obwohl ich bei der älteren Dame unter mir einiges guthätte, denn an ihrem Fernsehprogramm darf ich regelmäßig teilhaben. Gegen Kopfhörer hat sie etwas – genau wie ich. Also muss ich wohl damit leben, was mir angesichts von Frau Kunzes Freundlichkeit allerdings nicht schwerfällt. Außerdem erinnert sie mich an meine Oma, die den Fernseher, auf dem abwechselnd »Dallas« und Volksmusik liefen, auch immer sehr, sehr laut stellte. Wenn wir dann mal wieder an der Terrassentür winken mussten, um ins

Haus zu kommen, öffnete sie mit den vorwurfsvollen Worten: »Habt ihr wieder extraleise geklingelt?«

Ich drehe das Radio noch ein bisschen lauter, denn es wird eines meiner Lieblingslieder gespielt. Die Idee, einem Mann mit den Worten »Heute Abend bleibt ihr alleine, du und deine Hände« einen Korb zu geben – wie Pink –, fand ich von Anfang an faszinierend. Obwohl ich mich auch immer frage, ob nicht so mancher Mann nicht weniger aufdringliche weibliche Anmachversuche gern mit den Worten »Da bleibe ich heute Abend lieber allein mit meinen Händen« abgewiesen hätte.

Am Bonner Verteiler schalte ich das Radio leiser. Obwohl ich in dieser Stadt aufgewachsen bin, muss ich suchen, um die kleine Straße, in der Slobo wohnt, zu finden. Ich habe vorher angerufen, um mich anzukündigen. Zum einen, um ihm eine unruhige halbe Stunde zu bescheren, zum anderen, um den Weg nach Bonn nicht umsonst machen zu müssen.

Als er die Tür öffnet, erschrecke ich. Schon auf dem Campingplatz hat er erschüttert ausgesehen, aber jetzt ist er nur noch ein Häuflein Elend. Selbst seine sonst recht große Gestalt scheint in sich zusammengesunken zu sein, was durch seinen tiefschwarzen Jogginganzug – natürlich mit Kapuze – noch unterstrichen wird.

»Die Schuhe.« Er deutet auf meine Sneaker und geht dann vor in die Wohnung.

Offensichtlich soll ich die Schuhe ausziehen. Ich werfe sicherheitshalber einen verstohlenen Blick auf meine Strümpfe; gut, keine durchscheinende Stelle.

Auf seine Frage hin akzeptiere ich ein Glas Wasser, er selbst nimmt sich ein Bier aus dem Kühlschrank, aber ich widerstehe der Versuchung, schließlich bin ich im Dienst.

Er stellt keine Fragen, sieht mich nur leer an. Dieses Gespräch muss ich in die Hand nehmen: »Herr Lburić«, beginne ich.

»Waren wir nicht schon mal beim Du?«

Wie auch immer: »Slobo, ich bin noch einmal hergekommen, weil wir meinen, dass du« – ich will »das Mordopfer« sagen, schlucke das aber früh genug herunter – »Irmgard Schiller besser gekannt hast, als du mir in Berlin gesagt hast.«

Er nickt nur.

»Ihr hattet« – wie soll ich das am besten ausdrücken? – »eine enge Beziehung?«

Wieder nur ein Nicken.

»Warum hast du mir das in Berlin nicht erzählt?«

Der Hauch eines Grinsens erscheint kurz in seinen Augen: »Damit du mich direkt als Täter festnimmst?«

Ich hole Luft, um einen Einwand anzubringen, aber er wischt diesen unausgesprochen mit einer Handbewegung weg. »Ich hatte die Gelegenheit, ich war vor Ort, und bei einer geheimen Affäre lässt sich leicht ein Motiv finden.« Da hat er nicht so unrecht.

»Es wäre sehr hilfreich, wenn du mir etwas mehr über deine Beziehung zu Frau Schiller erzählen könntest.«

Er zögert, nimmt einen langen Schluck aus seiner Bierflasche und sieht mich mit durchdringenden braunen Augen an. Dann zuckt er mit den Schultern.

»Gegen Ende meines Studiums habe ich ein Hauptseminar bei Irmgard belegt. Das Thema war Heinrich Böll, und meine Beiträge haben ihr offensichtlich gefallen. Wir diskutierten nach der Stunde noch weiter. Das kam immer öfter vor. Dann trafen wir uns einmal zufällig. Wirklich zufällig!« Offensichtlich hat er gesehen, wie ich die Augenbrauen hochgezogen habe.

»Ich nahm meinen gesamten Mut zusammen und lud sie zu einem Kaffee ein. Das war sehr nett, aber auch alles. Ich hatte schon vorher gefragt, ob ich im nächsten Semester, das heißt während meiner Prüfungen, für die ich schon einen anderen Professor gewählt hatte, ihr Oberseminar besuchen dürfte, und sie hatte es erlaubt. Unsere Diskussionen waren immer sehr angeregt, teilweise auch wieder über die offizielle Zeit hinaus. Nach Abschluss meiner Prüfungen schrieb ich ihr einen Brief und lud sie zum Essen ein, sie akzeptierte und, na ja«, er stockte, »es blieb nicht beim Essen. Aber wir sahen uns nur ein paarmal, sie wollte ihren Mann nicht verlassen und nicht weiter betrügen, obwohl, wie ich das mitbekommen habe, er in dieser Hinsicht keine großen Hemmungen hat.«

Fast frage ich nach: Und das war's? Aber ich übe mich in Geduld, nicke nur verständnisvoll und nippe an meinem Wasser. Slobo scheint mich jedoch vergessen zu haben. Sein Blick ist während der Erzählung zum Fenster hinausgewandert und hängt an einer Kastanie, deren Blätter sich langsam verfärben.

»Warum bin ich nicht gesprungen, als ich da oben stand?« Sein Blick richtet sich so plötzlich auf mich, dass ich zusammenzucke. Irgendetwas habe ich verpasst, oder? »Ich stand dort oben, wo sie gestanden haben muss, ich habe hinuntergeblickt, ins Schwarze, und gedacht: Wenn du jetzt springst, bist du vielleicht wieder mit ihr zusammen. Aber ich war mir nicht sicher, ich war mir nicht sicher ...« Seine Stimme wird immer leiser, den Blick wieder auf die Kastanie gerichtet. Dann wendet er sich plötzlich erneut zu mir um.

»Verstehst du, ich war mir nicht sicher. Mensch, ich bin als gläubiger Muslim erzogen, Selbstmord kann für mich nicht in Frage kommen, verstehst du?«

Um ehrlich zu sein, verstehe ich nur die Hälfte, aber er scheint diesmal wirklich eine Reaktion von mir zu erwarten. »Du bist Muslim?« Offensichtlich ist es nicht diese Reaktion gewesen, die er erwartet hat.

»Warum nicht?« Seine Stimme ist gleichzeitig kalt und trotzig.

»Nun ja«, wie soll ich das jetzt sagen?, »weil du Slobodan heißt ... wie Milošević«, füge ich sicherheitshalber noch hinzu.

Wieder taucht der Anflug eines Grinsens in seinem Gesicht auf. »Ich komme aus dem Kosovo, meine Eltern gehörten zu der kleinen muslimischen Minderheit, die sich tatsächlich als Jugoslawen gesehen hat. Was ich verstehen kann. Weniger ihre tatsächliche Verehrung des Kommunismus und des damaligen Parteivorsitzenden, dem ich meinen Vornamen verdanke.« Seine Stimme verliert sich, und sein Blick wandert zur Kastanie.

»Also bist du nicht gesprungen.« Vielleicht kann ich das Gespräch wieder in Gang bringen.

»Das stimmt. Selbstmord ist keine Lösung – eigentlich nie, oder? Aber wenn ich beim Runterklettern abgerutscht wäre ... Doch da war plötzlich dieser Schatten.«

Jetzt bin ich wieder auf der Höhe des Geschehens. »Welcher Schatten?«

»Gerade als ich die Leiter hinter mir hatte, schien jemand sich dem Sprungturm zu nähern. Aber ich bin nicht dageblieben, um zu sehen, wer es ist, ich bin einfach gegangen, eigentlich fast weggelaufen. Mörder kommen doch oft an den Ort ihres Verbrechens zurück, oder?«

Genau den Gedanken hatte ich auch, als ich in Berlin jemand vom Sprungturm weglaufen sah. Slobo war also dieser Schatten. Seine Geschichte dazu scheint ihn zu entlasten, vielleicht ist dieser Eindruck aber auch beabsichtigt.

Vorsichtig taste ich mich weiter vor: »Sag mal, wie ging das denn dann weiter mit dir und Irmgard?«

Wieder dauert es lange, bis Slobo antwortet: »Monatelang hörte ich nichts von ihr, dann hielt ich es nicht länger aus. Inzwischen hatte ich meine Arbeit hier in Bonn aufgenommen. Ich war also definitiv kein Student mehr – auch ein Argument, mit dem sie eine engere Beziehung immer abgelehnt hatte. Ich wartete auf sie an ihrer Joggingstrecke, was ich früher auch öfters gemacht hatte – und dann fing alles von vorn an. Aber diesmal«, er schluckt und seine Stimme ist brüchig, »wollte sie ihren Mann verlassen. Sie wollte mit ihm reden. Ich war schon in Sorge um sie. Wenn du mich fragst, hat der Mann sie nicht mehr alle. Irmgard hat mal erzählt, er hätte eine Waffe. Als ich ihre Mail bekam, dachte ich auf jeden Fall, alles wäre erledigt.«

Jetzt muss ich aber wirklich nachhaken: »Welche Mail?«

Er sieht mich an, verwundert – über meine Frage, über meine Anwesenheit?

»Sie wusste, dass ich über das lange Wochenende in Berlin sein würde, die Zelttour mit meinen Freunden war schon lange geplant. Seit unserem Abitur gehen wir jedes Jahr über den Tag der Einheit zelten. Am 15. August, also an Klaus' Geburtstag, legen wir das Ziel fest. Vor ungefähr zwei Wochen mailte Irmgard mir, sie würde auch kommen. Aber es war ein Fiasko, sie war mit ihren Gedanken völlig woanders, irgendwas schien sie in Berlin erledigen zu müssen. Ich half ihr, das Zelt aufzubauen, erst haben wir uns gestritten, dann haben wir … Reden wollte sie erst am nächsten Tag, aber da …«

»Also warst du doch nicht die ganze Zeit bei der Gruppe.« Irgendwie klingt meine sachliche Bemerkung in diesem Moment etwas hartherzig, aber in erster Linie muss ich einen Mord aufklären. »Vielleicht kannst du mir dann jetzt auch verraten, wo du zum Zeitpunkt des Sturzes warst?«

»Da war ich tatsächlich in den Büschen, weil ich mal musste.« Seine Stimme ist trotzig. »Wenn ich bei Irmgard gewesen wäre, würde sie jetzt noch leben.«

Oder eben auch nicht, denke ich, während ich ihn musternd ansehe. Ich habe mit Tränen gerechnet, aber seine Augen sind trocken und leer.

DIENSTAG, 8.43 UHR

»Er kann doch auch ein guter Schauspieler sein.«

Irgendwie habe ich vermutet, dass meine Kollegin so oder so ähnlich auf meinen Bericht über das Gespräch mit Slobo reagieren würde.

»Mein Gefühl sagt mir: Er war es nicht.« Ich betone jedes Wort, aber meine Bemühungen zerschellen an einem leichten Schulterzucken.

»Du und deine Gefühle, ein tolles Argument vor dem Richter. Mal abgesehen davon, dass man gefühlsmäßig schnell mal danebenliegen kann, ich hätte da lieber ein paar Fakten, Beweise – ein Alibi?«

Ursula weiß natürlich, dass Slobo kein Alibi hat, aber dieser Seitenhieb muss offensichtlich noch sein. Ich weiß nur selbst zu gut, wie falsch man gefühlsmäßig liegen kann, aber trotzdem kann ich mich dienstlich – privat leider nicht – meistens auf mein Gefühl verlassen. Nur reicht das weder, um meine Kollegin, noch viel weniger, um einen Richter zu überzeugen.

»Wenigstens habe ich eine DNA-Probe von ihm mitgebracht, damit wir sicherstellen können, ob er tatsächlich derjenige war, mit dem Irmgard Schiller vor ihrem Tod Sex hatte.« Mein Hinweis klingt etwas trotziger, als er gemeint ist.

»Gut, lass uns das alles einmal zusammenfassen.« Ursula liebt Zusammenfassungen und Listen in dem Maße, wie ich diesen Hang zum Ordnungswahn verabscheue.

Ich lächele gequält. »Warum arbeitest du eigentlich nicht bei der Steuerfahndung oder ähnlich organisierten Sparten?«

Mit dieser Frage hat sie offensichtlich nicht gerechnet, ihr bereits erhobener Stift bleibt einen Moment in der Luft hängen. »Ich kümmere mich lieber um Menschen.«

»Meinst du jetzt die lebenden oder die toten?«

»Sowohl als auch.«

Bevor ich fragen kann, ob Steuerbetrüger nicht auch Menschen sind, hat sie schon mit der Aufstellung der Liste begonnen: »Also, wir haben folgende Verdächtige ...« Sie macht eine Pause und sieht mich erwartungsvoll an.

»Den Ehemann«, werfe ich etwas patzig ein.

Sie rollt mit den Augen. »Hatten wir diese Diskussion nicht schon einmal? Aber gut«, sie schreibt auf, »Nummer 1: Ehemann. Er hatte welches Motiv?« Sie sieht wieder hoch, die Augenbrauen erhoben.

»Geldsorgen.« Hier bewege ich mich tatsächlich seit heute Morgen auf sicherem Terrain. Heiwi hat endlich die Vermögensverhältnisse des Ehepaars Schiller/Hantke herausbekommen. Unsere Vermutung aufgrund des Gesprächs mit den Nachbarn hat sich bestätigt: Das Wohnhaus gehört Irmgard Schiller allein. Es befindet sich seit Jahrzehnten in Familienbesitz. Außerdem hat sie noch einiges Kapital in Lebensversicherungen und in bar. Hubertus Hantke dagegen hat sein sicherlich nicht kärgliches Professorengehalt vor allem in Wertpapiere investiert, die inzwischen kaum mehr etwas wert sind.

Trotz meiner diesmal auf unumstößlichen Beweisen beruhenden Auffassung schüttelt Ursula wieder einmal den Kopf. Sie geht mir auf die Nerven, dabei hat der Arbeitstag gerade erst begonnen.

»Das Haus erbt der Neffe, das heißt, Hantke hätte keine Wohnung mehr, dafür ein sicherlich nicht ganz unbeträchtliches Geldvermächtnis – reicht das als Motiv?«

Ihre selbstsichere Art macht auch mich unschlüssig, aber: »Was ist, wenn Irmgard sich wirklich scheiden lassen wollte? Dann musste er befürchten, nicht nur seine Frau und seine Wohnung, sondern auch den kapitalen Rückhalt zu verlieren, was für ihn im Moment wahrscheinlich den finanziellen Zusammenbruch bedeutet hätte.«

Ursula nickt langsam und nachdenklich. »Das stimmt, wenn wir davon ausgehen, dass Irmgard ihren Mann wirklich verlassen wollte und es ihm auch gesagt hat.«

Ich nicke genauso langsam. Für die erste Annahme haben wir nur die Aussage von einem anderen Verdächtigen, dem Geliebten des Opfers, für die zweite noch nicht mal das.

»Aber«, reißt mich Ursula aus meinen Gedanken, »selbst wenn wir ihm ein Motiv zugestehen, er hat ein Alibi.«

Das habe ich für den Moment tatsächlich verdrängt.

»Er hatte am Donnerstagabend um siebzehn Uhr Sprechstunde

an der Uni. Seine Sekretärin und einige Studenten bestätigen, dass er bis circa achtzehn Uhr fünfzehn in seinem Büro war. Abends haben die Nachbarn Geräusche aus seiner Wohnung gehört. Am nächsten Morgen ist er dann schon wieder um sechs Uhr dreißig im Hausflur gesehen worden.«

Und da der Mord in Berlin und nicht in Köln stattgefunden hat, scheidet der Ehemann wohl tatsächlich aus. Ich seufze.

»Nimm es nicht so schwer.« Ursula muss lächeln. »Ich hole uns jetzt erst einmal einen Kaffee, und dann machen wir weiter mit der Liste.«

Unser Kaffee ist noch nicht mal alle, als wir mit der Liste fertig sind, auf der neben Hubertus Hantke nur noch Slobodan Lburić, der Böll-Dokumentenhändler und der Neffe des Opfers stehen, von denen wir die beiden Letzteren noch nicht einmal persönlich kennen. Etwas ratlos sehen wir uns über unsere Tassen an, da klingelt mein Telefon.

»Wir sollen zum Chef«, verkündige ich meiner Kollegin, als ich den Hörer wieder auflege.

»Und warum ruft er da dich an?« Sie klingt sehr gereizt.

Ich beschließe, das zu überhören, und mache mich mit ihr auf den Weg. Doch Ursula meckert weiter: »Wofür zwacken wir uns von unserer knappen Zeit eigentlich noch etwas ab, um schriftliche Berichte zu schreiben, wenn er sie doch nicht liest und alles persönlich erzählt bekommen muss?«

Ich werfe im Gehen einen kurzen Blick auf sie. Zwar ist ihr Gesicht eher nichtssagend, aber inzwischen weiß ich, wenn ihre Augen diesen eisblauen Ton annehmen, ist sie nicht mehr gereizt, sondern schon richtig wütend.

Kommissariatsleiter Ludwig Bernbacher dagegen ist gut gelaunt und leicht gebräunt, da er, wie er uns ohne Nachfrage direkt wissen lässt, sein über den Feiertag hinaus verlängertes Wochenende für einen kurzen Abstecher in die heimatlichen bayerischen Berge genutzt hat. Ich bemühe mich, seinen Bericht von herrlichen Bergtouren unter strahlend blauem Himmel nicht mit meinen Tagen im Berliner Nieselregen zu vergleichen.

Ursula dagegen ist einsilbig, das Reden in Alltagssituationen muss ich meist übernehmen, während sie mich bei Vernehmungen und Zeugenbefragungen oft überhaupt nicht zu Wort kommen lässt. In Bernbachers Büro ist ihr Schweigen aber immer besonders demonstrativ. Der Chef scheint das entweder nicht zu beachten oder gar nicht zu bemerken und hört sich unseren, sprich meinen Bericht ruhig und interessiert an, wobei das gelegentliche Zucken seiner Hände seine Lust zur Kommentierung verrät. Einmal kann er sich tatsächlich nicht zurückhalten.

»Was mir nicht klar ist: Wie kommt die Handtasche auf den Zehnmeterturm?«

Kurzfristig kann ich nicht weiterreden. Das ist eine gute Frage, zu der wir aber nicht nur keine Antwort haben, sondern die wir uns noch gar nicht gestellt haben. Am Anfang, als es noch hieß, Irmgard Schiller sei vom Zehnmeter-Sprungturm gefallen, machte die Handtasche dort oben noch Sinn. Ein wenig zumindest, denn gewundert habe ich mich schon darüber, dass das Opfer seine Handtasche zehn Meter mit nach oben geschleppt haben soll. Doch inzwischen steht fest, dass Irmgard Schiller gar nicht bis zum Zehnmeterbrett gekommen ist – wie dann aber ihre Handtasche?

»Eine gute Frage«, gestehe ich Bernbacher jetzt zu, der daraufhin sehr erfreut und etwas überheblich grinst, vor allem in Ursulas Richtung.

»Ich weiß ja«, fügt er in etwas provokantem Tonfall hinzu, »dass ihr Frauen eure Handtaschen fast überall mit hinschleppt, aber auf einen Sprungturm?«

Dieser Einwurf ist sowohl unnötig als auch an uns verschwendet, denn weder Ursula noch ich tragen eine Handtasche bei uns. Da ich das Thema nicht vertiefen will, fahre ich einfach mit meinem Bericht fort.

Kaum habe ich geendet, holt Bernbacher tief Luft, rudert mit seinem rechten Arm eine imaginäre horizontale Linie in den Raum und verkündet: »Ja, dann ist ja alles klar!«

Ich bin zu irritiert, um darauf zu reagieren, und Ursula zieht nur die Augenbrauen noch ein kleines Stückchen mehr zusammen.

»Sie haben doch mit dem heimlichen Liebhaber einen klaren Hauptverdächtigen, laden Sie ihn vor, nehmen Sie ihn auseinander, und ich wette, Sie bekommen ein Geständnis – oder sollen wir lieber den Kollegen aus Berlin den Fall übergeben?«

Letztere Variante reizt mich zwar ungemein, aber gleichzeitig empört sie mich umso mehr: »Wie bitte? Ich campe im Berliner Nieselregen, wir beide opfern mehr oder weniger« – ich mehr, Ursula weniger, schiebe ich gedanklich ein – »unser Wochenende, und jetzt sollen wir den Fall einfach wieder abgeben?« Gern hätte ich noch hinzugefügt: Bei dir piept's wohl. Aber so etwas sagt man seinem Chef nicht ins Gesicht.

»Außerdem«, ich bin jetzt gerade richtig schön in Fahrt, »haben wir noch andere Verdächtige.«

»Und? Wer gehört Ihrer Meinung nach in den engeren Kreis der Tatverdächtigen?« Der leicht scharfe Unterton in seiner Frage ist mir nicht entgangen, genau wie seine Hinwendung zu Ursula, an die die Frage also offensichtlich gerichtet ist.

Meine Kollegin hat diese Wendung auch bemerkt, richtet sich noch etwas mehr auf und sieht Bernbacher direkt an. »Wir tippen auf den Ehemann oder den Dokumentenverkäufer.« Es ist schon ein Entgegenkommen von ihr mir gegenüber, dass sie den Ehemann nennt – und dann noch an erster Stelle!

Bernbacher lächelt nur milde, oder soll man das eher mitleidig nennen? »Also lauter böse Männer. Darf ich Sie darauf hinweisen, dass auch Frauen durchaus in der Lage sind, einen Mord zu begehen?«

Mal abgesehen davon, dass Ursula inzwischen so aussieht, als wäre sie durchaus in der Lage, in den nächsten Minuten einen Mord zu begehen, ist diese Bemerkung völlig überflüssig. Wir können uns schließlich schlecht eine Frau als Verdächtige aus dem Hut zaubern, nur um die geschlechtliche Gleichberechtigung zu wahren. Doch solche Anspielungen schleichen sich in Gespräche zwischen Ursula und Bernbacher immer wieder ein, während er mir gegenüber eine nette Nonchalance beibehält.

Ursula sieht irgendwie so aus, als würde sie innerlich bis zehn zählen. Bei meiner Kollegin scheint es besser zu wirken als bei mir: »Wir sind uns durchaus bewusst, dass auch Frauen in der Lage sind, zu töten. Aber mal abgesehen von der nebensächlichen Tatsache, dass rein statistisch gesehen über achtzig Prozent aller Morde von

Männern begangen werden, also auch in diesem Fall die Chance eines männlichen Täters deutlich höher liegt, haben die genannten Männer die besten Motive.«

Uff, so einen Satz muss man erst einmal formulieren und dann auch noch über die Lippen bringen. Natürlich bin ich davon überzeugt, dass die Zahl stimmt, Ursula sagt nie etwas, dessen Richtigkeit zweifelhaft ist.

»Das mit den Motiven mag ja stimmen, aber die Gelegenheit? Wenn ich mich nicht irre, war der Ehemann doch in Köln, oder? Und die Identität des Dokumentenverkäufers kennen Sie noch nicht einmal.« Das Bemühen um einen freundlichen Ton und das fortwährende Lächeln von Bernbacher können nicht über seinen aufkommenden Ärger hinwegtäuschen.

»Wir werden natürlich niemanden außer Acht lassen, das schließt aber auch Menschen mit ein, die ein Alibi haben oder vermeintlich nicht am Ort der Tat waren.« Mit diesen Worten steht Ursula auf.

Bernbacher ist etwas irritiert. »Meiner Meinung nach ist das Gespräch noch nicht beendet.«

»Meiner Meinung nach aber schon.« Mit diesen Worten verlässt Ursula einfach das Büro. Nicht ohne die Tür eine Spur zu laut ins Schloss zu ziehen.

Ein gekonnter Abgang, das muss man ihr lassen. Als ich dieses Büro das erste Mal verlassen habe, bin ich gegen die Tür gelaufen, obwohl ich gar nicht in Eile und auch nicht gereizt gewesen war.

Mit einem versöhnlichen Lächeln und einem gemurmelten »Wir halten Sie auf dem Laufenden« folge ich meiner Kollegin langsam nach. Allerdings nehme ich nicht den direkten Weg in unser Büro, sondern mache noch einen Abstecher in die Kantine. Denn inzwischen meldet sich mein üblicher Vormittagshunger – ich weiß nicht, wie Leute es schaffen, zwischen Frühstück und Mittagessen nichts zu sich zu nehmen, ganz abgesehen von denen, die den ganzen Tag nichts essen.

Auf dem Weg zu unserem Büro schallt mir laute Musik entgegen. Erst denke ich, es käme von draußen, ich meine, wer spielt denn mitten am Arbeitstag in einem Polizeipräsidium »Eye of the Tiger«, und dann noch deutlich über Zimmerlautstärke? Aber als mich ein Kollege im Vorübergehen fragt: »Ist es wieder so weit?«

und die Musik zudem immer lauter wird, je näher ich unserem Büro komme, bin ich nicht mehr ganz so überrascht über den Anblick, der sich mir bietet, als ich die Tür öffne.

Ursula hüpft zu der lautstarken Musik durch den Raum und macht Verrenkungen, die ich erst für einen Beschwörungstanz halte, die sich dann aber als Kampfbewegungen herausstellen. Kurz entschlossen gehe ich zur Musikanlage und stelle sie aus. Wenigstens weiß ich jetzt, warum meine Kollegin als eines der ersten Utensilien nach unserem Umzug diese Anlage in unserem Büro installiert hat.

»Was soll das?«, will ich wissen.

Ursula hat sich inzwischen in ihren Stuhl sinken lassen und einen großen Schluck aus ihrer Wasserflasche genommen. »Ich musste mich abreagieren.«

»Darauf wäre ich ja nie gekommen«, das kann ich mir nicht verkneifen, »und dann führst du dich in unserem Büro wie Rocky auf?«

»Wer ist Rocky?«

Wie bitte? Diese Frage irritiert mich momentan mehr als die ganze Situation drum herum. »Du kennst nicht die Filme, in denen Sylvester Stallone diesen Boxer spielt, der sich nach oben kämpft? Das ist doch Kult, außerdem stammt das eben gehörte Lied aus einem dieser Filme.«

»Ach ja? Das wusste ich nicht. Die Filme kenne ich natürlich nicht, wie kann man sich ansehen, wenn zwei Leute sich gegenseitig zusammenschlagen, und dann auch noch einen ganzen Film lang?«

Ich halte es für angebracht, für den Moment zu verschweigen, dass ich die ganze Rocky-Reihe zu Hause im DVD-Regal habe.

Glücklicherweise klingelt gerade jetzt mein Telefon, es ist die Telefonzentrale, die mich mit einer aufgeregten Frau Wegner verbindet.

»Er is wieder da!«, haucht sie atemlos durchs Telefon.

»Wer?«

»Na, der Junge, der Mischael.«

Nach zwei Momenten fällt bei mir der Groschen. »Der Neffe von Frau Schiller? Wir kommen.«

DIENSTAG, 13.00 UHR

Zum wiederholten Male schaut Ursula mich von der Seite an und hält das Schweigen offensichtlich nicht mehr aus: »Was ist denn los mit dir?«

»Nichts«, murmele ich und starre demonstrativ auf die Straße, obwohl der Verkehr jetzt zur Mittagszeit auf einer der Kölner Ausfallautobahnen sehr mäßig ist. Ja, was soll ich meiner Kollegin sagen?

Warum triffst du immer alle Entscheidungen? Warum muss ich mit dir zu dieser Außenstelle des Stadtarchivs fahren, während Heiwi und Matthias den Neffen befragen? Warum entscheidest du, dass ich vorher nichts mehr zu Mittag essen kann, weil die Zeit drängt, während unsere beiden Kollegen sich noch seelenruhig das Kantinenessen schmecken lassen?

Aber keine dieser Fragen oder besser: Anschuldigungen werfe ich ihr an den Kopf, es würde sowieso nichts nützen. Dafür verfalle ich in beleidigtes Schweigen, das wirkt manchmal sogar mehr. Manchmal aber auch nicht.

»Die nächste Ausfahrt musst du raus.«

Ich kann schon froh sein, überhaupt hinter dem Lenkrad meines eigenen Wagens sitzen zu dürfen.

»Nach der Ausfahrt links und da vorne auf den Parkplatz.«

Meine Kollegin gibt die Anweisungen, als hätte sie die Ausweichadresse des Stadtarchivs in Porz-Lind herausgefunden und nicht ich. Was, das muss ich – wenigstens mir selbst gegenüber – zugeben, nicht besonders schwer gewesen ist. Blöd von mir war nur, dass ich genau nach dem Anruf von Frau Wegner mit meinem Internetrechercheerfolg angeben musste.

Ursula war begeistert: »Das liegt auf meinem Weg nach Hause. Da fahren wir jetzt zusammen hin, und dann kannst du mich an einer passenden Bushaltestelle rauslassen.«

»Hier soll das sein?« Zum ersten Mal auf dieser Fahrt wende ich den Kopf zu meiner Kollegin. »Das ist doch der Parkplatz eines Möbelhauses.«

»Doch«, sie nickt nachhaltig mit dem Kopf, »dahinten bei der Warenausgabe.«

Ich parke den Wagen neben dem genannten Hinweisschild. Aus der Nähe kann man ein weiteres Schild erkennen. Tatsächlich, wir sind hier richtig.

Als wir durch die Glastür eintreten, erhebt sich eine junge Frau hinter einem Schreibtisch. »Guten Tag, was kann ich bitte für Sie tun?«

»Heller ist mein Name«, diesmal bin ich entschlossen, das Gespräch in die Hand zu nehmen, »und das ist meine Kollegin Frau Hohmann, wir haben telefoniert.«

Die Frau schüttelt unsere Hände und stellt sich mit »Martina Pagel« vor, während ihr Namensschild auf dem Schreibtisch verrät, dass es ganz korrekt eigentlich »Dr. Pagel« hätte heißen können. »Willkommen in unserem provisorischen Lesesaal.«

Das hätte sie jetzt nicht sagen müssen. An den wenigen Benutzern erkennt man schnell den Lesesaal, und das Provisorische ist an keiner Stelle zu übersehen – angefangen bei der Möbelwarenausgabe nebenan.

»Folgen Sie mir doch bitte in mein Büro.« Sie wendet sich um, und wir folgen ihr.

Obwohl ich eigentlich beschlossen hatte, dieses Gespräch zu leiten, überlasse ich es sehr schnell und gern meiner Kollegin, die nötigen Fragen zu stellen. Die Schilderung der Archivarin, was mit den einzelnen Beständen des Stadtarchivs nach dem Einsturz des Gebäudes passiert ist, enthält für mich zu viele Zahlen und staubige Dokumente, als dass es mich fesseln könnte. Vermutlich war es damals doch die richtige Entscheidung, das Geschichtsstudium an den Nagel zu hängen. In solchen Fällen kann man sich auf Ursula immer verlassen, die pflichtbewusst die notwendigen Informationen einholt, während ich meinen Blick durch das ebenfalls sehr provisorische Büro gleiten lasse.

Erst gegen Ende des Gesprächs melde ich mich wieder zu Wort: »Darf ich Ihre Ausführungen also dahingehend zusammenfassen, dass Sie uns zum jetzigen Zeitpunkt nicht sagen können, ob wichtige Dokumente aus dem Nachlass von Heinrich Böll fehlen, da ein Teil davon noch immer nicht gefunden, ein weiterer tiefgefroren und ein dritter bei der Restaurierung ist?«

Meine Direktheit irritiert offensichtlich nicht nur Frau Pagel, sondern auch meine Kollegin, was ich an ihren hochgezogenen Augenbrauen erkennen kann.

Die Archivarin holt tief Luft: »So könnte man das sagen.«

»Und«, füge ich noch hinzu, »wäre auch Ihr Archiv bereit gewesen, fünfzigtausend Euro für den Rückkauf der Dokumente zu bezahlen?«

Frau Pagel stößt ein Schnauben aus, das eine Mischung aus Lachen und Stöhnen sein könnte. »Wir hätten das Geld überhaupt nicht aufbringen können. Alles, was Sie hier sehen«, sie beschreibt mit ihrem Arm einen Kreis in der Luft – eine Geste, die angesichts der Umgebung etwas großspurig wirkt –, »inklusive der Restauration der Dokumente ist nur mit massiver Unterstützung durch Drittmittel möglich. Extraausgaben für den Rückkauf von Dokumenten sind in unserem schmalen Etat wahrlich nicht vorgesehen.«

DIENSTAG, 15.50 UHR

»Engel, da müsst ihr definitiv auf mich verzichten!« Heiwi legt den Kopf weit in den Nacken und beschattet seine Augen mit der Hand.

»Was soll das heißen?« Matthias schaut irritiert auf seinen Kollegen herunter.

»Das heißt, ich werde nicht auf den Domturm steigen.«

»Warst du denn schon mal oben?«, will ich jetzt wissen.

»Nein, noch nie, ist mir einfach zu hoch – Kleopatra«, fügt er nach einer Pause noch hinzu.

Mein Lächeln wird nach jedem erneuten Witz über mein Äußeres gequälter. Mal abgesehen davon, dass die Perücke aus dem Fundus von Ursula stammt. Die ist auch auf die Idee mit der Verkleidung gekommen, das heißt, im Prinzip wollte sie mich gar nicht mitgehen lassen. »Dich kennt doch der Dokumentenhändler, schließlich wart ihr drei Tage auf demselben Campingplatz.« Damit hatte sie natürlich recht. Ich wollte aber dabei sein, schließlich könnte es sein, dass wir heute nicht nur den Dieb der Böll-Dokumente, sondern auch unseren Mörder schnappen.

Die zweite Lösung war dann die mit der Verkleidung. Da für mich Karneval ausschließlich dazu da ist, Spaß zu haben, beschränkt sich mein Kostümvorrat auf diverse Hüte und eventuell noch das eine oder andere bunte Kleidchen. Dafür ist meine Kollegin komplett ausgestattet.

Der Anruf von Matthias hatte uns gerade erwischt, als wir das Stadtarchiv verließen. »Der Dokumentenhändler hat sich gemeldet. Heute um kurz nach vier können wir die Dokumente gegen fünfzigtausend Euro auf dem Dom in Empfang nehmen.«

Ich war begeistert, dass mein Plan mit der Mail an den Unbekannten so gut und schnell funktioniert hatte. Darum ließ ich mir diesmal von Ursula den Ablauf nicht vorschreiben, die eigentlich nur Heiwi und Matthias auf den Turm schicken wollte.

Schließlich gab sie nach und erlaubte mir, mir etwas aus ihrem Kostümvorrat auszusuchen. »Du hast Verkleidungsstücke im Büro?« Kurzfristig war ich etwas abgelenkt.

»Man weiß nie, wofür es gut ist«, meinte sie etwas von oben

herab und konnte sich auch nicht verkneifen hinzuzufügen: »Wie du heute selbst erfahren kannst, oder?«

Glücklicherweise war die Bushaltestelle, an der ich sie absetzen konnte, nicht weit.

Somit stehe ich jetzt mit kinnlangen schwarzen Haaren und Sonnenbrille mit meinen beiden Kollegen auf der Domplatte. Außerdem thront auf der schwarzen Perücke noch ein lila Tuch, da die Anweisung von unserem Kontakt lautete, zur Erkennung eine lila Kopfbedeckung zu tragen. Matthias und Heiwi weigerten sich standhaft, diesen Part zu übernehmen, und so blieb mir nichts anderes übrig.

In genau dreizehn Minuten sollen wir oben auf der Aussichtsplattform die Böll-Dokumente übernehmen – im Austausch gegen fünfzigtausend Euro, die angeblich in Matthias' Rucksack sind, der aber nur unsere Wasserflaschen enthält. Diese sind wahrscheinlich schwerer, aber das macht meinem gut gebauten Kollegen natürlich nichts aus.

»So, wir müssen los, sonst kommen wir zu spät. Dann bleibst du halt hier unten«, wende ich mich an Heiwi.

Der grinst erleichtert. »Vielleicht hättet ihr den Übergabeort vorschlagen sollen, nicht die andere Seite.«

»Hätte, hätte«, murmele ich vor mich hin und stapfe los Richtung Dom.

»Halt«, höre ich aber direkt beide Kollegen rufen, »wir müssen da lang.« Sie deuten auf eine Treppe, die ins Untergeschoss führt.

Ich denke, wir wollen auf den Dom und nicht unter den Dom, sehe aber, bevor ich etwas Derartiges sagen kann, tatsächlich ein sehr eindeutiges Schild, das den Weg zur Turmbesteigung erst einmal nach unten weist. Meinetwegen.

Matthias und ich steigen also ein paar Stufen runter, um nach Schlangestehen und Kartenkauf endlich den Aufstieg nach oben anzutreten. Ich lege ein zügiges Tempo vor, schließlich haben wir es eilig. Per Mail sind wir angewiesen worden, genau zwischen drei und fünf Minuten nach vier oben auf der Aussichtsplattform die Dokumente in Empfang zu nehmen.

Doch schon nach wenigen Stufen hat sich mein zügiges Tempo erledigt, denn wir stoßen an eine lange Reihe – soweit man das bei den engen Windungen überhaupt ahnen kann – von Menschen, die offensichtlich auch alle auf den Turm wollen. Von Überholen kann überhaupt keine Rede sein, denn uns entgegen kommt ebenfalls eine endlose Reihe von Personen, die bereits oben gewesen sind.

»Hätte nicht gedacht, dass hier mitten in der Woche so viel los ist«, bemerke ich zu dem unteren Rücken vor mir, der meinem Kollegen gehört.

»Es sind Herbstferien«, bemerkt der nur kurz und knapp.

Natürlich, deshalb ist Ursula ja auch noch mehr im Stress als sonst – und Matthias muss es wissen, schließlich ist sein Mann Lehrer. Gut, den Andrang hätten wir jetzt geklärt, aber wie wir pünktlich oben sein wollen, ist mir völlig schleierhaft. Vielleicht wartet der Dokumentenhändler, schließlich will er etwas von uns. Oder sie, höre ich Ursula hinzufügen.

Schritt für Schritt geht es nach oben. Das ist anstrengender, als ich dachte – weniger das Treppensteigen als die Tatsache, dass die sich nach oben windende Menschenschlange die innere Seite der Treppe nutzen muss, was etwas motorisches Geschick in den Füßen und teilweise leichte Verrenkungen des Körpers notwendig macht. An der ersten Stelle, an der der Treppenaufgang sich durch eine abgehende Tür etwas erweitert, stehen eng aneinandergedrängt fünf Personen, die nach Luft schnappen. Zwar ist unten sehr deutlich angeschrieben, dass es im Turm keinen Aufzug gibt, aber vielleicht sollte auf dem Plakat noch der Hinweis hinzugefügt werden: »Bitte nur mit entsprechender Kondition besteigen.«

Interessiert betrachte ich die verschiedensten Gesichter, die mir entgegenkommen. Alle Nationalitäten scheinen vertreten zu sein, und durch den ganzen Turm klingt ein Stimmen- und Sprachengewirr, das die Enge der Treppe noch verstärkt. Zwar habe ich keine Höhenangst wie Heiwi, aber ich habe es nicht gern so eng.

Die entgegenkommende Menschenschlange reißt für ein paar Meter ab, ich atme befreit auf und gehe ein paar Schritte in der Mitte. Dann kommen mir aber wieder Leute entgegen. Eine Großfamilie mit Großeltern, eine japanische Kleingruppe, Paare, einzelne Personen … Plötzlich reißt mich ein Gesicht aus meiner Lethargie. Diese Frau habe ich schon einmal gesehen. Im Vorbeigehen starren wir uns an, dann beschleunigt sie ihren Schritt. Ohne Rücksicht auf Verluste drängelt sie sich an den auf- und absteigenden Menschen vorbei, und schon bald ist ihr roter Rucksack verschwunden.

Ich ziehe Matthias am Bein. »Ruf Heiwi an! Er soll eine junge Frau mit schwarzen Haaren und rotem Rucksack unten am Eingang abfangen. Ich laufe ihr nach.«

Obwohl unser Wortwechsel nur wenige Sekunden gedauert hat, ist der Turm bereits völlig verstopft, da wir kurzzeitig sowohl Auf- als auch Abstieg blockiert haben. Ich nutze die allgemeine Verwirrung, um mich mittendurch nach unten zu drängen. Nach dem ersten Knäuel geht es für eine kurze Strecke erstaunlich gut, schließlich kommt im Moment niemand nach, aber dann treffe ich wieder auf die Schlange. Im Slalom winde ich mich nach unten, wedele immer wieder mit meinem Polizeiausweis und bin dabei wahrscheinlich eher langsamer, als wenn ich einfach mitlaufen würde.

Endlich komme ich an die letzte Treppe, die in den Keller führt. Hier bietet sich freie Sicht auf den Durchgang zum Ausgang – und ich bleibe keuchend stehen. Heiwi legt soeben der flüchtigen Person Handschellen an. Als ich ebenfalls unten angekommen bin, zieht er eine alte Ledertasche aus dem roten Rucksack. Diese Tasche kenne ich und natürlich auch deren Besitzerin: Es ist Marie, die Buschbekanntschaft des schönen Johann, die Böll-Leserin – wie blind bin ich nur gewesen!

DIENSTAG, 17.15 UHR

»Warum ›Gruppenbild mit Dame‹?«

Marie weiß sofort, was ich meine: »Das war ihr Vorschlag, also der der Professorin – als Erkennungszeichen.«

»Und warum haben Sie dann in den Tagen danach immer noch darin gelesen?«

Sie schaut auf ihre Hände, die ausgestreckt vor ihr auf dem Tisch liegen. »Ich hatte kein anderes Buch dabei.«

Ich hole tief Luft und richte mich auf meinem Stuhl auf: »Gut, dann einmal von vorne. Woher kommen die Böll-Dokumente?« Mit einer Geste weise ich Richtung Tür, denn während ich hier mit Marie sitze, kümmern sich meine Kollegen um die Zuordnung der Archivalien. Inzwischen haben sie wahrscheinlich schon Unterstützung von Frau Dr. Pagel bekommen, die passenderweise jetzt am Nachmittag nicht im Möbelhauslager, sondern im Stadtquartier des Archivs zu tun hat.

»Weißt du –«, sie unterbricht sich und schaut mich fragend an, »kann ich beim Du bleiben?«

Ich nicke. Zwar klingt das in einem Protokoll immer etwas unprofessionell, aber ich möchte eine mögliche Vertrauensbasis nicht durch eine solche Formfrage gefährden. Dabei ist mir selbst gar nicht bewusst, mit Marie per Du gewesen zu sein. Auf dem Campingplatz habe ich, soweit ich mich erinnern kann, überhaupt nicht mit ihr gesprochen, und beim Verhör habe ich alle gesiezt, oder irre ich mich da?

Inzwischen hat Marie jedoch den Faden schon wieder aufgenommen: »Der Einsturz des Stadtarchivs hat mich wirklich sehr betroffen. Nur zwei Wochen vorher hatte ich dort noch für meine Bachelorarbeit recherchiert.« Ihren Körper durchläuft ein leichtes Zittern. »Ohne groß nachzudenken, habe ich mich für Hilfsarbeiten gemeldet. Zuerst haben wir direkt gegenüber der Einsturzstelle auf einem Schulhof gearbeitet – die Schüler waren wohl evakuiert. Später ging es in einer Lagerhalle in einem Vorort von Köln weiter. Immer wieder bin ich von Mönchengladbach nach Köln gefahren, meine ganze Freizeit ist dafür draufgegangen.« Sie macht eine kurze Pause.

»Aber es hat sich gelohnt – was für tolle Akten ich dadurch in die Finger bekam. Na ja, und dann habe ich immer mal wieder ein Dokument mitgehen lassen. Zuerst war es nur Neugier, ob das überhaupt funktioniert. Als mir dann klar wurde, dass es wirklich geht, habe ich mir die Stücke bewusst ausgesucht.« Ihr Blick ist inzwischen starr auf die Tischplatte gerichtet, die Arme hat sie vor der Brust verschränkt.

»Sind das in deinem Rucksack alle Dokumente, die du mitgenommen hast?«

Ohne Zögern schüttelt sie den Kopf. »Nein, das sind nur die von Böll, einige andere liegen noch bei mir zu Hause.«

Wenigstens lohnt sich dann die Hausdurchsuchung, mit der gerade einige Kollegen aus Mönchengladbach beschäftigt sind.

»Hattest du eigentlich von Anfang an vor, diese zu versilbern?«

Erneutes Kopfschütteln. »Zuerst wollte ich die Dokumente nur haben, für mich. Ist doch Wahnsinn, einen Originalbrief eines Literaturnobelpreisträgers zu besitzen. Aber dann ging mir auf, dass ich diesen Brief nicht wirklich besaß, sondern nur versteckte. Niemand durfte ihn sehen, ich selbst ihn möglichst selten hervorholen. Irgendwann wollte ich die Papiere einfach nur noch loswerden und war schon drauf und dran, sie anonym dem Stadtarchiv zurückzuschicken. Doch da kam mir der Gedanke, dass vielleicht andere Personen bereit wären, dafür Geld zu bezahlen. Ich recherchierte ein bisschen und schrieb dann per Mail verschiedene Personen an – jeweils aus einem Internetcafé in deren Stadt.«

Ich schaue interessiert auf. »Kannst du uns die Namen geben?«

Nur ein kurzes Nicken.

»Warum dann gerade Irmgard Schiller?«

»Sie war die Einzige, die reagierte.«

»Wie genau ist die Abwicklung gelaufen? Die Mails, die wir rekonstruieren konnten, haben uns zwar den Ablauf in groben Zügen vermittelt, aber nicht die Details.«

Marie atmet etwas zu heftig aus. »Per SMS über ein Prepaidhandy.«

Dass die weitere Abwicklung per SMS erfolgen sollte, hatten wir bereits den Mails entnommen, deshalb schaue ich sie weiter fragend an.

»Die Schiller hat die Abwicklung völlig in die Hand genommen, mich fast schon überfahren. Alles ging nach ihren Vorstellungen, selbst der Berliner Campingplatz als Übergabeort war ihre Idee.« Marie klingt fast ein wenig beleidigt.

Mir sind ihre Angaben immer noch zu ungenau. »Wann hast du die erste Mail an Irmgard Schiller geschickt?«

Marie neigt nachdenklich den Kopf zur Seite. »Das muss Ende August gewesen sein.«

Ich nicke innerlich, das stimmt mit den rekonstruierten Mails überein.

»Das ging ein paar Tage hin und her, erst wegen des Preises, dann wegen des Übergabeorts. Relativ plötzlich kam dann die Anweisung von der Schiller, das Treffen soll am Tag der Deutschen Einheit Punkt zwölf Uhr auf dem Campingplatz in Berlin am Eingangstor stattfinden. Ich habe noch versucht, sie davon abzubringen, hatte echt keine Lust, so weit zu fahren – aber keine Chance. Und am Ende war der Aufwand völlig umsonst, weil das Treffen überhaupt nicht mehr stattgefunden hat. Außerdem habe ich totalen Ärger mit Dannie, weil ich sie gebeten hatte, mich zu begleiten, und mich dann nicht um sie gekümmert habe.«

»Wusste Daniela denn von dem Dokumentenverkauf?«

»Bist du verrückt? Davon wusste keiner.«

Allerdings bin ich nicht ganz überzeugt, ob ihre Nachdrücklichkeit ernst gemeint ist oder nur ihre Freundin Daniela schützen soll.

»Auf dem Weg nach Berlin hatte ich ganz schön Angst. Vielleicht habe ich mich deshalb auch auf diesen Schönling eingelassen, als Ablenkung.«

Oder als Alibi, schießt es mir durch den Kopf. Die Stangen auf dem Fünfmeterturm hätte sie schließlich schon vorher lockern können. Etwas nonchalant bemerke ich: »Man macht sich ja nicht jeden Tag straffällig.«

Ein Ruck geht durch ihren Körper. »Ich habe mir nur genommen, was mehr oder weniger auf der Straße lag. Ohne Leute wie mich wären noch viel mehr Akten verschüttet oder unbrauchbar geblieben. Die paar Dokumente fallen doch in dem ganzen Desaster kaum ins Gewicht. Ich hätte auf einen Schlag mein Bafög zurückzahlen können und wäre nach meinem Examen schuldenlos ins Berufsleben gestartet. Ich finde, das habe ich mir verdient.« Trotzig schiebt sie ihr Kinn vor.

»Hast du es so sehr verdient, dass das auch einen Mord rechtfertigt?«

Einen Augenblick ist sie sprachlos, wie versteinert. »Was habe ich denn mit dem Tod von Irmgard Schiller zu tun?«

Jetzt ist es an mir, sprachlos zu sein. »Möglicherweise hast du sie getötet, weil sie dir auf die Schliche gekommen ist.«

Marie schnappt nach Luft. »Du meinst, ihr denkt … Nein, mit diesem Mord habe ich nichts, aber überhaupt nichts zu tun!« Ihre Stimme droht zu kippen.

»Warum hast du denn überhaupt auf unsere Mail reagiert?«

»Ich wollte wissen, mit wem ich es zu tun habe. Deshalb auch die Anweisung mit dem lila Kopftuch. Ich bin dann so den Turm wieder heruntergestiegen, dass die betreffende Person mir entgegenkommen musste. Mit dir«, sie sieht mich fast schon verwundert an, »habe ich ehrlich gesagt nicht gerechnet.«

DIENSTAG, 20.38 UHR

Dieser Regen! Missmutig starre ich auf die Rinnsale, die an meiner Fensterscheibe hinunterlaufen. Nicht nur, dass ich auf dem Nachhauseweg ziemlich nass geworden bin, die Sturmflut draußen hält mich auch noch davon ab, eine Runde joggen zu gehen oder mich auf meinen geliebten Balkon zu setzen. Außerdem hat sich der Tag doch nicht so erfolgreich entwickelt, wie ich zwischendurch mal gedacht habe. Zwar haben wir einen Dokumentendiebstahl aufgedeckt – ein Nebenprodukt, für das wir eigentlich gar nicht zuständig sind –, aber ob wir unserem Mörder näher gekommen sind, bleibt weiter fraglich.

Leicht lege ich meine Stirn gegen die kühle Scheibe und richte meinen Blick von den Tropfen mehr in die Ferne. Ah, Familie Platon versammelt sich zum Abendessen. Zwischendurch war ich schon mal versucht, auf die Klingelschilder des Hauses gegenüber zu schauen, um den tatsächlichen Namen dieser Menschen herauszufinden, aber irgendwie habe ich die Befürchtung, dass dieser nicht zu meinen Vorstellungen von dieser Familie passt. So belasse ich es bei der Bezeichnung, die ich mir aufgrund der griechischen Essensauswahl, der dunklen Haare der Familienmitglieder und vor allem des philosophischen Aussehens des Vaters ausgedacht habe.

Während ich heute beim Nachhausekommen noch bei jeder Stufe geflucht habe, bin ich im Moment mal wieder versöhnt mit meiner Wohnung im fünften Stock. Denn ich habe durch diese Höhe nicht nur den lieb gewonnenen Ausblick auf den Dom, sondern eben auch in einige Wohnungen in den Häusern gegenüber, die in der engen Straße auch nicht besonders weit weg stehen. In Bonn konnte ich keiner Familie auf den Tisch schauen, außer vielleicht, wenn ich ein Fernglas benutzt hätte. Aber ich bin ja keine Spannerin, wobei ich mich manchmal frage, wo die Grenze zwischen Interesse an den Nachbarn und Voyeurismus verläuft.

Dabei interessieren mich die Menschen gegenüber an sich eigentlich nicht. Es ist mehr dieses Gefühl der Normalität, der Ruhe, sogar der Geborgenheit, die diese Blicke aus dem Dunklen in die hell erleuchteten Räume geben. Meinen ersten Urlaub ohne

Partner habe ich deshalb ganz bewusst auf der niederländischen Insel Terschelling verbracht. Dort habe ich mich an den einsamen Abenden nicht ganz so einsam gefühlt, wenn ich durch die Straßen laufen konnte, um immer wieder einen Blick in eines der hell erleuchteten Fenster zu werfen, der selten durch Vorhänge oder Rollläden behindert wurde.

Ein Geräusch schreckt mich auf, mein Magen hat geknurrt. Kein Wunder, wenn man fast den ganzen Tag nichts gegessen hat und anderen beim Abendbrot zuschaut. Zögernd wende ich mich ab, um mir selbst etwas zu essen zu machen, bleibe aber im Angesicht der dunklen Wohnung unentschlossen stehen. Am Anfang habe ich das Leben allein durchaus genossen, was natürlich dadurch erleichtert wurde, dass ich, als ich noch in Bonn wohnte, die wenigsten Abende wirklich allein zu Hause verbracht habe. Es waren immer genug Freunde, Bekannte und langjährige Kollegen zur Stelle, um schnell mal ein Bier trinken zu gehen.

Hier in Deutz war ich zum ersten Mal in meinem Leben allein ein Bier trinken. Als Mann stellt man sich einfach mit an die Theke, aber als Frau? Das ist noch eine der vielen kleinen Ungleichheiten, die es gibt und vielleicht immer geben wird – mit fortschreitendem Alter werde ich nicht wirklich optimistischer. Aber eines Abends hatte ich es nicht mehr ausgehalten – nicht, auf die damals noch leeren Wände zu starren, und schon gar nicht, auf das ersehnte Bier zu verzichten. Da ich aber keines mehr im Kühlschrank hatte und sowieso mindestens bis zum Büdchen hätte gehen müssen, zog ich das frisch gezapfte dem Flaschenbier vor.

Eigentlich wollte ich im Gedränge des »Lommerzheim«, der überregional bekannten Kneipe in Deutz, untertauchen, aber da der Andrang sich bis auf die Straße erstreckte, beschloss ich, stattdessen eine Runde am Rhein zu spazieren. Als ich dort am Fuß des Lanxess-Hochhauses unverhofft auf eine nette Kneipe stieß, ging ich von Durst, Einsamkeit und einsetzendem Regen getrieben hinein. Nicht ohne vorher auf die Biermarke der » Kölsch Pinte« zu schauen.

Es war durchaus ein Glücksgriff, denn das Wirtspaar war freundlich, interessiert, aber nicht zu neugierig. Allerdings war das – an diesem Wochentag ausschließlich männliche – Stammpublikum so offensichtlich irritiert über mich, dass ich bisher den Weg in die Kneipe nicht wieder gefunden habe. Wobei die Stammtrinker – das muss man ihnen zugutehalten – wahrscheinlich sogar über einen fremden Mann irritiert gewesen wären, denn das Kölner Veedel ist doch nichts anderes als ein Dorf mit anderem Namen.

Heute kommt der Kneipenbummel schon wegen des Wetters nicht in Frage – und ist angesichts meines gut gekühlten Biervorrats auch nicht nötig. Deshalb mache ich erstens möglichst viel Licht in der Wohnung, zweitens mir etwas Leckeres zu essen und leere dann die Plastiktüte, die ich durch den Regen nach Hause geschleppt habe, auf meinem Küchentisch aus. Sie enthält die von mir am Zaun des Berliner Campingplatzes eingesammelten Stofffetzen. Angesichts des Haufens auf meinem Tisch frage ich mich, ob ich nicht besser etwas weniger gründlich hätte sein sollen. Diese Frage haben sich wohl auch meine Kollegen von der Kriminaltechnik in Berlin und Köln gestellt, woraufhin am Ende ich die Fetzen wieder aufs Auge oder, wörtlich, in die Hand gedrückt bekommen habe.

Was ich jetzt mit dieser Zuständigkeit anfangen soll, ist mir nicht ganz klar. Etwas wahllos greife ich mir einige der einzeln in kleine Plastiktüten verpackten Stoffreste heraus. Es sind verschiedenste Farben vorhanden, vom knalligen Orange bis zum tristen Dunkelgrau oder Schwarz; viel Sweatshirt-Stoff, aber auch ein Stück, das aussieht wie aus meinem besten Kostüm. Träger solcher Stoffe hätte ich weniger unter Zaunkletterern vermutet.

Etwas missmutig starre ich auf das Chaos auf meinem Tisch, gebe mir plötzlich einen Ruck und wische alle Stofffetzen wieder zurück in die Tüte. Solange wir keine Anhaltspunkte haben, nach wem oder was wir genau suchen sollen, werden diese Beweismittel erst einmal zurückgestellt, entscheide ich kurz entschlossen, hole mir ein neues Bier und schalte den Fernseher an.

Ich greife auf mein ultimatives Abschaltmittel zurück und schaue »Traumschiff«. Nicht dass ich das irgendwo öffentlich zugeben würde, aber seitdem ich als Kind diese Serie das erste Mal gesehen habe, hat sie ihren Reiz nicht verloren. Verdrängung nennen Psychologen das wohl – egal, Hauptsache, es klappt.

MITTWOCH, 9.00 UHR

Endlich. Ich sitze auf meinem Stuhl, die Kaffeetasse in beiden Händen, und bin zufrieden. Gestern Abend hat das Abschalten gut geklappt, wenn mich auch die Überlegungen im Schlaf wieder eingeholt haben.

Es war einer dieser Alpträume, in denen eigentlich nichts Schlimmes passiert, die jedoch trotzdem ein Gefühl des Schreckens produzieren.

Ich war wieder auf dem Zeltplatz, bei strahlendem Sonnenschein, und alles war friedlich und freundlich. Nur ich wusste, dass irgendwo das Sprungbrett, auf dem die ganze Idylle angesiedelt war, zu Ende sein würde und der Abgrund gähnte. Manchmal hätte ich wirklich gern meinen persönlichen Traumdeuter, um mir zu übersetzen, was mein Unterbewusstsein versucht, mir im Schlaf mitzuteilen. Vorläufig muss ich aber wohl mit meiner eigenen Interpretation zufrieden sein, die in diesem Falle aber nicht besonders schwierig ist. Allerdings sieht bei Tageslicht und zwischen den Kollegen alles lange nicht mehr so schrecklich aus wie im nächtlichen Traum.

Nach langer Zeit endlich wieder eine Gruppenbesprechung; ich merke, wie sehr mir das gefehlt hat: die Rückkopplung mit den Kollegen, Gedanken über den Fall laut auszusprechen und allgemein zu diskutieren und Ergebnisse zusammenzulegen. Meine Stimmung wird nur marginal durch die Tatsache getrübt, dass ich für unsere Gruppe die bisherigen Ergebnisse vortragen soll, was natürlich durchaus Sinn macht, schließlich bin ich am stärksten in diesen Fall involviert.

Nach und nach treffen alle Teilnehmer ein; die Erste war natürlich Ursula, die mit verschränkten Armen auf ihrem Stuhl sitzt und unaufhörlich mit dem Fuß wippt.

Erst zehn Minuten nach der verabredeten Zeit erscheint mit wehenden Fahnen unser Chef. Seitdem ich in Köln bin, ist er noch nie pünktlich zu einer Besprechung gekommen, außerdem schafft er es auch immer wieder, Mitarbeiter, die er eigentlich selbst zu sich bestellt hat, warten zu lassen. Kommentare meiner Kollegen wie »Die in Bayern nehmen es halt nicht so genau mit der Pünktlichkeit« zeigen mir, dass dieser Zustand schon länger besteht als meine Anwesenheit in Köln.

In das noch andauernde Gemurmel im Raum beginnt Bernbacher direkt zu reden. »Xenia, übernehmen Sie bitte das Protokoll!« Auch wenn das höflich formuliert ist, ist es weniger eine Frage als eine Anweisung.

Unsere Gruppenassistentin – die Bezeichnung »Sekretärin« lehnt Xenia vehement ab – reagiert nur, indem sie ihren Block näher zu sich zieht und den Stift aufnimmt. Sie ist heute den ersten Tag aus dem Urlaub zurück, und als sie am Morgen hereinkam, musste ich ganz unwillkürlich ausrufen: »Mensch, siehst du gut aus.«

Nicht dass das eine Seltenheit ist, aber jetzt nach zehn Tagen griechischer Sonne hat sich der Bronzeton ihrer Haut noch intensiviert, und ihre schwarzen Haare glänzen nicht nur, sie leuchten. Die bewundernden Blicke meiner männlichen Kollegen scheinen an ihr aber wie Wassertropfen abzuperlen. Allerdings zeigt ihr Rock, der eine Spur zu kurz ist, wohl nicht umsonst relativ viel von ihren ebenfalls gebräunten und sehr wohlgeformten Beinen.

»Eigentlich wollte ich mit dem Bericht von Kerstin«, Bernbacher grinst in meine Richtung, »beginnen, aber aufgrund der aktuellen Lage wird uns erst Lars eine kurze Zusammenfassung des Sachstandes geben.«

Interessiert richte ich mich in meinem Stuhl auf – welcher Sachstand? Davon habe ich noch gar nichts gehört.

Heiwi ist mein Interesse offensichtlich nicht entgangen. Er lehnt sich zu mir und flüstert: »Brandleiche.«

Klar, dass der schon wieder alles weiß, schließlich ist er der Dreh- und Angelpunkt des Flurfunks im Präsidium.

Inzwischen hat sich Lars, ein Kollege der Gruppe 2, in Position gebracht, er sitzt nicht mehr, sondern lehnt jetzt möglichst lässig an der Wand, die Hände in den Hosentaschen, vermutlich damit seine wie immer zu eng sitzende Jeans jedermann beziehungsweise jeder Frau direkt auffällt.

»Wie manche von euch sicher schon wissen, wurde heute Morgen um halb sieben von einem Hundebesitzer eine verkohlte Leiche gefunden. Bisher haben wir keinerlei Anhaltspunkte zu deren Identität. Aufgrund ähnlicher Taten in den letzten Monaten gehen wir von einem weiteren Opfer im Krieg der Drogenbanden aus. Die Spurensicherung ist noch dabei, den Auffindeort zu untersuchen, was sich aber, wie ihr euch denken könnt, sehr schwierig gestaltet.«

»Warum?« Obwohl meine Kollegin ihre Stimme nicht erhoben hat, erreicht ihre kurze Frage den ganzen Raum.

»Wie, warum?« Lars scheint etwas verwirrt.

»Warum gestaltet sich die Spurensicherung schwierig?« Man merkt Ursula an, wie unverständlich und überflüssig sie die Nachfrage des Kollegen findet.

»Nun ja, ist schließlich einiges los auf dem Monte Klamotte«, gibt der ebenso genervt zurück.

»Nun ja, wenn du uns direkt gesagt hättest, um welchen Ort es sich handelt, wäre meine Frage natürlich nicht nötig gewesen.« Ob wegen des Inhalts oder Ursulas eisigem Tonfall, auf jeden Fall zieht Lars inzwischen ärgerlich die Brauen zusammen.

Ich finde, es ist an der Zeit, mich einzuschalten: »Was ist denn der Monte Klamotte?«

Augenblicklich ist es völlig still im Raum, und alle Augen haben sich mir zugewandt. Habe ich etwas Falsches gesagt?

»Mensch, Engel, der Mont Klamott – übrigens ohne Es, liebe Kollegen – ist der höchste Berg in Köln.«

Ich blicke Heiwi ungläubig an. »Welcher Berg?«

Inzwischen hat Lars seinen Faden wieder aufgenommen. »Vielleicht könnte Gruppe 1 intern unserer vom Parkplatz Süd zugereisten Kollegin erklären, um welchen Ort es sich handelt, dann könnte ich in meinem Bericht fortfahren.«

Während Lars uns in seiner üblichen langatmigen Art in allen Einzelheiten die ersten Erkenntnisse mitteilt, wobei die Länge seiner Ausführungen nicht darüber hinwegtäuschen kann, dass es im Prinzip noch gar keine Erkenntnisse gibt, versuche ich meinen Ärger über den Kollegen wieder in den Griff zu bekommen.

Dieser selbstverliebte Idiot hatte mich in den ersten Wochen meiner Arbeit in Köln nach Strich und Faden angegraben, obwohl, wie ich später erfuhr, er durchaus eine feste Freundin hat. Wobei er es offensichtlich als besonderen Anmachtrick empfand, mir meine Bonner Herkunft, »Parkplatz Süd von Köln«, ständig unter die

Nase zu reiben. Seitdem ich ihm – zugegeben an einem meiner schlechteren Tage – etwas gereizt zu verstehen gegeben habe, dass ich weder an seinem Schlafzimmerblick noch an seinen blonden Locken Interesse hätte, übergießt er mich im Gegenzug bei allen möglichen und unmöglichen Gelegenheiten mit Spott.

Seine Ausführungen sind glücklicherweise so lang, dass ich mich an ihrem Ende wieder im Griff habe und ohne eine Spur von Ärger in der Stimme einen kurzen Bericht über den Stand unserer Ermittlungen geben kann – so kurz offensichtlich, dass Lars es sich nicht verkneifen kann, zu fragen: »Schon fertig? Und was habt ihr die restlichen vier Tage gemacht?«

»Offensichtlich hat es sich zu meinem Kollegen der Gruppe 2 noch nicht herumgesprochen, dass inhaltloser Wortreichtum meist ineffektives Arbeiten verdecken soll und im Gegenzug knappe und gehaltvolle Berichte auf effizientes Arbeiten verweisen.« Ursulas Ton ist noch ein paar Grade kälter geworden, und ohne auf eine weitere Aufforderung zu warten, verlässt sie als Erste den Besprechungsraum.

Das grimmige Stirnrunzeln, das Lars ihr hinterherwirft, wird nur noch von den giftigen Blicken des Chefs übertroffen.

MITTWOCH, 11.30 UHR

»Danke übrigens noch.«

»Wofür?« Ursula nimmt den Blick für meinen Geschmack deutlich zu lange von der Straße. Schließlich fahren, nein jagen wir durch den wie immer lebhaften Kölner Innenstadtverkehr – wenigstens diesmal nicht in meinem Auto, sondern in einem Dienstwagen.

»Für die Zurechtweisung von Lars eben.«

Sie zuckt nur mit den Schultern. »Viel hilft es leider nicht.« Sie beschleunigt noch einmal, um eine Ampel kurz vor uns zu erreichen, die schon auf Rot schaltet – was meine Kollegin jedoch nicht zu stören scheint. Mit Schwung nimmt sie die letzte Kurve und parkt dann auf einem Anwohnerparkplatz.

»Siehst du das Schild nicht?«, frage ich vorsichtig.

»Siehst du einen anderen Parkplatz?«, entgegnet sie nur.

Kurz bleiben wir vor dem Haus von Irmgard Schiller stehen. »Meinst du wirklich, es bringt etwas, Michael Yildirim noch einmal zu befragen?«, fragt Ursula.

Ich nicke vehement, ohne etwas zu sagen. Schließlich hat es mich schon eine lange Diskussion gekostet, meine Kollegin überhaupt hierherzubekommen, da Heiwi und Matthias den wiederaufgetauchten Neffen der Toten doch bereits verhört hätten. Aber eben nur auf dem Präsidium, nicht in der eigenen Wohnung.

Entschlossen gehe ich zur Tür, klingele und öffne, als kurz darauf der Summer ertönt. Ursula folgt mir langsam. An den Türen vom Ehepaar Wegner, von Hubertus Hantke, von Irmgards Wohnung vorbei, steigen wir die Stufen immer weiter hoch. Treppensteigen bin ich von meiner eigenen Wohnung zwar durchaus gewöhnt, aber hier scheinen es mir besonders viele zu sein.

Oben angekommen, erwartet uns Michael Yildirim schon vor seiner Wohnungstür. Möglichst wenig atemlos versuche ich uns vorzustellen, dann folgen wir seiner einladenden Handbewegung und ihm in die Wohnküche. Durch die starken Schrägen ist hier unter dem Dach von der großzügigen Wohnfläche der darunterliegenden Wohnungen nur noch wenig übrig.

»Kann ich Ihnen etwas zu trinken anbieten?« Der junge Mann

scheint tatsächlich nicht sonderlich genervt auf unseren Besuch zu reagieren.

»Nein danke«, lehne ich für uns beide ab und komme direkt zur Sache: »Herr Yildirim, unseren Kollegen haben Sie gestern schon erklärt, dass Sie in den letzten Wochen Ihre Verwandten in der Türkei besucht haben. Wir haben unsere türkischen Kollegen gebeten, für uns dieses Alibi zu überprüfen, was allerdings etwas Zeit in Anspruch nehmen wird. Die Fluggesellschaft hat Ihren Rückflug inzwischen bestätigt, jedoch fehlt uns der Nachweis für Ihre Anreise drei Wochen vorher.«

»Wie erwähnt bin ich mit dem Auto meines Vaters gefahren, das ich dann bei meinem Onkel gelassen habe.«

»Ja, das haben wir aus Ihrer Aussage ersehen, bisher war es uns aber eben noch nicht möglich, dies zu bestätigen.«

»Weshalb wir Sie aber erneut aufsuchen«, übernimmt Ursula jetzt die Befragung, »Sie haben unseren Kollegen gesagt, Sie wären von der Tatsache, dass Sie das Haus erben, überrascht gewesen. Hat Frau Schiller nie mit Ihnen darüber gesprochen?«

Er schüttelt den Kopf. »Wissen Sie, wir kennen«, er hält kurz inne, »wir kannten uns noch nicht so lange. Schon vor meiner Geburt hatte sich meine Mutter mit ihrer Familie so zerstritten, dass jeder Kontakt abgebrochen wurde. Der Tod ihrer Schwester vor einem Jahr veranlasste wohl meine Tante Irmgard dazu, sich mit mir in Verbindung zu setzen. Vor drei Monaten bin ich schließlich hier eingezogen. Sie hatte das Gefühl, etwas wiedergutmachen zu müssen.«

»Was musste sie wiedergutmachen?«

»Nun ja, die Familie hat meine Mutter …«, er scheint im Zimmer nach den richtigen Worten zu suchen, »… im Prinzip verstoßen. Sie waren mit der Wahl ihres Mannes – meines Vaters – nicht einverstanden. Nicht nur, dass er Türke war. Darüber hinaus stammte er noch aus einer armen Gastarbeiterfamilie, wie es damals hieß. Meine Großeltern, die ich nie kennengelernt habe, müssen sich sehr viel auf ihren Stand als Bildungsbürger – mein Großvater war Professor wie seine Tochter Irmgard – eingebildet haben. Meine Mutter wurde beim Tod ihrer Eltern mit dem Pflichtteil abgespeist, das Haus erbte meine Tante.«

»Und trotzdem haben Sie sich mit Ihrer Tante gut verstanden?«

Sein Blick gleitet zu den Dachfenstern, die direkt in den blauen Himmel zeigen. »Wissen Sie, zuerst wusste ich nicht, wie ich mit dem Kontakt zu meiner Tante umgehen sollte. Mein Vater weigerte sich vehement, sie zu treffen oder auch nur dieses Haus zu betreten.«

Ursula hebt ihre Hand, wie um die folgende Zwischenfrage anzukündigen. »Herr Yildirim, wo ist Ihr Vater im Moment?«

Er zögert kurz mit seiner Antwort. »Sie verdächtigen meinen Vater?« Dann spielt ein Lächeln um seine Lippen. »Da muss ich Sie enttäuschen. Er hat seit Sommer eine Gastprofessur in den USA. Er lehrt nämlich Maschinenbau, zwar nur an der FH, aber immerhin. Im Prinzip ist er der Schwiegersohn geworden, den sich meine spießigen Großeltern offensichtlich immer für ihre Tochter gewünscht haben – das Leben geht manchmal seltsame Wege.«

Leicht abwesend starrt er vor sich hin, dann fährt er fort: »Aber Irmgard hat die ganze Sache wirklich leidgetan, und sie hat sehr darunter gelitten, mit ihrer Schwester vor deren Tod nicht mehr ins Reine gekommen zu sein.«

»Könnte es denn sein, dass Sie das schlechte Gewissen Ihrer Tante, sagen wir mal, benutzt haben und Sie nicht ganz unbeteiligt an deren Entschluss sind, Ihnen das Haus zu vererben?« Etwas zu ruckartig wende ich mich vom Fenster ab.

Erstaunt dreht sich Yildirim um, einen Einwurf von meiner Seite hat er offensichtlich nicht erwartet. Doch er bleibt gleichbleibend freundlich: »Sie kennen meine Tante nicht. Sie hat einen sehr eigenen Kopf, ich glaube kaum, dass irgendjemand in der Lage ist, ihr einen Entschluss aufzudrängen – oder in der Lage war.« Seine Stimme ist leiser geworden.

Aber so schnell lasse ich nicht locker: »Es gibt natürlich auch noch die Möglichkeit, dass der Entschluss durchaus von Ihrer Tante kam, Sie aber, nachdem Sie davon in Kenntnis gesetzt worden sind, den Erbfall etwas beschleunigt haben?«

Yildirim zieht seine dunklen Brauen zusammen. »Ich wusste nichts von dem Erbe – weiß davon übrigens bis heute immer noch nichts, wenn ich mal die Informationen abziehe, die ich von Ihnen habe.«

»Das sagen Sie.«

»Ja, das sage ich«, seine Stimme wird langsam laut, »und Sie können es glauben oder auch nicht!«

Diesmal ist es an Ursula, die Wogen etwas zu glätten. »Wem hätte Frau Schiller denn Ihrer Meinung nach das Haus vermachen sollen?«

Der junge Mann scheint von dieser Frage überrascht zu sein. »Ehrlich gesagt habe ich mir darüber keine Gedanken gemacht. Es ist ja nicht so, als wäre meine Tante alt oder krank gewesen. Allerdings hätte es mich gewundert, wenn sie es Hantke überlassen hätte.«

»Warum?«

»Weiß ich nicht, es ist mehr so ein Gefühl.«

»Und was sagt Ihr Gefühl zu der Tatsache, dass Sie nun der Erbe sind?«

Unser Gegenüber sieht erneut in den blauen Himmel. »Wenn Sie so fragen: Vielleicht ist es doch gar nicht so überraschend. Meine Tante hatte viel Familiensinn, und ich bin … war meiner Tante in vielem sehr ähnlich. Wir lieben beide scharfes Essen, sind oft Badminton spielen gegangen oder haben zusammen Bollywoodfilme im Fernsehen angesehen. Außerdem war sie genauso technikbegeistert wie ich. Obwohl ich ihr da als Informatikstudent doch noch ein bisschen voraus war. Als ihr Laptop letztens den Geist aufgegeben hat, habe ich ihr geraten, sich für zu Hause ein Pad anzuschaffen; ich glaube, sie hat es sogar getan.«

»Wissen Sie vielleicht, wo sie so ein Pad eventuell erstanden haben könnte?«

Etwas verwundert über den drängenden Tonfall meiner Kollegin dreht Yildirim den Kopf. »Nein, keine Ahnung. Ist das wichtig?«

MITTWOCH, 14.00 UHR

»Nicht schlecht!«

»Nicht schlecht?«

»Na gut, ziemlich beeindruckend.« Ja, Letzteres gibt meine Ansicht doch deutlich präziser wieder. Diese Hügel, die sich wie von Geisterhand im platten Köln erheben, wirken ein bisschen wie ein Miniaturalpenland mitten in der Stadt. Wobei natürlich nicht Geisterhände diese Erhöhung geschaffen haben, sondern einfach Trümmer – Klamotte, wie man auf Kölsch sagt –, die beim Wiederaufbau der Stadt nach dem Zweiten Weltkrieg entsorgt werden mussten, wie mir Ursula beim Aufstieg ungefragt erzählt hat.

Aus Bonn bin ich Anhöhen durchaus gewöhnt, dort liegen schon einzelne Stadtteile auf ansehnlichen Hügeln. Aber Köln ist vor allem flach, was allerdings den Dom, den wir von hier natürlich auch sehen können, umso imposanter erscheinen lässt. Bewundernd blicke ich auf die sonnendurchflutete Stadt, deren Straßen immer noch vom morgendlichen Regen nass glänzen.

Ursula schiebt sich die Sonnenbrille fester auf die Nase und lächelt. »War doch ein guter Einfall von mir, oder?«

»Hm«, stimme ich etwas verhalten zu, obwohl ich ihr eigentlich uneingeschränkt recht geben muss. Etwas überraschend war ihr Vorschlag schon, auf dem Weg ins Präsidium einen Abstecher zum Mont Klamott zu machen. »Den musst du gesehen haben, wenn du in Köln wohnst.« Ihre Ansage duldete keinen Widerspruch, zu dem ich ausnahmsweise auch gar nicht aufgelegt war.

Da wir unser Auto am Mediapark abstellten, den ich von gelegentlichen Kinobesuchen sogar schon seit Bonner Zeiten kenne, fiel auch noch ein Mittagessen mit ab, da wir dem Angebot eines der Lokale nicht widerstehen konnten.

Was will man mehr? Das muss ich jetzt laut sagen: »Satt, zufrieden und an einem schönen Fleckchen Köln.«

Ursula lacht. »Köln ist insgesamt ein schönes Fleckchen.«

»Ja, besonders in diese Richtung.« Ich deute auf das Gleisgewirr, das sich Richtung Hauptbahnhof ausbreitet. Doch die gute Laune meiner Kollegin kann ich heute nicht verderben. »Warum bist du eigentlich so entspannt?«

Sie schaut mich fragend an, dann zuckt schon wieder ein Lächeln über ihr Gesicht. »Kinderfrei.«

Jetzt bin ich etwas irritiert. »Bisher hatte ich nicht das Gefühl, dass du zu den Müttern gehörst, die es bereuen, Nachwuchs in die Welt gesetzt zu haben.«

Sie schüttelt den Kopf. »Meistens nicht, aber ein Tag ohne die Blagen ist auch ganz schön. Außerdem«, sie wendet sich langsam zum Gehen, »ist es deutlich entspannter, einmal bei der Arbeit nicht ständig auf die Uhr sehen zu müssen.«

Einträchtig gehen wir nebeneinander den Weg entlang. Wir haben zuerst die Höhe erstiegen – was man hier so als Höhe bezeichnen kann –, um uns danach den Tatort anzuschauen. Doch viel ist nicht zu sehen. Nur der schwarze Brandfleck deutet auf ein ungewöhnliches Vorkommnis hin, wobei durch den stundenlangen Regen selbst dieser nur noch schwach zu sehen ist. Viele Fußspuren zeugen von der Arbeit unserer Kollegen – und die Sauberkeit der näheren Umgebung. Die Kriminaltechniker haben natürlich den ganzen Müll, der auf diesen Anhöhen wie überall auf der Welt, wo es Menschen gibt, herumliegt, zur Untersuchung mitgenommen. Allerdings nur den in einem bestimmten Umkreis – anders wäre es auch gar nicht möglich gewesen. Bei unserem langsamen Weg zurück zum Auto überqueren wir schnell die Grenze zwischen müllfreiem und normal vermülltem Gelände.

Interessiert schaue ich mir an, was die Leute hier so alles zurückgelassen haben. Abgesehen von den üblichen Überresten, wie Zigarettenpackungen, Taschentüchern und Bierdosen, sehe ich eine Haarspange, ein Stück Jeans, eine gelbe Badeente, einen Turnschuh und einen platten Ball. Wir befinden uns bereits auf der luftigen Brücke aus Beton und Stahl, die hier mitten im Grünen etwas fehl am Platz wirkt, als ich meine Kollegin am Arm reiße. »Komm mit«, rufe ich ihr zu, während ich schon längst wieder in die Richtung renne, aus der wir gerade gekommen sind.

Sie fragt nicht lange, sondern folgt mir sofort, um kurz darauf mit mir zusammenzuprallen, weil ich sehr plötzlich stehen geblieben bin.

»Hier ist es.«

»Was?« Recht kritisch sieht sie mir dabei zu, wie ich einen

Plastikhandschuh aus der Tasche nehme und etwas vom Boden aufhebe. »Eine Plastikente?«

»So eine«, ich drehe den Schlüsselanhänger in der Hand, »hatte Tobi vom Campingplatz.«

»Und wer war noch mal Tobi?«

»Tobi«, ich treffe – ungewollt – ziemlich gut ihren besserwisserischen Ton, wenn sie mir etwas erklärt, »ist der Schmierlappen aus dem Büro dort.«

Sie nickt.

»Und der hatte eine solche Ente als Schlüsselanhänger.«

»Wie Millionen anderer Menschen auch. Meine Kinder allein haben circa zehn Stück davon, eine sogar im Piratenkostüm.«

»Aber«, mein Ton wird noch eine Spur belehrender, »was ist, wenn das Tobis Entchen ist?«

»Etwas weit hergeholt.«

»Aber möglich!«

»Gut, pack es ein. Wir wollen nichts unversucht lassen.«

MITTWOCH, 16.30 UHR

»Wen soll ich suchen?«

Irgendwie habe ich den Verdacht, dass Cristian Nesta schon wieder bereut, überhaupt bei mir angerufen zu haben. Eigentlich hat er nur sagen wollen, dass sich das Alibi von Bernhard Müller im Zuge der Ermittlungen zu seinem wichtigen Fall in Berlin bestätigt hätte. Als ich nicht direkt wusste, dass mit Bernhard Müller der Hugo, oder Locke auf Lederschuhen, vom Campingplatz gemeint ist, hat er mit einem Seufzer reagiert, den ich jetzt imitiere.

»Tobi, den Rezeptionsmitarbeiter des Campingplatzes. Du sollst dich bitte nach ihm erkundigen.«

»Ah, der Wuschelkopf, und warum?«

»Weil wir hier in Köln ein gelbes Quietscheentchen gefunden haben.« Schon während ich mir selbst bei der Formulierung dieses Satzes zuhöre, ist mir bewusst, dass er etwas lächerlich klingt, darum füge ich hinzu: »Wir haben hier eine verkohlte Leiche, bei der wir von einem Gewaltverbrechen ausgehen müssen. In der Nähe habe ich einen Schlüsselanhänger gefunden. Einen ähnlichen hat Tobi auch. Nun möchte ich gern sichergehen, darum sollst du nachhören, ob Tobi sein Entchen noch hat und ob es ihm gut geht.«

»Okay, verstanden, melde mich dann wieder bei dir.«

»Puh.« Ich lege den Hörer zurück.

»War wohl nicht so begeistert, oder?« Ursula hat meinem Telefonat interessiert zugehört. Im Unterschied zu mir, die ich ihren Gesprächen genauso interessiert lausche, macht sie sich aber gar nicht die Mühe, so zu tun, als würde sie nicht zuhören.

»Der arme Kerl. Da ruft er an, um ein bisschen mit seinem wichtigen Fall anzugeben und seine nette Kölner Kollegin zu beeindrucken. Und was hat er davon – einen Arbeitsauftrag!« Sie scheint sich trefflich zu amüsieren.

»Wie kommst du darauf, dass er bei mir angeben wollte? Schließlich ist das Alibi von Bernhard Müller eine wichtige Information.«

»Die man auch sehr gut per Mail, sogar per SMS hätte übermitteln können. Ein Telefongespräch wäre nicht unbedingt nötig gewesen.«

Glücklicherweise beendet Xenia unser Gespräch, wenn man das so nennen will, indem sie durch die geöffnete Tür kurz einen Zwischenstand ihrer Nachforschungen zu dem Pad-Kauf gibt. Ich lehne mich einfach im Stuhl etwas zurück, damit ich sie auch sehen kann, und höre mir ihren Bericht an, während Ursula offensichtlich genervt tief Luft holt, bevor sie etwas zu heftig ihren Stuhl zurückschiebt und Richtung Teeküche verschwindet.

Als sie wiederkommt, sind wir gerade erst mit der Nachrichtenübermittlung fertig, da einige Nachfragen nötig waren, um das eine oder andere Detail zu klären, das bei der Übermittlung über zehn Meter verloren gegangen war. Ihre Tasse in der Hand – hätte sie mir nicht auch einen Kaffee mitbringen können? –, schaut Ursula mich nur fragend an.

»Xenia hat noch keinen Hinweis darauf, dass Irmgard Schiller sich tatsächlich ein Pad gekauft hat.«

»Und dafür musstet ihr minutenlang durchs Büro schreien?«

Die leichte Spur von Überheblichkeit in Ursulas Stimme reizt mich zu einer Retourkutsche. »Als Mutter von zwei Kindern dürftest du Schreierei doch gewohnt sein, oder?«

Sie zuckt nur leicht mit einer Schulter. »Gerade deshalb muss ich sie im Büro nicht auch noch ertragen, oder?«

Ich überlege noch, wie ich kontern soll, da ist meine Kollegin schon beim nächsten Punkt: »Noch dazu, wenn auf diese Art und Weise im Prinzip eine Nicht-Information transportiert wird. Aber das ist ja leider nichts Neues.«

Prinzipiell hat sie damit durchaus recht. Xenia neigt dazu, auch dünne oder ergebnislose Rechercheresultate ausführlich und lautstark mitzuteilen. Möglicherweise will sie damit kompensieren, dass sie in der Regel die Einzige unseres Teams ist, die nie aus diesen vier Wänden herauskommt, da sie schließlich als Bürokraft und nicht als Kommissarin beschäftigt ist.

Während ich noch überlege, Ursula an meinen Gedanken teilhaben zu lassen, kommt der Mittelpunkt dieser Gedanken ins Büro – noch so eine Schreierei anzufangen, traut Xenia sich wohl doch nicht.

»Was ist jetzt«, sie schaut Ursula an, »soll ich mit der Recherche weitermachen oder nicht?«

Ursula versteht diese Frage offensichtlich nicht, was sich in ihrem Blick in meine Richtung deutlich widerspiegelt.

Auch Xenia hat sich inzwischen an mich gewandt: »Du hast gesagt, es ist vielleicht nicht nötig.«

Der Blick von Ursula wechselt von irritiert zu gereizt.

»Nun ja«, erkläre ich jetzt in ihre Richtung, »ich dachte, es ist vielleicht einfach Blödsinn, sie danach suchen zu lassen. Schließlich hat es keine Auswirkung auf unseren Fall, wie gut das Mordopfer technisch ausgestattet war.«

»Jedes Detail ist wichtig. Du bleibst an deinem Quietscheentchen, ich bleibe an dem Computerpad.« Ursulas Ton macht deutlich, dass die Frage damit geklärt ist, und ohne ein weiteres Wort verzieht Xenia sich nach nebenan.

»Sollen wir?« Ursula wendet sich schon Richtung Tür.

Ich schaue auf die Uhr: »Ach ja, die Vernehmung.«

Marie sitzt schon in unserem Vernehmungsraum bereit. Die Nacht in Untersuchungshaft hat sie gezeichnet: Tiefe Ringe liegen unter ihren Augen, die Haut wirkt fahl, die Wangen eingefallen.

Da ich sie bereits zweimal befragt habe, übernimmt Ursula, die noch nie mit ihr gesprochen hat, das Reden und lässt sich noch einmal kurz den Diebstahl der Böll-Dokumente schildern. Die als potenzielle Käufer angeschriebenen Personen haben uns inzwischen alle bestätigt, betreffende Mails erhalten zu haben. Zwei oder drei haben sie uns sogar noch zur Verfügung stellen können. Die anderen hatten sie umgehend gelöscht. Doch kein Einziger erstattete Anzeige. Auf meine Nachfrage hin gaben die einen an, dafür keine Zeit gehabt zu haben, die anderen meinten, sie hätten die Mails sowieso nur als Scherz aufgefasst.

»Was uns heute besonders interessiert«, wende ich mich an unsere Verdächtige, »ist die letzte E-Mail, die du Irmgard Schiller geschrieben hast.«

Marie schaut mich nur an.

»Die Mail, in der du die Übergabe der Dokumente auf den Fünfmeterturm und dann auch noch auf Mitternacht verlegt hast?«

Tatsächlich hat Matthias inzwischen auch diese letzte Nachricht in den Tiefen des Servers des Mailanbieters auftreiben können. Seine genaue Vorgehensweise hat er mir zwar ausführlich geschildert, gemerkt habe ich mir davon allerdings fast nichts. Schließlich interessiert mich nicht das Wie, sondern nur das Ergebnis.

Marie hat auf meine Bemerkung überhaupt nicht reagiert, weshalb ich jetzt etwas deutlicher frage: »Warum hast du das so kurzfristig verlegt, und dann auch noch an einen so unzugänglichen Ort?« Die Uhrzeit leuchtet mir dagegen eher ein, persönlich würde ich für die Übergabe von Diebesgut auch die dunkle Nacht bevorzugen.

»Ich habe weder Ort noch Zeit geändert. Alles war von Frau Schiller festgelegt worden: Freitag um zwölf Uhr mittags auf dem Campingplatz und das ›Gruppenbild‹ als Erkennungszeichen. Daran habe ich mich gehalten, das heißt, hätte ich mich gehalten.«

»Du willst damit sagen, diese letzte Mail kam gar nicht von dir?«

»Ja, das will ich sagen.« Ihr Ton ist jetzt weniger ungläubig als genervt.

Da schaltet sich Ursula erneut in das Gespräch ein: »Frau Pfeiffer, ich darf Sie noch einmal darauf hinweisen, dass der Raub von Archivmaterial und der Versuch, dieses zu verkaufen, keine Kavaliersdelikte sind und Sie sich dafür vor Gericht verantworten müssen. Was uns aber vor allem interessiert, ist der Mord an Irmgard Schiller und –«

Doch bevor Ursula weiterreden kann, richtet Marie sich auf und erklärt mit fester Stimme: »Meine Güte, ja, ich habe Mist gebaut, ich habe die Dokumente geklaut und versucht, damit Geld zu machen, aber verdammt, ich habe nichts mit eurem Mord zu tun.«

Meine Kollegin bleibt unbeeindruckt. »Inzwischen reden wir möglicherweise schon von zwei Morden.«

Von denen wir annehmen, dass sie zusammengehören, füge ich in Gedanken noch hinzu.

Marie schaut verwirrt. »Was ist denn passiert?«

»Gestern Nacht ist hier in Köln ein Mord geschehen, von dem wir nicht ausschließen können, dass er im Zusammenhang mit dem Fall in Berlin steht.« Selbst wenn dieser Zusammenhang alles andere als gesichert ist – vielleicht kann ich Marie ein wenig aus der Reserve locken.

Zuerst schaut die Frau mir gegenüber nur betroffen, dann geht es wie ein Schimmer über ihr Gesicht. »Aber das kann ich doch gar nicht gewesen sein! Dafür komme ich doch überhaupt nicht in Frage.«

»Du könntest einen Komplizen gehabt haben.« Doch selbst in meinen Ohren klingt diese Aussage nicht besonders überzeugend. Wer käme denn schon in Frage? Maries Freundin Daniela? Ihre Kneipentour in der Mordnacht in Berlin ist inzwischen von einer Reihe von Personen bestätigt worden.

»Vielleicht Johann«, starte ich einen Versuchsballon. Den haben wir inzwischen kontaktiert, und er ist bereit, Maries Alibi, also den gemeinsamen Ausflug in die Büsche, auch vor Gericht zu bestätigen.

»Der?« Maries Reaktion ist zwar nur kurz, aber so beredt, dass sie Bände spricht.

MITTWOCH, 17.44 UHR

»Meinst du nicht, es wäre viel zu gewagt gewesen, sich auf das Treffen auf dem Dom einzulassen, wenn sie wirklich die Mörderin ist?« Ursula räumt einige Dokumente auf ihrem Schreibtisch zusammen.

»Hmm.« Mehr fällt mir zu dieser Frage gerade nicht ein; mich beschäftigt etwas anderes viel mehr: »Glaubst du, dass die letzte Mail nicht von Marie kam?«

»Auf jeden Fall kam sie von unserem Mörder, wer auch immer das ist. Und«, Ursula hebt ihren Zeigefinger, »er muss von dem ganzen Handel gewusst haben.«

Ihre Feststellung klingt überzeugend. »Gegen Marie als Verfasserin spricht, dass diese letzte Mail von einem anderen Internetcafé verschickt wurde«, füge ich noch an. »Was allerdings auch ganz bewusst von ihr so eingefädelt worden sein kann.«

Ursula hält im Räumen etwas unvermittelt inne. »Ich glaube, wir können sie gehen lassen.«

Mein Gesichtsausdruck scheint genauso überrascht zu sein, wie ich es bin. Auf jeden Fall fährt sie direkt fort: »Für die Tatzeit und die vorausgehenden Stunden hat sie ein einigermaßen akzeptables Alibi. Außerdem besteht wohl kaum Fluchtgefahr, da sie sich schließlich auch wegen des Dokumentendiebstahls zur Verfügung halten muss.«

Schon bei ihren ersten Worten habe ich abwehrend die Hände gehoben, jetzt nutze ich ihre Atempause, um einzuhaken: »Ich bin völlig deiner Meinung, nur ein bisschen irritiert über den plötzlichen Sinneswandel.«

»Ich habe nicht gesagt, dass Marie völlig entlastet ist, sondern nur, dass zu wenig Grund besteht, sie weiter festzuhalten.« Dabei greift sie sich ihre Jacke und zieht sie an.

»Gehst du schon?«, frage ich deshalb.

»Ja, oder gibt es noch etwas zu tun?«

»Die Entlassung von Marie?«

»Dafür brauchst du mich doch nicht, oder?«

Nein, dafür brauche ich sie nicht, aber es war ihre Idee, oder? »Aber ich dachte, du hättest es heute nicht eilig, die Kinder sind doch nicht da.«

»Ja, genau deshalb gehe ich jetzt, denn in einer halben Stunde ist auch mein Mann zu Hause. Schließlich haben wir selten genug sturmfreie Bude.« Ihr anzügliches Grinsen verstärkt meinen Ärger, und während sie schon auf dem Weg in den Feierabend ist, sitze ich am Schreibtisch und grübele über meine Beweggründe. Wahrscheinlich ist es einfach Neid, muss ich mir schließlich eingestehen. Glücklicherweise klingelt aber gerade in diesem Moment mein Telefon, sodass ich nicht weiter darüber nachdenken muss.

»Er ist verschwunden!« Ohne Gruß überfällt mich mein Berliner Kollege mit dieser Information.

»Dachte ich es mir doch«, murmele ich in den Hörer, so leise, dass ich nicht sicher bin, ob es bis an die Spree zu hören ist.

Aber Cristian geht gar nicht darauf ein: »Ich habe mit Jasmin« – »Jacqueline«, werfe ich ein – »meinetwegen auch das, auf jeden Fall habe ich mit der anderen Rezeptionskraft gesprochen. Die hat sich schon Sorgen gemacht, weil Tobi seit Dienstag nicht mehr zu erreichen war. Zwar hatte er eigentlich frei, aber sie hat versucht, ihn anzurufen. Erst klingelte das Handy durch, dann war es aus, ist es übrigens immer noch, ich habe es direkt versucht. Auf meine Bitte war Janine« – »Jacqueline« – »sie war auf jeden Fall in seiner WG. Dort hat Tobi seit Dienstagmorgen auch keiner mehr gesehen. Netterweise hat sie mir direkt ein paar Sachen von ihm mitgebracht, an denen sicher DNA ist. Was hältst du davon, wenn ich dir das morgen vorbeibringe?«

Den eher ungewohnten Redeschwall muss ich erst einmal verdauen, wie auch die Information am Ende: »Wie, vorbeibringen? Dir ist schon bewusst, dass ich inzwischen wieder in Köln bin, oder?«

Er lacht. »Ich muss morgen sowieso in den Westen, zum Klassentreffen nach Düsseldorf. Da würde ich vorher einfach bei euch vorbeikommen – natürlich nur, wenn's dir recht ist.«

»Klar.« Noch immer bin ich dabei, die ganzen Informationen zu verdauen, und deshalb zu keiner längeren Antwort fähig.

»Prima, schreibe dir dann per SMS meine genaue Ankunftszeit in Köln. Kannst du mich abholen? Sonst schick mir einfach eure genaue Adresse, dann fahre ich mit dem Taxi.«

»Denke schon, dass ich dich abholen kann, wenn nichts dazwischenkommt.«

»Dann ist ja alles klar, muss jetzt die Pressekonferenz für morgen vorbereiten. Wir sehen uns.«

Welche Pressekonferenz?, hätte ich gerne noch gefragt, aber aus dem Hörer ertönt nur noch ein Tuten. »Düsseldorf«, murmele ich beim Auflegen vor mich hin.

»Was ist mit Düsseldorf?«

Ich zucke zusammen. »Mensch, Heinz-Wilhelm, du hast mich erschreckt.«

Jetzt ist es an Heiwi, zusammenzuzucken. Er kann es nämlich überhaupt nicht leiden, wenn ihn jemand mit seinem Taufnamen anspricht. Wobei ich noch gar nicht so lange weiß, wie mein Kollege richtig heißt. Zuerst bin ich immer von einem eher seltenen Namen ausgegangen, wogegen allerdings sein Alter sprach, denn vor über fünfzig Jahren waren Eltern noch nicht so krampfhaft um originelle Namen für ihre Kinder bemüht wie anscheinend heute – obwohl Spitzenreiter offensichtlich immer noch Alexander und Maria sind, manche Dinge ändern sich eben doch nicht. Bei Heinz-Wilhelm waren in amerikanischer Manier einfach die Anfangsbuchstaben der beiden Vornamen zusammengezogen worden, offensichtlich auf der Polizeischule, als die Schulvariante Heinzi nicht mehr adäquat erschien.

»Was ist jetzt mit Düsseldorf?«, übergeht Heiwi meinen Fauxpas.

Zuerst schaue ich etwas verständnislos. Ich bin noch immer nicht lange genug in Köln, damit bei der Nennung der nördlichen Nachbarstadt alle Alarmsignale bei mir angehen.

»Der Berliner Kollege, Cristian Nesta« – Heiwi nickt als Zeichen, dass er weiß, von wem die Rede ist – »kommt morgen vorbei, um uns DNA von Tobi« – erneutes Nicken von Heiwi – »zu bringen. Der ist nämlich verschwunden und könnte somit unsere Brandleiche sein.«

Mein Kollege wiegt langsam den Kopf. »Finde ich etwas weit hergeholt. Aber wo kommt jetzt Düsseldorf ins Spiel?« Er lässt einfach nicht locker.

»Nesta ist auf der Durchreise nach Düsseldorf, wohin er offensichtlich zu einem Klassentreffen fährt.«

»Düsseldorf«, ruft Heiwi, als hätten wir diesen Städtenamen in den letzten Minuten nicht schon oft genug ausgesprochen. »Das würde ich jetzt nicht jedem hier erzählen. Am Ende ist der noch Fortuna-Fan. Das sollten wir vor allem vor Matthias geheim halten.«

Ich grinse in mich hinein, weil »geheim halten« für Heiwi eigentlich ein Fremdwort ist. Allerdings hat er durchaus recht, denn Kollege Matthias ist zwar eigentlich eine Seele von Mensch, obwohl – oder vielleicht auch weil? – er von einem Sondereinsatzkommando der Polizei zu uns gestoßen ist. Aber es gibt zwei Dinge, bei denen er überhaupt keinen Spaß versteht: Fußball und Umweltschutz. Bisher hatte ich nur einmal richtig Ärger mit ihm, nein, nicht wegen Fußball, da halten wir glücklicherweise zum selben Verein, sondern weil ich es gewagt habe, einen Joghurt-Plastikbecher in den Restmüll zu schmeißen, und auf seinen Hinweis nicht einsichtig, sondern verstimmt reagiert habe.

Jetzt mache ich eine abwehrende Bewegung mit der Hand. »Es könnte ja sein, dass weder Zielort noch Fußball zum Thema werden, schließlich kommt er dienstlich hierher.«

»Wer kommt dienstlich hierher?«

Das ist klar – wenn man vom Teufel spricht: In der Tür steht Matthias.

»Der Kollege aus Berlin«, erklärt ihm Heiwi ohne weitere Details zu dessen Person, aber er nennt ihm den Grund seiner Reise.

»Ach so.« Matthias lässt sich auf Ursulas Stuhl plumpsen. »Vielleicht kommen wir dann endlich weiter.«

Wir schweigen uns zu dritt eine Weile an, bis mir etwas einfällt: »Was ich euch beide immer mal fragen wollte: Ist euch bei der Durchsuchung von Irmgard Schillers Wohnung irgendetwas aufgefallen, das nicht wert war, in den Bericht mit aufgenommen zu werden, aber vielleicht interessant sein könnte?«

Die beiden sehen sich an. »Ich weiß ja nicht«, fängt dann Matthias an, »wie solche Professoren arbeiten, aber nach einem Blick auf Fernseher und Hi-Fi-Anlage dachte ich: Ey, ein Technikfreak, Hut ab. Aber dann im Arbeitszimmer – kein Computer, kein Drucker, kein Scanner und was man sonst so braucht.«

Na ja, »brauchen« ist bei Technik relativ; Matthias ist auf jeden Fall einer, der eher mehr braucht.

»Was hatte sie denn für ein Handy?«

Seine Frage überrascht mich. Natürlich, Irmgard Schiller hatte ein Handy. Ich selbst habe es in der Hand gehabt, und auch eine Liste der letzten Verbindungen auf dem Tisch, aber was war es denn noch einmal für eins? Selbst die Marke meines eigenen Handys könnte ich jetzt nicht auf Anhieb nennen, es ist inzwischen fünf Jahre alt, plus/minus zwei Jahre, für ein technisches Gerät – auf jeden Fall in den Augen von Leuten wie Matthias – ein biblisches Alter. Es entspricht aber dem, was ich damit machen will und muss: telefonieren. Ich zucke also mit den Schultern, um mich direkt danach mit der flachen Hand vor die Stirn zu schlagen: »Sie hatte dasselbe Handy wie du.«

Das passt Matthias jetzt gar nicht. Gut, kann ich auch verstehen. Erst steht man eine ganze Nacht lang an, um eines der wahnsinnig tollen, einzigartigen Handys zu ergattern, und ein Jahr später läuft doch ganz Deutschland damit herum. Na ja, der Teil von Deutschland, der sich die immer noch ziemlich hohen Preise leisten kann.

»Wer ein solches Handy hat, hält es nicht lange ohne irgendeine Art von Computer zu Hause aus.« Die Feststellung von Heiwi, der sich mal wieder ins Gespräch einbringt, ist zwar nicht unbedingt wasserdicht, aber auch nicht von der Hand zu weisen.

»Ihr Mann meinte, sie hätte alle nötigen technischen Geräte in ihrem Büro in der Uni, und das war wirklich voll von Technik, selbst ein Handscanner für Bücher war vorhanden.«

Matthias ist nicht überzeugt. »Einen Drucker braucht man auf jeden Fall, mindestens …« Er lässt den Rest in der Luft hängen.

Heiwi fällt eine andere wichtige Sache ein: »Habe gehört, Mona hat gestern hier wieder Disco veranstaltet?« Es gibt nichts, was mein Kollege nicht erfährt.

»Was heißt hier ›wieder‹?«, frage ich. »Passiert das bei Ursula öfter?« Ihr Spitzname Mona ist mir nicht geläufig genug, um ihn zu verwenden.

Die beiden sehen sich an. »Öfter kann man nicht sagen, aber hie und da schon. Welches Lied war es denn?«, will Matthias wissen.

»›Eye of the Tiger‹?«

»Dann war es wirklich schlimm!«

Meinen forschenden Blick scheint Matthias nicht zu verstehen, also muss ich wohl gezielt nachfragen: »Was war schlimm?«

»Na ja«, er lächelt nachsichtig – mein Gott ja, ich bin erst ein paar Monate da, während die anderen offensichtlich schon zusammen in den Kindergarten gegangen sind, meine Kollegin natürlich eingeschlossen – »Ursula hat diese Marotte« – was heißt denn »diese Marotte«? Soweit ich sie kenne, hat sie durchaus mehrere –, »sie versucht, ihre Launen mit Musik in den Griff zu bekommen.«

»Das heißt, sie hat noch mehr auf Lager?«

»Natürlich. ›Eye of the Tiger‹ ist für absolute Wut. Wenn sie sehr traurig ist – wir hatten da mal einen Fall mit einem Kindermörder –, dann ist es, glaube ich, ›Carry On‹.«

»Kenne ich nicht.«

»Ich auch erst, seitdem ich es bei Ursula gehört habe, ich denke, es ist von Lionel Richie – ach nein, Chris de Burgh.«

Oh mein Gott, wo bin ich hier gelandet, und bei guter Laune kommt dann bayerische Volksmusik, oder was? Aber das behalte ich lieber für mich. Außerdem kenne ich das betreffende Lied eigentlich gar nicht und von dem Sänger nur einen einzigen Song, der mir bis heute aber völlig gereicht hat.

»Warum reagiert sie eigentlich so allergisch auf den Chef? Ich finde ihn eigentlich ganz in Ordnung.« Man muss das Eisen schmieden, solange es heiß ist, und das wollte ich zum einen schon immer mal wissen, zum anderen sitze ich im Moment den richtigen Informationsquellen gegenüber, und die Frage passt auch noch, ohne zu neugierig oder aufdringlich zu wirken.

»Der ist ein Leckerchen, der Ludwig, oder?« Heiwi grinst und zwinkert mir zu.

»Sie ist doch sicher nicht sauer auf ihn, weil er gut aussieht, oder?« Meine Stimme klingt etwas säuerlich, was nicht ganz beabsichtigt ist.

»Nein, nein, das liegt einfach daran, dass er ihren Job hat.« Heiwi legt eine Kunstpause ein. »Ursula war immer die Überfliegerin.«

Das kann ich mir lebhaft vorstellen: die Vorzeigepolizistin für jede Hochglanzbroschüre. Offensichtlich zeigen sich meine Gedanken – mal wieder – recht deutlich in meinem Gesicht.

»Nein, sie ist nicht die typische Streberin, ihr liegt der Beruf einfach. Sie kann gut schießen, hat einen sechsten Sinn, eine gute Art, mit Menschen umzugehen« – mal abgesehen von Kolleginnen, aber das denke ich nur, und die Gedanken sind ja glücklicherweise frei. »Auf jeden Fall war irgendwann jedem klar, dass sie dieses Kommissariat einmal leiten würde.«

»Ja und, was ist dazwischengekommen?«

»Zwei Kinder, so einfach ist das. Auf einem Teilzeitjob bekommst du keine leitende Stelle, obwohl«, Heiwi lehnt sich zu mir herüber und senkt die Stimme ein bisschen, »als Kommissariatsleiter hat man eher geregelte Arbeitszeiten, das wäre mit Kindern vielleicht sogar besser zu vereinbaren … Auf jeden Fall hat die Nachfolge von unserem alten Chef dann dieser zugereiste Bayer angetreten. Darum bekommt sie bei allem, was er sagt, die Krätze, auch wenn er ab und zu durchaus vernünftig ist und recht hat.«

Weil ich diese ganzen Informationen erst einmal verdauen muss und in tiefes Schweigen verfallen bin, machen sich meine Kollegen wieder auf den Weg. Heiwi vergisst aber nicht, mir beim Gehen noch mitzugeben: »Du musst Gruppe 2 noch Bescheid geben.«

Da hat er leider recht. Unsere Kollegen, die den Fall der Brandleiche untersuchen, sollten tatsächlich wissen, dass diese möglicherweise in unsere Zuständigkeit fällt.

Heiwi tröstet mich. »Na, sie werden dich schon nicht fressen, und die Parkplatz-Süd-Witze kennst du ja inzwischen auch alle.«

»Ja, aber es gibt immer noch neue Blondinenwitze.«

»Ich dachte, das bekommt nur Ursula ab. Du bist doch gar nicht blond.«

»Das scheint die beiden Herren aber nicht zu stören.«

Um mir den Weg zu den Kollegen zu erleichtern, beschließe ich, diesen mit meinem Feierabend zu kombinieren. Bereits in Jacke laufe ich deshalb über die Gänge und hoffe, wenigstens nicht Lars, sondern seinen Partner Joe anzutreffen, der allein eigentlich ganz nett sein kann. Auch wenn er wie der typische Macho der achtziger Jahre aussieht, ohne den die meisten Krimiserien damals gar nicht funktioniert hätten. Ich konnte mir seinen Vornamen sehr schnell merken, weil er genauso kurz ist wie der seines offensichtlichen Vorbilds Don Johnson. Auf jeden Fall lassen die im Nacken langen Haare und die weißen Herrenslipper darauf schließen, auch wenn sein Teint noch eine deutliche Spur dunkler ist als die immer sehr intensive Bräunung des Schauspielers.

Aber als ich die Räume von Gruppe 2 betrete, sind sowohl die beiden Herren als auch ihre Kolleginnen schon ausgeflogen, nur Frau Gänsewein sitzt noch an ihrem Schreibtisch. Dass sie einige der wenigen Kollegen ist, die ich noch nicht duze, liegt weniger daran, dass sie die sechzig schon überschritten hat, als an ihrer persönlichen Autorität, die irgendwo zwischen meiner eindrucksvollsten Klassenlehrerin und einer Vorstandsassistentin liegt. Im Gegensatz zu Xenia, die es hasst, als Sekretärin bezeichnet zu werden, betrachtet Frau Gänsewein diese Bezeichnung als adäquate Definition ihrer Rolle. Wobei Dompteurin auch nicht ganz verfehlt wäre.

Mit leicht hochgezogenen Augenbrauen sieht sie bei meinem Eintreten vom Computer auf, in den sie gerade mit beängstigender Geschwindigkeit einen Text getippt hat.

»Hallo, Frau Gänsewein, mal wieder die Letzte?« Zugegeben, diese Formulierung ist jetzt nicht durchweg positiv, so wie ich es eigentlich gemeint habe. Aber meine Kollegin versteht mich richtig.

»Ach, Sie wissen ja, wie das ist, Frau Heller. Irgendwer muss die Reste abarbeiten, zu denen am Ende keiner mehr Lust hat.«

Oh ja, das weiß ich nur zu genau, und ich beneide meine Kollegen darum, jemanden zu haben, der sich dieser Sachen annimmt. Bei uns drücken sich immer alle so lange, bis es an irgendeinem hängen bleibt, der in den letzten Monaten viel zu oft ich gewesen bin. Vielleicht das Schicksal jedes Neuen in einer Gemeinschaft.

»Ich hätte eine Information, die die Brandleiche von heute Morgen betrifft. Darf ich diese in Ihre Hände legen?«

Das ist natürlich eine rein rhetorische Frage. Während Xenia längst ihre Nichtzuständigkeit erklärt und jeden angewiesen hätte, am nächsten Tag noch einmal wiederzukommen, nimmt Frau Gänsewein Notizblock und Bleistift auf und sieht mich fragend an.

»Wir haben Hinweise darauf, dass es sich bei der Leiche um Tobi«, ich muss kurz nachdenken, obwohl ich eben extra noch einmal in die Unterlagen geschaut habe, »um Tobias Meier handelt. In dem Fall könnte sein Tod im Zusammenhang mit dem Mord an der Literaturprofessorin Irmgard Schiller stehen. Morgen bringt ein Kollege aus Berlin Vergleichs-DNA, um diesen Verdacht zu überprüfen.«

Frau Gänsewein hat währenddessen unleserliche Schriftzeichen auf ihren Block gemalt, das ist wahrscheinlich Stenografie, aber ich kenne mich auf dem Gebiet nicht aus. Jetzt schaut sie erneut erwartungsvoll zu mir hoch.

»Das ist es schon. Ich wollte nur den Kollegen so früh wie möglich Bescheid geben.«

»Wann kommt die DNA morgen hier an?« Für Frau Gänsewein zählen nur Daten und Fakten.

»Wahrscheinlich gegen Nachmittag«, mutmaße ich möglichst überzeugend, weil ich es natürlich vollkommen versäumt habe, Cristian nach seiner ungefähren Ankunftszeit zu fragen.

Meine Kollegin notiert das und schaut mich wieder fragend an.

»Ich denke, das war's. Falls die Kollegen noch Fragen haben sollten, können sie sich ja an mich wenden.« Bei diesen Worten mache ich schon ein paar Schritte rückwärts Richtung Tür.

»Na dann, schönen Feierabend«, wünscht mir Frau Gänsewein.

»Ihnen auch, und machen Sie nicht mehr zu lange«, wünsche ich zurück, bevor ich die Tür erreiche und Richtung Ausgang verschwinde.

MITTWOCH, 19.06 UHR

Für die letzten Monate bin ich einigermaßen früh zu Hause. Nicht nur, dass ich auf der neuen Dienststelle selbst für Routineangelegenheiten einfach mehr Zeit benötigte, ich hatte es in dieser Zeit auch meist nicht so sonderlich eilig, in meine Wohnung zu kommen. Das Gefühl, von niemand erwartet zu werden, war mir noch zu ungewohnt und ist bis heute schwer zu ertragen. Obwohl ich früher oft genug genervt war, weil ich wusste, dass ich ungeduldig erwartet wurde, weshalb ich die Leichen aber nicht liegen und die Mörder nicht laufen lassen konnte.

Zuerst bin ich auch von Köln aus noch an so manchem Abend nach Bonn gefahren, um Freunde oder meine Eltern zu besuchen und vertraute Gesichter um mich zu haben. Aber das hat sich inzwischen immer mehr aufs Wochenende verlagert. Dafür freue ich mich über die wenigen vertrauten Gesichter, die ich inzwischen in Köln um mich habe.

Eines davon gehört dem Besitzer des Tabakladens, in dem ich meinen Bedarf an Zeitungen und Zeitschriften zu decken pflege. Die Existenz dieses Geschäfts, das vor allem Zigaretten und Zigarren verkauft, ist an sich schon anachronistisch, sein Besitzer umso mehr, da er immer noch Zeit hat, mit seinen Kunden zu plaudern, und sich sogar die bevorzugten Marken merkt. Das Überleben dieses kleinen Ladens in Toplage auf der Deutzer Freiheit sichern wahrscheinlich aber nicht nur die noch immer vorhandenen Raucher, sondern auch die Lotto-/Toto-Annahmestelle, die sich tapfer gegen die Internetkonkurrenz zu behaupten weiß. Glücklicherweise erreichte ich den Tabakhändler heute direkt vom Präsidium kommend noch beim Einräumen und konnte so die für mich verwahrte, nicht mehr ganz taufrische Tageszeitung in Empfang nehmen.

Jetzt überlege ich, ob ich meinen Abend beim Sport, am Telefon oder vor dem Fernseher verbringen soll. Dabei fällt mein Blick aber leider auf den Fußboden, den deutlich ungeputzten Fußboden. Damit ist die Entscheidung gefallen, und ich mache mich ans Werk.

Eigentlich putze ich nicht ungern, vielleicht würde ich sogar ganz gerne putzen, wenn es etwas nachhaltiger wäre. So rutscht man zwei Stunden durch die Wohnung, um dann eine Woche später – spätestens! – festzustellen, dass der ganze Dreck wieder da ist. Da lobe ich mir doch meine Arbeit – wenn wir einen Mörder schnappen, dann auch endgültig, das heißt, wenn die Beweislage ausreicht, um ihn zu verurteilen. Und dann ist natürlich noch die Frage, wie lange er im Gefängnis bleiben muss. Eigentlich muss man, bei genauerem Hinsehen, auch bei Kriminaldelikten durchaus öfter mal wieder von vorn anfangen.

Wenn die Brandleiche tatsächlich Tobi sein sollte, müssten wir das morgen in unserem aktuellen Fall tun – aber eben erst morgen.

DONNERSTAG, 8.37 UHR

»Auch dir einen guten Morgen.« Ein Knacken und Quietschen hat mich aus meiner Versunkenheit geweckt, in die ich mit der Kaffeetasse in der Hand am Küchentisch wieder gefallen bin, nachdem ich mich mit Mühe aus dem Bett gequält habe.

Die Geräusche kommen von meinem Kühlschrank, der Töne von sich gibt, die ich bei einem technischen Gerät noch nicht gehört habe. Direkt beim Durchlesen der Betriebsanleitung war ich über die Stelle gestolpert: »Unterschiedliche Geräusche des Geräts gehören zum Betriebsablauf.« Aber erwartet hatte ich nicht diese verschiedensten Arten von Knacken, Quietschen, Rauschen und Seufzen. Inzwischen habe ich mich aber daran gewöhnt und pflege dem Kühlschrank auch zu antworten – sehr zum Erstaunen meiner Freundin, als sie letztens zum Essen bei mir war und ich meine eigentlich nur für einsame Stunden gedachte Antwort an meinen Kühlschrank nicht unterdrückt hatte.

Natürlich, ein Kühlschrank kann nicht sprechen, aber meiner Meinung nach gibt es mehr zwischen Himmel und Erde, als wir uns vorstellen können. Diese Überzeugung habe ich nicht bei dem obligatorischen jugendlichen Gläserrücken gewonnen, was uns alle immer mehr zum Lachen als zum Nachdenken gereizt hat. Ich bewahre mir nur eine offene Haltung gegenüber nicht fassbaren Dingen, was allerdings die im Moment so übermäßig beliebten Mystery-Filme und -serien definitiv nicht mit einschließt. Mein größtes Zugeständnis in dieser Richtung war der Film »Ghost«, aber natürlich nur wegen Patrick Swayze und der Erinnerung an den Kinobesuch von »Dirty Dancing«.

Irgendwie bin ich jetzt von meinen Gedanken abgekommen, mein Gott, warum kann man den Kopf manchmal nicht einfach abstellen, wie die Augen zumachen – weghören und wegriechen ist ja schon wesentlich schwieriger, aber immerhin noch halbwegs möglich, aber nicht mehr denken? Das klappt bei mir nur in ganz wenigen Ausnahmesituationen, und meistens auch da nicht. Doch eigentlich habe ich keine Zeit zum Nachdenken – ich komme sowieso schon zu spät ins Präsidium. Das kommt davon, wenn man so spät ins Bett geht, was allerdings gestern nicht an mir gelegen hat.

Nachdem meine Wohnung wieder vor Sauberkeit strahlte, war ich eigentlich schon drauf und dran gewesen, früh ins Bett zu gehen, als es an meiner Wohnungstür klingelte. Nicht nur, dass mich der Zeitpunkt überraschte, auch der Klang der Klingel verwunderte mich, denn ich hatte ihn noch nie gehört. Bisher haben alle meine Besucher unten an der Haustür geklingelt, und ich habe entweder oben an der Wohnungstür gewartet oder diese offen stehen lassen. Aber diesmal klingelte es direkt vor meiner Wohnung, der Klingler musste also schon im Hausflur sein. Kurz überlegte ich, meine Waffe zu holen, aber da meine Tür die praktische Einrichtung eines Spions besitzt, schaute ich doch erst kurz nach, wer denn da stehen könnte.

Es war eine junge Frau, deren Schmächtigkeit mich zu der Überzeugung brachte, die Tür öffnen zu dürfen: »Ja bitte?« Das hatte vielleicht nicht übermäßig freundlich geklungen.

»Sie müssen uns helfen«, hatte die Frau gestöhnt und mir in kurzen Worten erklärt, dass ihr Freund sich beim Öffnen einer Tomatendose geschnitten hätte. In den vorausgehenden zwanzig Minuten hatten sie versucht, die Blutung zu stillen, jedoch ohne Erfolg. Es bliebe ihnen nichts anderes übrig, so erklärte mir die junge Frau weiter, als ins Krankenhaus zu fahren.

Nachdem sie mir das relativ ausführlich und mit unangenehmen Details erzählt hatte, war mir allerdings immer noch nicht klar, wie ich helfen sollte. Doch das dicke Ende kam schnell: »Können Sie solange auf unsere Tochter aufpassen?«

Ich hatte die Frau bis zu diesem Abend noch nie gesehen, von einer Tochter wusste ich auch nichts.

»Das Babyphone reicht bis hier oben, da bin ich sicher. Sie schläft, und im Zweifel müssen Sie nichts machen, bis wir wiederkommen. Falls sie weinen sollte: Hier ist unser Wohnungsschlüssel, hier eine Flasche mit Tee und hier natürlich der Empfänger.«

Ich konnte nur noch so etwas wie »Kein Problem« stammeln, da war sie auch schon verschwunden.

Einige Zeit saß ich dann in meinem Wohnzimmer und starrte auf das Walkie-Talkie-ähnliche Teil, dann begann ich an der Realität der ganzen Szene zu zweifeln. Allerdings währten meine Zweifel nicht lange, denn ein ohrenbetäubender Krach zeigte mir an, dass auf der anderen Seite jemand wach geworden war. Die nächsten zwei Stunden verbrachte ich in einer fremden Wohnung mit einem fremden, schreienden Baby auf dem Arm – meine Arme zitterten, als ich es nach einer endlos erscheinenden Zeit seiner Mutter zurückgeben durfte.

Das Bier, das Irina und Pawel mir als Dankeschön anboten, konnte ich gut gebrauchen, und es wurde noch ein ganz netter Abend, was ich momentan allerdings schwer bereue. Schließlich haben wir inzwischen – wahrscheinlich – einen zweiten Mordfall. Und Ärger mit Ursula ist vorprogrammiert.

DONNERSTAG, 9.14 UHR

»Das ist meine Leiche, und du hältst dich da gefälligst raus!«

»Was heißt denn ›deine Leiche‹? Es geht doch um die Aufklärung von gewaltsamen Todesfällen, und jeder Weg, der deren Aufklärung dient, sollte eingeschlagen werden, oder?«

»Ja natürlich, und der Weg, den du einschlagen möchtest, ist natürlich der allein erfolgversprechende – der Fall ist unserer Gruppe anvertraut worden und nicht deiner!«

Noch stehe ich nicht einmal im Zimmer meines Chefs und kann doch schon die lebhafte Diskussion, man könnte auch sagen: das exzessive Streitgespräch, hinter der Tür ohne Probleme verfolgen. Als Xenia mich angewiesen hat, direkt in Bernbachers Büro zu gehen, habe ich schon ein ungutes Gefühl gehabt, und es verstärkt sich bei jedem lauten Wort, das von drinnen kommt. Aber es hilft nichts, ich muss da rein.

Die Szene, auf die ich treffe, überrascht mich nicht, denn sie passt zu dem bereits mitgeschnittenen Hörspiel. Ursula steht – breitbeinig, die Hände in den Hüften und mit blitzenden Augen – den Kollegen von Gruppe 2 gegenüber, wobei von den beiden Herren mal wieder Lars das Reden übernommen hat. Joe lehnt hinter ihm am Chefschreibtisch, während Bernbacher selbst in der Mitte des Raumes steht und versucht, die beiden Diskutanten zu besänftigen.

»Nun mal ganz ruhig«, sagt er gerade, als ich hinter Ursula in Position gehe – was bedeutet, dass ich mich gegen einen der Besuchersessel lehne und die Hände in die Hosentasche stecke. »Ich denke«, fährt er fort, »es ist unser aller Interesse, den Mord aufzuklären – und das möglichst schnell.«

»Wie soll ein Mord im Drogenmilieu aufgeklärt werden, wenn man ihn mit einem Drama um eine frustrierte Frau in mittleren Jahren vermischt?« Lars schaut Ursula angriffslustig an.

Diese bleibt aber kalt, und ihre Stimme wirkt auch gar nicht so lautstark wie die unseres Kollegen, obwohl sie vor der Tür viel besser zu hören gewesen ist. »Falls unser Fall und der der Brandleiche etwas miteinander zu tun haben sollten, wäre es eine Unterlassungssünde, dieser Fährte nicht nachzugehen!«

»Wie ich schon gesagt habe …« Lars lässt nicht locker, und Ursula ist ebenfalls nicht bereit, von ihrer Position abzugehen, und das lassen beide unmissverständlich wissen.

»Man könnte ja …« Der Einwurf von Joe geht beim ersten Versuch einfach unter. »Man könnte ja«, er kann auch lauter, wenn er will, »beide Fährten gleichzeitig verfolgen, bis sicher ist, ob die Brandleiche in euren Fall fällt oder nicht.«

Plötzlich ist es totenstill im Raum, vier Personen starren Joe mit offenem Mund an, wobei er – nüchtern betrachtet – im Prinzip den einzig sinnvollen Vorschlag gemacht hat.

»So machen wir es.« Bernbacher findet seine Stimme als Erster wieder. »Morgen um neun Uhr erwarte ich alle Beteiligten wieder in meinem Büro. Bis dahin sollte sich geklärt haben, in wessen Kompetenz die Leiche fällt.«

Als Erste verlasse ich den Raum, Ursula folgt mir mit immer noch blitzenden Augen. Die Herren von Gruppe 2 lassen sich, sicherlich absichtlich, etwas zurückfallen.

»Und, was machen wir jetzt?« Ich schaue meine Kollegin fragend an.

»Inzwischen dürfte Xenia ermittelt haben, wo sich unsere bisherigen Tatverdächtigen während der ungefähren Zeit der Ermordung der Brandleiche aufgehalten haben – mit denen, die in Frage kommen, werden wir jetzt ein Wörtchen reden. Matthias kümmert sich um den möglichen Pad-Kauf von Irmgard Schiller, und Heiwi studiert gerade den Obduktionsbericht.«

Ursulas Seitenblick sagt mir deutlich: Die Einzige, die noch nichts getan hat, bist du. Aber sie spricht es nicht aus – immerhin.

»Engel, was wollt ihr zuerst: Obduktionsergebnis oder Campingplatzbagage?«, tönt Heiwis Stimme aus der Freisprechanlage von Ursulas Auto. Das Fragezeichen am Ende des Satzes ist aber offensichtlich rein rhetorisch gemeint, denn er fährt direkt fort: »Der arme Junge ist tatsächlich ermordet worden. Erschossen, direkt ins Herz, war direkt tot. Erst danach ist er verbrannt worden. Wenigstens musste er nicht leiden.« Mein Kollege macht eine kurze Pause.

»Das Projektil passt übrigens haargenau auf die Waffe, die der liebe Herr Professor besitzt – na, was sagt ihr jetzt?«

Ich kann gerade nichts zu dem Gespräch beisteuern, weil ich – den Haltegriff fest umklammernd – meine Kollegin warnen muss: »Achtung, von rechts kommt ein Auto!«

Ursula macht eine Vollbremsung, was sie nicht davon abhält, in den Wagen zu rufen: »Und? Was hast du noch für uns?«

Trotz der quietschenden Bremsen ist die Nachfrage über die Freisprechanlage bei Heiwi angekommen.

»Dieses Ehepaar aus Mettmann befindet sich an der polnischen Ostsee. Ich habe die tatsächlich per Handy erreicht. Sind direkt von Berlin aus weiter nach Osten. Herr und Frau« – eine Pause und Hintergrundgeraschel verraten, dass Heiwei etwas nachschaut – »ah, Herr und Frau Hochmoser sind auch nicht mehr in Berlin. Laut der Rezeptionsmitarbeiterin Jacqueline sind die schon auf dem Weg in die Heimat, um dort das Winterhalbjahr zu verbringen.«

»Wer ist denn das Ehepaar Hochmoser?«, frage ich nach.

»Nach meinen Angaben«, erneutes Geraschel, »wohnten die in einem VW-Bus auf dem Platz und –«

»Ach, die Dauercamper! Hätte nie gedacht, dass die verheiratet sind.«

»Bleiben noch ein Herr Johann Hainsch, der in einem Magdeburger Handelsbetrieb arbeitet und nachgewiesenermaßen dort vor Ort war, unser verdächtiger Freund Slobo, der nach eigener Aussage die ganze Zeit in seiner Wohnung in Bonn war – allein –, und hier steht noch ein Klaus von Müller, der war nicht ganz so einfach. Weiß auch nicht genau, wo er sich rumtreibt, auf jeden Fall in Köln, denn er wohnt seit vorgestern hier in Deutz in einem Hotel mit Rheinblick.«

Ursula pfeift leise durch die Zähne. »Schau mal an, der Würstchen-Klaus.« Sie hat meine Namensgebung für die Campingplatzbewohner offensichtlich voll übernommen.

»Ach, und noch eine von der Gruppe ist in Köln«, fährt Heiwi fort.

Ich seufze. »Was machen die alle gerade jetzt hier?«

Mein Kollege nutzt die Gelegenheit, mich zu belehren: »Ich sag es immer wieder, Köln ist eine Weltstadt …«

Seine Kunstpause soll mir offensichtlich Gelegenheit geben,

diese Feststellung würdigend zur Kenntnis zu nehmen, aber ich ignoriere die stumme Aufforderung, also fährt er fort.

»Eine Franziska Schwarz hat laut Auskunft ihrer Eltern seit ein paar Tagen beruflich hier in der Stadt zu tun. Sie haben mir die Nummer ihres Arbeitgebers gegeben, weil sie nicht an ihr Handy geht. Melde mich, wenn ich mehr weiß.«

»Da fehlt noch jemand«, rufe ich, möglicherweise lauter als nötig, dazwischen, »eine Frau namens Heike – Nachnamen habe ich jetzt gerade vergessen.«

Wieder Geraschel, dann ein Murmeln: »Ah, hm, ja, die konnte ich noch nicht finden.«

»Warum?«, schaltet sich Ursula ein.

»Hm, ah, ja, die ist nicht zu erreichen, Verwandtschaft scheint sie nicht zu haben, und ihre Freunde wussten auch nichts. Ach ja, es fehlt ja noch eine«, Heiwis Stimme belebt sich, »Marie saß natürlich in Untersuchungshaft.«

»Sehr durchsichtiges Ablenkungsmanöver«, murmelt Ursula. »Das mit der Untersuchungshaft wussten wir schließlich auch.« Aber da hat unser Kollege schon aufgelegt.

DONNERSTAG, 11.11 UHR

Mal wieder stehe ich am Fenster, aber ich drehe ihm – ganz gegen meine Gewohnheit – den Rücken zu. Das mag auch daran liegen, dass der Blick nicht auf den Zoo geht, sondern auf die Straße. Vor mir sitzt meine Kollegin Hubertus Hantke gegenüber, der locker ein Bein über das andere geschlagen hat. Doch diese Nonchalance wirkt für mich etwas aufgesetzt.

Dabei sieht er wieder aus wie aus dem Ei gepellt, wie man so schön sagt. Das Hemd ist frisch gestärkt, die Hosenfalten sitzen wie mit dem Lineal gezogen, und die Krawatte passt farblich zu den Socken, wenn sie auch vielleicht nicht ganz so akkurat gebunden ist wie bei unserer letzten, ersten und bislang einzigen Begegnung.

Ich lasse den Blick durch Hantkes Räumlichkeiten gleiten. Irmgard Schillers Wohnung hat mir besser gefallen, dort war mehr Leichtigkeit und Licht. Hier herrscht dagegen eine Kombination aus dunklen Farben und schweren Möbeln vor, selbst der Dielenboden ist dunkel getönt und nicht hell wie oben.

»Nun«, Ursula hat inzwischen ihr Notizbuch und einen Stift aus der Tasche gezogen, »Herr Professor Hantke, vielleicht haben Sie es in der Zeitung gelesen: Vorletzte Nacht ist in Köln ein Mord geschehen, und wir können im Moment nicht ausschließen, dass dieser im Zusammenhang mit dem an Ihrer Frau steht.«

Ihr Gegenüber bleibt unbewegt.

»Aus diesem Grund haben wir uns entschlossen, alle Beteiligten noch einmal zu befragen.«

Noch immer keine Reaktion.

»Lassen Sie mich mit der einfachsten Frage anfangen: Wo waren Sie in der Nacht von Dienstag auf Mittwoch zwischen zweiundzwanzig und zwei Uhr?«

Hantke wechselt zuerst in aller Ruhe die Anordnung seiner Beine, zupft sich an der Krawatte. »Und was, wenn man fragen darf, berechtigt Sie zu der Frage nach meinem Alibi, denn das verbirgt sich doch dahinter, oder?« Seine Augen sind unverwandt auf Ursula gerichtet.

»Da ich beauftragt bin, einen Mord aufzuklären, bin ich nicht nur zu dieser Frage berechtigt, sondern sogar verpflichtet. Für die

Frage nach dem Aufenthalt einer Person bräuchte ich sogar noch nicht mal einen Mordfall.«

Hantke rückt noch einmal seine Krawatte zurecht. »Ich war hier, die ganze Zeit, ohne Zeugen – zuerst vor dem Fernseher, dann im Bett, wenn Sie es genau wissen wollen.«

Ursula macht sich in aller Ruhe eine Notiz. »Können Sie sich vorstellen, um wen es sich bei der Leiche handelt?«

Die Augenbrauen des Professors ziehen sich einen Moment in die Höhe: »Wenn Sie die Leiche meinen, über die heute in der Zeitung berichtet wird, wissen wahrscheinlich noch nicht einmal Sie zum jetzigen Zeitpunkt, wer das sein könnte. Warum stellen Sie mir dann diese Frage?«

»Es gibt Indizien, dass es sich um einen der Rezeptionsmitarbeiter des Campingplatzes in Berlin, auf dem Ihre Frau umgekommen ist, handelt.«

Hantke stellt seine Beine nebeneinander. »Da ich niemals auf diesem Campingplatz war, sind mir dessen Mitarbeiter natürlich auch unbekannt.«

Meine Augen gleiten über den Mann im Sessel zu dem Bücherregal in seinem Rücken. »Sagen Sie, welches war eigentlich das Lieblingsbuch Ihrer Frau?«

Seine Irritation ist ihm deutlich anzusehen und steht der meiner Kollegin in nichts nach.

»Hören Sie«, mit mir spricht er, glaube ich, in einem noch herablassenderen Ton als mit Ursula, »meine Frau war Professorin für Neuere Literaturwissenschaften. Sie hatte kein Lieblingsbuch, sie liebte alle Bücher.«

Oh Mann, wenn das mal nicht kitschig klingt. Glücklicherweise redet aber Ursula inzwischen weiter.

»Was sagen Sie denn zu der Tatsache, dass das letzte Opfer mit einer Pistole erschossen wurde, die dasselbe Kaliber hat wie die Waffe in Ihrem Besitz?«

Hantke verschränkt die Arme. »Mal abgesehen davon, dass ich wahrscheinlich nicht der Einzige mit einer solchen Waffe bin, stelle ich Ihnen meine Pistole natürlich gerne für einen Vergleich zur Verfügung.«

Oh, er gibt sich kooperationsbereit.

»Gibt es ansonsten noch – konkrete, nicht hypothetische – Hinweise auf einen Zusammenhang zwischen mir und dem Opfer?«

Wir schweigen.

»Dann werde ich jetzt die Pistole holen und Sie bitten zu gehen.« Er steht auf. »Ich gehe davon aus, dass Sie bereits überprüft haben, dass ich einen Waffenschein besitze.«

»Kannst du mir mal sagen, was in dich gefahren ist?« Ursula bemüht sich gar nicht, ihren Ärger zu verbergen, und natürlich weiß ich direkt, was sie damit meint. »Wie kannst du es nur einem Mordverdächtigen«, sie betont das Wort besonders deutlich und macht zusätzlich noch eine unterstreichende Geste, »selbst überlassen, für sein Alibi zu sorgen?«

»Es liegt doch vor allem in seinem Interesse, eins beizubringen. Und ich finde es durchaus anständig von Yildirim, dass er uns nicht einfach die Namen seiner Freunde gibt, sondern denen selbst überlässt, sich mit uns in Verbindung zu setzen.«

»Außerdem – meinst du nicht, du übertreibst es jetzt etwas mit deinem Kleiderfimmel?« Mit einer abwertenden Geste deutet sie auf den Pullover in meinen Händen.

»Ist dir das Loch denn gar nicht aufgefallen?«

Ursula schaut erst an sich selbst herunter und sieht sich dann vorsichtig um.

Ich kann mir ein Grinsen nicht verkneifen und genieße kurz ihre Begriffsstutzigkeit, sonst ist sie doch immer die große Schnelldenkerin. »Das Loch in Michael Yildirims Pullover.« Ich halte diesen so vor ihre Nase, dass sie sehen kann, wo ein Stück fehlt. »Er hat eine recht auffallende Farbe, der Pullover, so ein helles Orange sieht man eher selten.«

»Möchtest du jetzt wieder Kleidungsfragen mit mir erörtern?« Ursula zieht die Stirn in Falten.

»Nein«, ich schüttele nachdrücklich den Kopf, »aber wenn ich mich nicht irre, ist unter den Stofffetzen, die ich am Zaun des Campingplatzes aufgesammelt habe, einer in genau derselben Farbe.«

Jetzt habe ich ihr volles Interesse. »Das solltest du nachprüfen – genau wie Yildirims Alibi übrigens.« Sie öffnet schon ihren Mund, um diesen Punkt noch einmal ausführlich darzulegen, da klingelt ihr Handy. »Heiwi?«

»Engel, ihr dürft zur Modenschau.« Ohne Probleme kann ich die Stimme, die aus dem Mobiltelefon tönt, verstehen. Leise sprechen ist für unseren Kollegen ein Fremdwort. »Euer blonder Feger modelt heute in der ›Wolkenburg‹.«

»Wer?«, fragt Ursula.

»Die Franziska aus der Magdeburger Gruppe«, murmele ich ihr zu. Das ist auch gut so, denn Heiwi lässt sich von ihrer Frage nicht rausbringen.

»Mensch, habt ihr ein Glück. Das vorgestellte Modelabel stammt von einem Kölner Jungdesigner, so etwas wollte ich ja schon immer mal sehen.«

»Willst du hingehen?« Das Angebot von Ursula ist nett und auch ernst gemeint, aber Heiwi winkt verbal ab.

»Ach nee, ihr seid ja schon unterwegs, und ich sitze gerade so gut am Computer. Macht ihr das mal.«

Vor meinem Auge entsteht das Bild meines Kollegen vor seiner Tastatur, die von Keksen und Gummibärchen umrahmt ist.

»Papperlapapp. Du sammelst jetzt Matthias ein, und wir treffen uns in …«, Ursula sieht auf ihre Armbanduhr, »in einer Stunde vor der ›Wolkenburg‹. Du gehst mit Kerstin zu dieser Modeshow, und ich fahre mit Matthias noch einmal nach Bonn zu Slobo.«

Auf der anderen Seite atmet mein Kollege tief durch.

»Ach ja«, Ursula lässt sich nicht beirren, »in meiner obersten Schreibtischschublade liegt noch mein Vormittagsbrötchen, das darfst du dir gerne nehmen.« Mit dem letzten Satz beugt sie sowohl Unmutsäußerungen unseres Kollegen als auch seiner obligatorischen Frage nach einer Gegenleistung in Naturalien vor.

»Auf meinem Schreibtisch liegt auch noch Schokolade«, rufe ich hinterher, und prompt erfolgt die Antwort:

»Das mache ich doch gerne für meine Engel.« Allerdings verrät Heiwis Ton doch einen gewissen Unwillen. »Bis gleich dann.«

Kaum hat Ursula das Gespräch beendet, klingelt ihr Telefon schon wieder. Sie murmelt kurz in meine Richtung: »Das sind die Kinder.« Dann entfernt sie sich mit dem Handy am Ohr.

Ich nutze die Zeit, um mich in der Straße ein bisschen umzusehen. In den kleinen Vorgärten blühen noch ein paar Astern und andere Herbstblumen, deren Namen ich nicht kenne. Die Blätter der Bäume verfärben sich langsam, und die verschiedenen Farbtöne beginnen plötzlich zu leuchten, als sich die Sonne durch die Wolken schiebt. Ich drehe mich ihren warmen Strahlen zu.

»Mahlzeit!« Ich fahre erschreckt zusammen. Herr Wegner biegt von der Straße in den Vorgarten ein. »Da sind Sie ja schon wieder.« Er meint das offensichtlich nicht so vorwurfsvoll, wie man seine Worte deuten könnte, denn sein Ton ist äußerst freundlich, fast schon erfreut.

»Guten Tag, Herr Wegner«, begrüße ich ihn, während Ursula von ihrem Handy her kurz nickt. »Sie waren einkaufen?« Ich deute mit dem Kinn auf den Stoffbeutel in seiner Hand.

»Musste gerade um die Ecke noch einen Salat holen. Hatte Muttchen vergessen, und zu einem ordentlichen Schnitzel gehört auch ein ordentlicher Salat.«

Ich nicke, auch wenn ich bei »ordentlichem« Essen im Moment eigentlich gar nicht mitreden kann.

»Haben Sie noch Fragen?« Er schaut uns erwartungsvoll an, denn inzwischen hat auch meine Kollegin ihr Handy wieder eingesteckt.

»Wir waren bei Herrn Hantke und Herrn Yildirim«, gebe ich ihm Auskunft, »an Sie haben wir im Moment keine Fragen mehr.«

»Vielleicht doch«, schaltet sich da Ursula ein. »Haben Sie eventuell in der vorletzten Nacht einen der beiden Herren weggehen oder nach Hause kommen gehört?«

Herr Wegner wiegt den Kopf hin und her. »Nee, ich glaube nicht. Manchmal hört man in unserer Wohnung die Haustür, aber nur, wenn jemand sie zufallen lässt und nicht zuzieht, wie es sich gehört. Außerdem achten wir nicht auf alles, was unsere Nachbarn machen – im Gegensatz zu der da.« Er deutet mit dem ausgestreckten Arm auf das Nachbarhaus. In einem Fenster im zweiten Stock lehnt eine Frau, die irgendwann im Laufe unseres Gesprächs dort oben erschienen sein muss. »Die bekommt immer alles mit, obwohl selbst sie wahrscheinlich manchmal schlafen muss.«

Ursula und ich schauen uns kurz an, verabschieden uns bei Herrn Wegner und machen uns auf zum Haus gegenüber.

DONNERSTAG, 13.13 UHR

Das Wohnzimmer steht in so krassem Gegensatz zu dem auf der anderen Straßenseite, dass ich mich erst einmal nur erstaunt umschauen kann. Zwei Welten in einer Straße …

Beide Häuser scheinen zwar aus derselben Zeit zu stammen, einer Zeit, in der nicht nur das Deutsche Reich gegründet, sondern auch die Grundlage für dessen Wohlstand gelegt wurde. Doch während das Haus von Irmgard Schiller heute noch, beziehungsweise wieder, den früheren Glanz ausstrahlt, hat an diesem hier der Zahn der Zeit deutlich genagt. Schon der abbröckelnde Putz in Hausflur und Treppenhaus hat das deutlich gemacht. In dieser Wohnung kommen zu den Zeichen der Zeit auch noch deutliche Zeichen von Unsauberkeit.

Ursula, die von ihrer Umgebung wie immer unberührt scheint, hat der Frau vom Fenster gerade unser Anliegen erklärt, lehnt jetzt freundlich den angebotenen Sitzplatz ab und tritt stattdessen an eines der Fenster zur Straße, während ich mich, schon aus Gewohnheit, an das andere stelle.

»Frau Schmied, wir benötigen in dem eben geschilderten Mordfall jede Unterstützung und sind dabei auf die Mithilfe der Bevölkerung angewiesen, besonders auf aufmerksame Nachbarn, wenn ich das so sagen darf. Wir interessieren uns vor allem für die vorletzte Nacht. Ist Ihnen da im Haus gegenüber etwas aufgefallen?«

Nervös fährt sich Frau Schmied durch ihre strähnigen Haare. »In der Nacht? Nee, da schlaf ich doch.«

»Nun ja«, Ursula lässt so schnell nicht locker, »manchmal steht man ja nachts auf, geht auf Toilette, holt sich etwas zu trinken …« Sie sieht Frau Schmied erwartungsvoll an, doch diese blickt nur unruhig um sich, während sie ihre Hände an der Hose abreibt.

Ich folge ihrem Blick durch das Zimmer. Unter dem durchgesessenen Sofa liegt eine leere Glasflasche, und in einer Ecke scheint eine zweite zu stehen. Das könnte natürlich der Grund für den festen, um nicht zu sagen komatösen Schlaf sein.

»Wann gehen Sie denn immer so ins Bett?«

Mit dieser Frage, und dann noch von meiner Seite, hat Frau

Schmied offensichtlich nicht gerechnet, denn sie zuckt nervös zusammen. »Nun ja, eine Uhrzeit, ich weiß nicht ...«

Währenddessen schaue ich mich weiter im Raum um. Auf dem Couchtisch, begraben unter Zigarettenschachteln und Aschenbechern, entdecke ich eine Fernsehzeitung. Vorsichtig ziehe ich sie heraus. »Wissen Sie vielleicht noch, was Sie vorgestern Abend im Fernsehen angeschaut haben?«

Sie runzelt die Stirn, streicht sich erneut durch die Haare und nimmt mir dann die Zeitschrift aus der Hand. Langsam, sehr langsam blättert sie durch die Seiten. Ungeduldig stelle ich mich wieder ans Fenster: Ein Schatten in der Wohnung gegenüber erregt meine Aufmerksamkeit – Hantke scheint recht unruhig durch sein Wohnzimmer zu wandern.

»Hier, das war's.« Triumphierend hält mir Frau Schmied die Zeitung unter die Nase. Aha, eine dieser sogenannten Doku-Soaps, die an mir völlig vorbeigehen. Anderer Leute Probleme prägen meine wirkliche Welt schon stark genug, da muss ich mir diese nicht noch im Fernsehen ansehen. »Das war das Letzte.«

Kurz schaue ich Frau Schmied verständnislos an.

»Na, danach bin ich ins Bett.«

Ich nicke, das ist für unseren Zweck definitiv zu früh. Die Zeitschrift in der Hand, schaue ich noch einmal auf das Haus von Irmgard Schiller – läuft Hantke immer noch durch die Räume?

Aber Moment: Hektisch blättere ich in der Zeitschrift zurück. Glücklicherweise ist es eine dieser zweiwöchigen Fernsehzeitungen, und ich finde schnell den gesuchten Tag. »Wissen Sie noch«, ich halte Frau Schmied, die sich inzwischen eine Zigarette angesteckt hat, die Zeitung hin, »was Sie an diesem Tag gesehen haben?«

Ihr Blick, wenn auch recht verschleiert, lässt deutlich erkennen, dass sie sich eine Befragung durch die Polizei definitiv anders vorgestellt hat. Dafür muss sie diesmal nicht so lange überlegen: »Das ist einfach, da war dieser geile Film ...« Sie tippt auf eine Angabe.

»Den haben Sie bis zum Ende gesehen?« Ich warte nicht auf eine Reaktion, die mir wieder zu lange dauert. »Da kam doch zwischendurch bestimmt öfter Werbung, haben Sie da vielleicht bemerkt, ob sich in der Wohnung gegenüber jemand bewegt hat?«

Wieder dauert es unheimlich lange, bis Frau Schmied antwortet. Sie zieht noch zweimal tief an ihrer Zigarette, drückt sie in dem ohnehin schon übervollen Aschenbecher aus, richtet ihren Blick dann auf mich. »Da war viel Licht, mehr als sonst, und dann, ganz plötzlich, gingen alle Lichter aus – war 'n bisschen unheimlich.«

Im Rücken von Frau Schmied verdreht Ursula die Augen, was eigentlich sonst meine Aufgabe ist. Ich dagegen starte noch einen Versuch: »Haben Sie irgendwen gesehen, einen Schatten, eine Bewegung?«

Wieder fährt die Hand nervös durch die Haare. »Nö, nichts Besonderes.«

DONNERSTAG, 13.54 UHR

»Na, dann mal auf zum Modelwettbewerb!« Ursula startet voller Schwung das Auto.

»Es ist eine Modenschau, und du musst nicht rasen«, rufe ich in das Aufheulen des Motors. Doch vergebens, noch bevor ich zu Ende geredet habe, sind wir schon bei Dunkelgelb über eine Ampel gerauscht.

Schließlich ist meine Kollegin frisch gestärkt, denn nachdem wir etwas schwermütig Frau Schmieds Wohnung verlassen haben, hat sie beschlossen, uns ein Mittagessen zu gönnen. Beiläufig teilte sie mir dabei mit, dass sie heute – schon wieder – den ganzen Tag arbeiten könne, weil Mann und Kinder im Freizeitpark wären. Schön, das auch einmal zu erfahren, allerdings hatte ich schon so etwas geahnt, so wie sie vorhin am Telefon die Arbeit verteilt hat.

Der Weg zur Imbissbude jedenfalls war bisher die einzige Autofahrt mit Ursula, die einigermaßen entspannt verlief – und wird es wohl für lange Zeit bleiben. Das lag aber nur daran, dass sie vollauf damit beschäftigt war, eine passende Einkehrmöglichkeit inklusive Parkplatz zu suchen. Jetzt sieht das leider wieder ganz anders aus. Gerade will ich noch einmal um das Einhalten der Verkehrsregeln bitten, da klingelt mein Handy.

»Bin um siebzehn Uhr neun in Köln am Hauptbahnhof!«

Nachträglich schaue ich auf mein Display, um zu erfahren, wer mit mir spricht – natürlich: Cristian Nesta. »Meldest du dich nie mit Namen?«

»Ist doch klar, wer ich bin.«

Was soll man dazu sagen? »Gut, ich hole dich dann ab, und wir bringen die DNA direkt ins Labor.«

»Was zu essen wäre auch nicht schlecht. Bin direkt von der Pressekonferenz in den Zug gehetzt, und das Angebot hier an Bord finde ich trotz Spitzenkoch-Zubereitung nicht wirklich verlockend.«

»Werden schon etwas finden.«

»Ach, und eine Neuigkeit: Tobis Handy konnte zum letzten Mal vorgestern um einundzwanzig Uhr in Köln geortet werden. Einen genauen Verbindungsnachweis faxe ich dir ins Büro.«

»Na, wer sagt's denn. Bis nachher.«

Gerade habe ich Ursula alle Neuigkeiten weitergegeben, da verkündet sie: »Wir sind da.«

Trotz Verbotsschildern biegt sie schwungvoll in einen altertümlichen Innenhof ein, parkt und ist schon ausgestiegen, bevor ein uniformierter Mitarbeiter atemlos bei uns angekommen ist: »Hier können Sie nicht parken.«

Ohne eine Miene zu verziehen, hält meine Kollegin ihm ihren Ausweis unter die Nase. »Doch, können wir.«

Glücklicherweise müssen wir nicht lange in Gesellschaft des offensichtlich durch unseren Auftritt ziemlich verstimmten Ordners zubringen, denn wenige Minuten später erscheinen unsere Kollegen. Natürlich zu Fuß, da sie ihr Auto ordnungsgemäß auf einem ausgewiesenen Parkplatz abgestellt haben.

Nachdem Ursula und Matthias zu Slobo nach Bonn aufgebrochen sind, stürzen Heiwi und ich uns in der »Wolkenburg« in die Menschenmenge. Umgehend fühle ich mich wieder ähnlich unwohl wie unter den muffigen Blicken vorhin im Hof. Mein Kollege und ich fallen hier auf wie bunte Hunde, nicht nur wegen unserer textilen, sondern auch kosmetischen Aufmachung. Außerdem frage ich mich bei der Menge an Menschen, wie wir Franziska jemals finden sollen.

Heiwi, der mir, vorauseilend, über die Schulter mitteilt, dass er mit seinen vier Frauen schon des Öfteren ähnliche Modenschauen besucht habe, weiß dagegen offensichtlich, wo er hinwill. Zielstrebig steuert er auf eine Abtrennung im Saal zu, über deren einzigem Durchgang »No entry« steht.

Dank unserer Ausweise können wir dennoch ohne Probleme den Eingang passieren und sehen uns auf der anderen Seite der Wand einem ähnlichen Gedränge gegenüber wie davor. Eine gewisse Ordnung bilden die Spiegel an den Wänden, vor denen jeweils eine junge Frau oder ein junger Mann sitzt oder steht. Mit den Augen verfolge ich die Spiegelreihe, bis ich auf ein bekanntes Gesicht stoße. Die Führung übernehmend, bahne ich mir einen Weg bis zu Franziska.

Im Spiegel sieht sie uns kommen, und ihr Gesicht verrät, wie unangenehm ihr dieser Besuch ist. Trotzdem wendet sie sich uns zu, als wir nahe genug gekommen sind. »Hallo?« Ihr Gruß ist mehr eine Frage.

»Hallo, hätten Sie vielleicht kurz Zeit für ein paar Fragen?« Obwohl ich Franziska eigentlich kenne, übernimmt Heiwi das Reden.

»Klar?« Wieder markiert das leichte Heben der Stimme das Fragezeichen am Ende des Wortes.

»In der vorletzten Nacht ist in Köln ein Gewaltverbrechen verübt worden, das möglicherweise im Zusammenhang mit dem Mord an Irmgard Schiller steht.«

Leicht verwundert wende ich meinen Blick zu meinem Kollegen. So formal drückt er sich selten aus.

»Wir möchten Sie um Ihre Mithilfe bitten und bräuchten Ihre Angaben, wo Sie sich in der Nacht von Dienstag auf Mittwoch zwischen zweiundzwanzig Uhr und zwei Uhr morgens aufgehalten haben.«

Franziska antwortet nicht, sondern senkt die Augen. Intensiv überprüft sie ihre perfekt lackierten Fingernägel, streicht sich kurz mit dem Mittelfinger über die Augenbraue und wirft ihre langen Haare nach hinten. »Nun«, beginnt sie endlich, »ich bin nicht alleine hier in Köln. Ich habe Herrn von Müller, Klaus«, fügt sie in meine Richtung hinzu, »gebeten, mich zu begleiten. Zur fraglichen Zeit waren wir zusammen im Hotelzimmer.«

Mit Klaus? Dem etwas zu kräftig geratenen, auf den ersten Blick eher unscheinbaren Würstchen-Klaus? Damit hätte ich nicht gerechnet, doch das ist jetzt nicht von Interesse. »Kann Klaus das bestätigen?«

»Natürlich.« Ihr Gesicht ist immer noch ausdruckslos. »Sie müssten ihn draußen im VIP-Bereich finden.« Mit diesen Worten dreht sie sich wieder zum Spiegel und nimmt eins der vielen Döschen vor sich in die Hand. Für sie scheint das Gespräch zu Ende zu sein.

Kurz überlege ich, nur aus Prinzip noch eine oder zwei Fragen zu stellen, dann wende ich mich aber doch stumm zum Ausgang, und Heiwi folgt mir, wobei nur er ein »Auf Wiedersehen« in Franziskas Richtung ruft.

Schon an der Tür sehen wir den VIP-Bereich, doch bevor wir diesen erreichen, stellt sich uns ein junger Mann in den Weg. Mein

Kollege will einfach an ihm vorbei, als ich ihn am Jackenende zurückhalte. Vor uns steht der Gesuchte.

»Hallo.« Klaus scheint überhaupt nicht unangenehm berührt zu sein.

»Hallo, Klaus, darf ich vorstellen: mein Kollege Herr Welsch.«

Klaus nickt in Heiwis Richtung. »Was macht ihr denn hier?«

»Wir wollen mit dir reden.«

»Warum?«, fragt er ehrlich erstaunt.

Kurz sehe ich mich nach einer ruhigeren Ecke um, aber das Gedränge ist überall so dicht, dass wir auch direkt an Ort und Stelle stehen bleiben können.

»Franziska«, ich mache mit dem Daumen eine Bewegung zurück über meine Schulter, »meinte, sie hätte die Nacht von Dienstag auf Mittwoch mit dir im Hotel verbracht, ist das richtig?«

Sein Grinsen wird breiter. »Ja klar, das war eine ziemlich heiße Nacht, viel geschlafen haben wir nicht.« Anzüglich sieht er mich an und fügt hinzu: »Wenn du verstehst, was ich meine.«

Das ist jetzt nicht schwer zu erraten gewesen, wobei Franziska wesentlich weniger deutlich geworden ist. Etwas kühler als beabsichtigt frage ich jedoch nach: »Bedauerlicherweise kann das wahrscheinlich niemand sonst bestätigen?«

Er grinst nur noch ein bisschen mehr: »Doch, es kann. Ungefähr um Mitternacht haben wir uns eine Flasche Schampus aufs Zimmer bringen lassen. Wir brauchten noch ein bisschen Anregung …«

DONNERSTAG, 15.15 UHR

»Franziska und Würstchen-Klaus, ich fasse es nicht.«

Heiwi, der neben mir in der letzten Reihe des Zuschauerraums ebenfalls seine Beine weit von sich streckt, lacht leise: »Das hast du jetzt schon ungefähr zehnmal gesagt.«

»Ist doch wahr, wer kommt denn auf so etwas!«

»Nun ja, möglicherweise haben die anderweitige Orientierung von Johann und die Tatsache, dass Klaus ein Zimmer in einem der besten Hotels von Köln hat, bei dieser Umorientierung durchaus eine Rolle gespielt.«

Ich verziehe mein Gesicht. »Auf jeden Fall können wir die beiden von unserer Liste streichen, schließlich wird Klaus sich das mit der Champagnerflasche nicht ausgedacht haben. Das werden wir leicht herausfinden.«

»Komisch ist es aber schon.«

Fragend wende ich mich meinem Kollegen zu: »Was meinst du?«

»Ist es dir nicht aufgefallen? Er hat uns gar nicht gefragt, warum wir diese Auskünfte von ihm haben wollen.«

Überrascht nicke ich nur.

»Na ja, vielleicht war er zu sehr damit beschäftigt, bei dir mit seinem amourösen Abenteuer anzugeben.« Heiwi feixt so frech, dass ich ihm gern widersprochen hätte, aber er könnte mit seiner Annahme durchaus recht haben.

»Es sei denn«, ein Einwand ist mir doch noch eingefallen, »er wusste schon, worum es uns geht.«

Schweigend starren wir eine Weile – Heiwi recht vergnügt in die Menschenmenge, ich einfach vor mich hin. Bisher habe ich von meiner Umgebung nicht viel wahrgenommen, aber diese Kombination aus alten, ehrwürdigen Mauern und moderner Laufsteggestaltung finde ich wirklich beeindruckend.

»Den Mönchen früher hätte diese Ansammlung von hübschen, leicht bekleideten Mädchen sicher auch gefallen.« Mein Kollege kichert in sich hinein.

»Es sind auch Männer unter den Models – und die sind auch nicht zu verachten«, werfe ich ein.

»Och, das hätte die Klosterbewohner im Zweifel wahrscheinlich auch nicht gestört.«

»Welches Kloster übrigens?«, will ich jetzt wissen.

Heiwi fängt augenblicklich an zu strahlen und holt so tief Luft, dass ich schon jetzt bereue, überhaupt gefragt zu haben. Zu spät, mein Kollege ist nicht mehr aufzuhalten.

»Seit dem, ich glaube, 12. Jahrhundert wurde dieses Gebäude oder besser dessen Vorgänger an diesem Platz als Kloster genutzt, mit Unterbrechung sogar bis zum Anfang des 20. Jahrhunderts. Diese nach dem Krieg wiedererstandene Pracht«, er macht eine so stolze Handbewegung, als wäre er persönlich dafür verantwortlich, »geht übrigens auf den Kölner Männergesangsverein zurück!«

»Interessant.« Das meine ich sogar ehrlich, allerdings eher den Teil mit dem Männergesangsverein als den mit dem Kloster. Denn nach meinem Eindruck geht gefühlt jedes zweite Gebäude in Köln auf ein Gotteshaus in der ein oder anderen Form zurück.

Etwas unvermittelt setze ich mich auf. »Sollen wir gehen?« Auffordernd blicke ich meinen Kollegen an.

»Och, nur noch fünf Minuten, wenn wir doch schon mal hier sind.« Er macht keinerlei Anstalten, sich zu erheben. »Gefällt es dir denn gar nicht?« Er deutet Richtung Laufsteg.

»Erstens muss ich gleich den Berliner Kollegen vom Bahnhof abholen und zweitens, ganz ehrlich, das ist weder mein Stil noch meine Größe.« Nicht dass ich mich für zu dick halten würde, oder zumindest nur in dem Maß, wie es bei Frauen allgemein üblich ist. Aber zwischen Kleidergröße vierunddreißig, die die Models auf dem Laufsteg wohl höchstens tragen, und Kleidergröße vierzig liegen einfach Welten.

Langsam stehe ich auf und strecke meine Beine. Während ich überlege, ob ich Heiwi mit Gewalt vom Sitz ziehen soll, lasse ich meine Augen über den gesamten Zuschauerraum schweifen. Da bleibt mein Blick an einem Gesicht hängen, genau auf der anderen Seite des Raumes. Ich zische in Richtung meines Kollegen: »Da drüben, das ist Heike«, und schon renne ich den Gang zwischen den Zuschauerreihen hinunter.

Mit zwei schnellen Blicken rechts und links passe ich eine Lücke in der Reihe der auf dem Laufsteg vorbeirauschenden Models ab und schwinge mich hinüber. Ein Raunen geht durch den Saal, und auch Heike ist meine Turneinlage nicht verborgen geblieben. Kurz mustert sie mich, dann drängt sie sich durch die Menge Richtung Ausgang. Während ich versuche, sie nicht aus den Augen zu verlieren, murmele ich eine Entschuldigung nach der nächsten, weil ich jemanden anrempele, auf einen Fuß trete und dem nächsten sein Champagnerglas über die Hose kippe. Aber solche Kollateralschäden können mich nicht aufhalten.

In der Eingangshalle lichtet sich das Gedränge endlich ein bisschen, und tatsächlich erreiche ich Heike kurz vor dem Ausgang, während von Heiwi weit und breit nichts zu sehen ist.

»Wohin denn so eilig?« Erst einmal versperre ich der jungen Frau nur den Weg, doch meine Hände sind in Bereitschaft, jeden Moment mit einigen gezielten Griffen nachzuhelfen.

Heike aber macht keine Anstalten, wegzulaufen. »Hallo, Kerstin, so schnell sieht man sich wieder.«

»Komm, wir setzen uns da drüben hin.«

Sie folgt mir ohne Zögern zu dem von mir gewiesenen Tisch.

Gerade als wir ihn erreichen, steht plötzlich keuchend mein Kollege neben mir. »Kannst du mir mal sagen, was hier los ist?«

»Das ist Kriminalhauptmeister Welsch«, stelle ich ihn ohne weiteren Kommentar vor und wende mich dann an Heike: »Warum bist du weggelaufen?«

»Weggelaufen?« Sie sieht mich fragend an.

»Hast du nicht gesehen, dass ich durch den Zuschauerraum auf dich zugelaufen bin?«

»Wie soll einem denn bei dem Gedränge eine einzelne Person auffallen?« Sie macht eine bezeichnende Handbewegung in den Raum und sieht mir dabei mit ausdruckslosem Blick direkt in die Augen – ehrlich oder gut gespielt?

»Wie auch immer«, auf diese Diskussion will ich mich nicht einlassen, »was machst du hier?«

»Franziska hat hier einen Auftritt – wobei, Auftritt würde sie das natürlich nicht nennen –, und da dachte ich, schau doch mal vorbei.«

»Sind Sie nur aus diesem Grund nach Köln gereist?« Im Gegensatz zu mir erträgt es Heiwi nur schlecht, an einem Gespräch nicht beteiligt zu sein.

»Nein, natürlich nicht. Ich hatte in den letzten Tagen zwei Vorstellungsgespräche in der Stadt, morgen Mittag fahre ich wieder nach Hause.«

»Du suchst einen Job hier in Köln? Warum?« Irgendwie erinnere ich mich dunkel an ein Gespräch auf dem Campingplatz, in dem mir Heike schwärmerisch die Vorzüge von Magdeburg angepriesen hat, ohne dass ich mitreden konnte, da ich die Stadt nicht kenne.

»Hier gibt es mehr Möglichkeiten.«

Die Antwort finde ich zu kurz und möchte schon nachhaken, da kommt mir Heiwi zuvor: »Seit wann sind Sie hier in der Stadt?«

»Seit Dienstagabend. Ich habe den Zug direkt nach der Arbeit genommen und war um einundzwanzig Uhr zwölf am Hauptbahnhof.«

»Warum bleiben Sie so lange?«

»Nun, wie erwähnt habe ich direkt zwei Vorstellungsgespräche gehabt, eines Mittwochmorgen, das zweite heute Vormittag. Darf ich fragen, was das alles soll?«

»Moment noch.« Heiwi lässt sich nur ungern von seiner Linie abbringen: »Was haben Sie in der Zwischenzeit gemacht?«

»Gestern Abend habe ich Franziska und Klaus zum Essen getroffen. Vorher wollte ich eigentlich Slobo besuchen, aber er hat mich abgewimmelt.« Ihre Stimme, die die ganze Zeit trocken und ausdruckslos gewesen ist, klingt plötzlich leicht brüchig. Ich horche auf.

»Ist Slobo der Grund, weshalb du nach Köln ziehen willst?«

Ihr Blick, der mich für Sekundenbruchteile trifft, ist stechend und feindselig, dann wendet sie ihre Augen wieder ab und sieht sich betont gelassen im Raum um. »Ich wüsste nicht, warum die Polizei das etwas angehen sollte.«

»Gut«, Heiwi übernimmt wieder, »was die Polizei aber etwas angeht, ist, wo Sie in der Nacht von Dienstag auf Mittwoch waren.«

»Warum?«

»Beantworten Sie bitte meine Frage.«

Heike zuckt mit den Schultern. »In meinem Zimmer in der Jugendherberge auf der anderen Rheinseite.«

»Kann das jemand bezeugen?«

»Nun, ich teile mir das Zimmer mit drei anderen Frauen, wobei die Zusammensetzung inzwischen gewechselt hat und ich keine Namen kenne. Außerdem weiß ich natürlich nicht, ob diese wach gelegen haben, um mein Kommen und Gehen zu beobachten, oder – wie ich – einfach geschlafen haben.« Ihr Ton ist leicht feindselig und ihr Alibi unbefriedigend – sowohl für sie als auch für uns.

»Wir müssen diese Fragen stellen«, erkläre ich in versöhnlichem Ton, »weil wir inzwischen einen zweiten Mord haben, der mit dem Tod von Irmgard Schiller in Verbindung stehen könnte.«

»Wer?« Heike ist blass geworden.

»Vermutlich ein Mitarbeiter des Campingplatzes: Tobias Meier.«

Auf dem Gesicht mir gegenüber zeichnet sich deutlich die Frage ab, wer das denn sei. Doch dann wird ihr Gesicht noch eine Spur blasser: »Tobi?«

Ich nicke.

»Oh mein Gott! Warum?«

»Du hast auch keine Idee?«

Heike reagiert nur mit einem leichten Kopfschütteln, dann schaut sie mich mit weiten Augen an: »Und ihr glaubt, dass ich ...« Sie lässt den Satz in der Luft hängen.

»Wir glauben gar nichts«, mein Ton ist professionell, »wir ermitteln nur in alle Richtungen.«

DONNERSTAG, 17.09 UHR

Geschafft! Ich nehme gerade die letzte Stufe, als der Zug in den Bahnhof einfährt. Die Wagennummer hätte mir mein Kollege auch mitteilen können, da er das aber nicht getan hat, bleibe ich einfach stehen, wo ich bin, und warte ab. Der Strom von Menschen, der sich aus den Zugtüren ergießt, scheint überhaupt nicht abreißen zu wollen. Ich schaue am Zug immer wieder rauf und runter, doch von Cristian keine Spur.

Erst als der Mann in Jeans und Sneakern mit dem Rucksack auf dem Rücken mir so nahe gekommen ist, dass ich seine Augen sehen kann, erkenne ich meinen Berliner Kollegen. Schließlich hat er in meinem Beisein bisher nur Anzug und Krawatte getragen. Auch an seiner Frisur ist die Zugfahrt nicht unbemerkt vorbeigegangen; er scheint die Zeit für ein kleines Schläfchen genutzt zu haben.

Im Gegensatz zu mir hat er keine Wiedererkennungsprobleme. Ohne Zögern kommt er auf mich zu, nimmt mich in den Arm und gibt mir einen Kuss auf jede Wange. Verwirrt nehme ich seine weiche Haut, den leichten Ansatz von Bartstoppeln und den Kontakt seiner Lippen wahr, denn die Berührung ist echt und nicht nur in die Luft gehaucht.

»Wir müssen hier entlang.« Eilig drehe ich mich zur Treppe, nicht ohne seinen schelmischen Blick aus den Augenwinkeln zu bemerken. Das Gedränge im Hauptbahnhof lässt uns glücklicherweise keine weitere Gelegenheit zur Konversation, bis wir direkt vor dem Hinterausgang vor meinem Auto stehen – natürlich im Halteverbot. Was mein Kollege in Berlin kann, das kann ich in Köln auch.

Ohne Zögern lässt Cristian sich auf den Beifahrerplatz plumpsen, den Rucksack auf dem Schoß, und kaum habe ich mich in den Verkehr Richtung Rheinbrücke eingereiht, fragt er: »Wie sieht es aus?«

Über die Zielrichtung seiner Frage bin ich mir nicht ganz im Klaren, aber ich beziehe sie einfach auf den Fall und schildere ihm in kurzen Sätzen unsere Nachforschungen der letzten Stunden.

»Und, konntet ihr auch etwas mit der Verbindungsliste von Tobis Handy anfangen?«

»Welche Verbindungsliste?«

»Die, die ich dir gestern versprochen und heute Morgen gefaxt habe?«

»Die habe ich noch gar nicht gesehen. Wir waren den ganzen Tag unterwegs. Hast du sie dir denn vor dem Faxen angesehen?«

»Nur ganz kurz, weil ich ja mit der Vorbereitung der Abschlusspressekonferenz beschäftigt war. Offensichtlich hat Tobi ein paarmal in den letzten Tagen mit einer Nummer telefoniert, die zu einem Prepaidhandy gehört, auch noch einmal kurz vor seinem Tod. Das heißt, es ist möglich, dass er auf diese Weise mit seinem Mörder kommuniziert hat.«

»Hm. Das wäre zwar nicht die originellste, aber eine sehr wirkungsvolle und vor allem für uns nicht nachvollziehbare Art und Weise.«

Cristian nickt vor sich hin.

»Apropos Pressekonferenz, wie ist denn dein ach so wichtiger Politthriller ausgegangen?«

»Was heißt denn ›ach so wichtig‹?«

Obwohl ich auf die Straße achten muss, kann ich das Zusammenziehen seiner Augenbrauen sehen. »Das heißt, dass du offensichtlich so bemüht in diesem Fall warst, dass du in Berlin weder für meinen Fall noch für mich irgendwelche Aufmerksamkeit übrig hattest.« Ausgesprochen klingen die Worte beleidigter, als ich es eigentlich meine.

»Ich würde nicht sagen, dass ich dir keine Aufmerksamkeit gewidmet habe.« Cristians Stirnrunzeln ist von einem spitzbübischen Grinsen abgelöst worden. »Der Fall hat sich jedoch einfacher und unspektakulärer gelöst, als wir alle angenommen hatten. Wir hatten den Mord an der Geliebten des Ministers in Zusammenhang mit den Gerüchten um ihn gebracht, wonach er Schmiergeld erhalten und im Gegenzug Mängel und unnötige Verzögerungen am neuen Berliner Großflughafen gedeckt haben sollte.« Er macht eine Pause.

»Und?«, dränge ich ihn.

»Aber es war doch nur ein ganz normales Eifersuchtsdrama. Die Ehefrau hat die Tat gestanden. Der entscheidende Hinweis kam übrigens von Bernhard Müller.«

Ach ja, Locke auf Lederschuhen.

»Nachdem du ihn uns sozusagen ausgeliefert hast, hat er uns doch ganz gute Tipps gegeben.«

»Na, da bin ich aber froh, dass ich wenigstens in Berlin im Vorbeigehen zur Lösung eines Mords beitragen konnte, während wir hier weiter im Dunklen tappen.«

»Aber ihr könnt doch sicher inzwischen jemanden ausschließen, oder nicht?« Cristians Ton hat eine tröstende Note.

»Na ja, es scheint so, als kämen sie alle für den Mord an Tobi in Frage – außer Marie.«

»Vielleicht hatte sie einen Komplizen?«

»Kann schon sein«, muss ich eingestehen.

»Was ist mit diesem Schönling?«

»Johann? An den haben wir auch gedacht, aber der war in Magdeburg.«

»Und hatte keine Chance, schnell nach Köln und wieder zurück zu fahren? Er wäre natürlich der beste Verbündete für Marie.«

»Hm, werden wir noch genauer prüfen. Heike käme als Verbündete auch in Frage.«

»Was verbindet die denn mit Marie?«

»Keine Ahnung, aber ich glaube, sie ist schwer in Slobo verliebt. Damit hätte sie einen Grund gehabt, Irmgard aus dem Weg zu räumen.«

»Ist denn dieser Grund ausreichend?«

»Was glaubst du denn?« Meine Stimme ist etwas schärfer als beabsichtigt. »Liebe ist schließlich neben Geld das Hauptmotiv für Kapitalverbrechen.«

Er zuckt nur mit den Schultern. Eine Geste, die meinen Ärger nur vergrößert. Doch glücklicherweise muss ich mich gerade auf den Verkehr konzentrieren.

Er nutzt die Pause zu einem Themenwechsel: »Was gibt es denn gleich zu essen?«

»Meine Kollegen haben sich auf ein Brauhaus in der Altstadt geeinigt, um dem Gast aus dem Osten nicht nur ein ordentliches Bier, sondern auch etwas Herzhaftes zu essen bieten zu können.«

Die Formulierung »haben sich geeinigt« gibt dabei allerdings nur ansatzweise die erhitzte Diskussion zwischen Ursula, Xenia und Heiwi wieder, die alle drei sehr genaue und dabei sehr unterschiedliche Vorstellungen davon hatten, was als »typisch kölsches Lokal« zu gelten hat und vorgezeigt zu werden verdient. Die Einigung kam schließlich dadurch zustande, dass Xenia genervt den Raum verließ und Heiwi sich mit den Worten »Wie der Boss befiehlt!« geschlagen gab. Diese Bezeichnung für Ursula, die allerdings den organisatorischen Tatsachen durchaus entspricht, benutzt er nur im absoluten Notfall. Ich hoffe, dass meine Kollegen sich inzwischen wieder abreagiert und ausgesöhnt haben.

»Deine Kollegen? Wird das heute Abend eine Massenveranstaltung?« Cristian klingt etwas irritiert, oder sogar enttäuscht? Wollte er vielleicht mit mir allein sein?

»Na ja, wir dachten« – eigentlich dachte Ursula –, »du könntest dann alle am Fall beteiligten Personen kennenlernen.«

Heiwis Begründung war da direkter: »Wenn du schon einen gut aussehenden Kommissar aus der Hauptstadt anschleppst, dann lassen wir uns das natürlich nicht entgehen.« Wie er auf das »gut aussehend« kam, entzieht sich dabei meiner Kenntnis, von mir hatte er das auf jeden Fall nicht.

»Hoffe, deine Kollegen sind wenigstens nett«, sagt der Mann neben mir nur.

Ich zögere kurz: »Das sind sie. Aber kannst du mir einen Gefallen tun?«

Er schaut fragend zu mir herüber.

»Bitte keine Gespräche über Fußball – du bist doch nicht Fortuna-Fan, oder?«

DONNERSTAG, 22.44 UHR

Wir stehen schon wieder am Bahnhof und warten darauf, dass der Zug nach Düsseldorf einläuft. Im Gegensatz zu der Fernverbindung aus Berlin hat dieser Regionalzug bereits jetzt zehn Minuten Verspätung. »Hoffentlich hast du es vom Bahnhof in Düsseldorf nicht mehr weit zu deinem Freund?« Etwas mitleidig schaue ich auf den neben mir sitzenden Cristian, der seinen Rucksack aufseufzend zwischen seinen Füßen platziert hat.

»Ein paar Minuten zu Fuß, obwohl ich ernsthaft überlege, mir ein Taxi zu gönnen. Schließlich hatte ich meinen Abendspaziergang schon.« Sein Grinsen verrät mir allerdings, dass er meine Entscheidung, zu Fuß vom »Brauhaus zur Malzmühle« zum Bahnhof zu gehen, nicht bereut. Obwohl der Weg vom Heumarkt tatsächlich, wie von Heiwi vorausgesagt, fast eine Viertelstunde gedauert hat und darüber hinaus Ursula angeboten hatte, Cristian mit dem Auto zu bringen, da ich aufgrund des einen oder anderen Kölschs nicht mehr fahren durfte.

»Es war ein langer Tag für dich.« Diesmal meine ich es weniger mitleidig als feststellend.

Er nickt. »Wenn man bedenkt, dass ich heute Vormittag noch in Anzug und Krawatte auf der Abschlusspressekonferenz in Berlin war. Allerdings«, er wirft einen Seitenblick auf mich, »du weißt sicher auch, was du getan hast.«

Oh ja, das weiß ich. Ob ich auch so aussehe? »Es war ein netter Abend.« Ich weiß gar nicht, warum ich das jetzt sage, etwas zusammenhanglos.

Cristian scheint sich jedoch nicht darüber zu wundern. »Stimmt. Du hast tatsächlich nette Kollegen.«

»Hm.« Vor meinem inneren Auge ziehen einige Szenen des heutigen Abends vorbei. Matthias, der krampfhaft versuchte, herauszubekommen, welche Fußballmannschaft Cristian favorisiert, um sich endlich entscheiden zu können, wie er zu dem Berliner Kollegen steht; seine Erleichterung und Verwirrung, als sich als Lösung AC Mailand – »Nicht Inter, kennst du denn den Unterschied nicht?« – herauskristallisierte.

Heiwi, der nicht nur Reklame für seine geliebte Heimatstadt, sondern nebenher auch noch für mich machte. Xenia, die mehrmals betonte, wie froh sie sei, endlich mal wieder mit einem temperamentvollen südländischen Kollegen und nicht immer nur mit trockenen deutschen sprechen zu können. Und schließlich Ursula, die als Einzige eisern beim Wasser blieb und den Spruch des Köbes »'n Stück Seife dazu?« mit den trockenen Worten konterte, die sollte er doch lieber selbst mal benutzen, woraufhin er sie den ganzen Abend nicht mehr beachtete – und unseren Tisch auch nur noch sporadisch. Vielleicht war das aber ganz gut, denn auch so habe ich vermutlich ein oder zwei Gläser über den Durst getrunken.

»Da kommt mein Zug.« Die Feststellung ist natürlich überflüssig, denn die Einfahrt eines Regionalzugs in den zwar nicht leeren, aber doch im Vergleich zu heute Nachmittag wenig vollen Bahnhof kann man so schnell nicht verpassen.

Cristian schultert seinen Rucksack, und langsam gehen wir in Richtung Bahnsteigkante. Mit lautem Quietschen hält der Zug, und die Türen öffnen sich.

»Halt mich auf dem Laufenden.« Er hat sich ganz zu mir gedreht und hält meinen Blick.

»Natürlich! Werde meinen Aufklärungserfolg sicher nicht für mich behalten.«

Er lächelt. Da ertönt das Warnsignal an den Türen. Schnell beugt Cristian sich vor und gibt mir einen Kuss, da schließen sich schon die Türen, und sein lächelndes Gesicht hinter der Glasscheibe verschwindet immer schneller im Dunkeln.

Einen Moment bleibe ich noch stehen und schaue den Lichtern des Zuges hinterher, dann gehe ich Richtung Treppe. Die S-Bahn nach Deutz fährt auf einem anderen Bahnsteig; hier kommt als Nächstes wieder ein Zug aus Berlin an. Ich muss lächeln.

FREITAG, 7.55 UHR

So früh bin ich selten im Büro, und trotzdem bin ich nicht die Erste. Mit Ursula ist es manchmal wie mit dem Hasen und dem Igel. Fehlt nur noch, dass sie sagt: »Bin schon da!«

»Guten Morgen, gut geschlafen?« In ihren Augen tanzt ein schalkhafter Funke, oder bilde ich mir das nur ein? »Habt ihr den Zug erwischt?«

»Natürlich.« Etwas kühler als beabsichtigt gebe ich ihr diese Auskunft.

Doch sie ist schon wieder beim nächsten Thema: »Er ist es!« Der Triumph in ihrer Stimme ist nicht zu überhören.

»Wer?« Den Themenwechsel habe ich nicht ganz mitgeschnitten.

»Na, Tobi. Das heißt, ich hatte recht, es ist und bleibt unser Fall. Um neun habe ich mit Lars einen Termin beim Chef. Na, denen werde ich was erzählen!«

»Jetzt müssen wir den Fall nur noch lösen.«

Doch Ursulas Enthusiasmus lässt sich durch meinen Einwurf nicht bremsen: »Wichtig ist erst einmal die klare Zuordnung, die Lösung ist der nächste Schritt.«

»Es war nicht dieselbe Waffe!« Heiwi kommt aus dem Nebenraum.

»Warum bist du denn schon da?« Meine Verwunderung ist echt und – wie ich finde – durchaus berechtigt, schließlich hat mein Kollege gestern seinem Lieblingskölsch ordentlich zugesprochen.

»Ach, wenn ich am Abend etwas trinke, wache ich immer früh auf.«

»Senile Bettflucht«, murmelt Ursula vor sich hin.

»Das habe ich gehört!« Heiwi klingt tatsächlich ein wenig beleidigt.

»Welche Waffe?«, versuche ich deshalb abzulenken.

»Na, die von dem Professor. Es ist zwar genau die gleiche Pistole, aber eben nicht dieselbe.«

Irgendwie bin ich enttäuscht; allerdings wäre das auch zu einfach gewesen.

»So, jetzt wissen wir wenigstens, welcher Drucker es war.«

»Meine Güte, sind denn alle heute früh aufgestanden?« Vielleicht klinge ich eine Spur zu genervt, schließlich dachte ich bis vor zwanzig Minuten noch, einmal die Erste am Schreibtisch sein zu können, und dann stellt sich heraus, dass ich sogar – mal wieder – die Letzte bin.

Matthias sieht mich erstaunt an. Es tut mir leid, dass sich mein Ärger gerade gegen ihn gerichtet hat, aber was soll ich sagen?

»Welcher Drucker?« Ursula bleibt sachlich.

»Nun, nachdem ich mir bei verschiedensten Computerläden, Elektronikmärkten und Kaufhäusern die Finger wund telefoniert hatte, dachte ich, vielleicht könnte man es mal von der anderen Seite aufziehen. Deshalb habe ich deinen Schnipsel«, er nickt in meine Richtung, »unseren Analyse-Spezialisten gegeben. Tatsächlich konnten die den Drucker zuordnen, auf dem das Bruchstück gedruckt worden sein muss: Es ist ein mobiles Gerät, das man mit jedem marktüblichen Pad per Bluetooth verbinden kann. Das Gute ist, es ist ein etwas ausgefallenes Gerät. Vielleicht haben wir auf diesem Weg die Chance, herauszubekommen, ob und wenn, wann Irmgard Schiller ein solches erstanden hat.«

Während ich stark beeindruckt und deshalb sprachlos bin, denkt Ursula schon weiter: »Prima, dann kannst du dich gleich, wenn ich bei Bernbacher bin, daranmachen, Weiteres herauszufinden. Vorher würde ich gerne aber noch die Ergebnisse unserer Befragungen von gestern Nachmittag austauschen. Dazu sind wir leider am Abend nicht gekommen.«

Wir können uns alle vier – auch Xenia, die immer früh im Büro ist – ein Grinsen nicht verkneifen. Gemeinschaftlich haben wir gestern beim Essen jeden Versuch unserer Kollegin vereitelt, über die Arbeit zu sprechen. Nach mehreren Anläufen hat sie sich geschlagen gegeben und den Abend sogar genossen.

Um die Pause nicht zu lang und das Grinsen nicht zu breit werden zu lassen, berichte ich kurz für Heiwi und Matthias von unseren Gesprächen mit Mann, Neffe und Nachbarn von Irmgard Schiller und dann für Ursula und Matthias von unseren Erkenntnissen, die wir auf der Modenschau gewonnen haben.

»Die Alibis sind natürlich alle nicht völlig wasserdicht.«

»Ja schon«, Matthias hört man seine Zweifel an, »aber was hätten

Franziska und Klaus für ein Motiv gehabt, Irmgard und dann auch Tobi zu töten? Ich kann mir keins vorstellen, einer von euch?«

Wir schütteln alle unsere Köpfe.

»Aber ich wüsste auch nicht«, fährt er deshalb fort, »weshalb Heike Irmgard Schiller töten sollte.«

»Eifersucht.« Ich klinge überzeugter, als ich eigentlich bin. »Ich glaube, sie hat ein Auge auf Slobo geworfen.«

»Fährt man da nicht zuerst andere Waffen auf als Mord?«

Ursula wiegt nachdenklich ihren Kopf. »Vielleicht dachte Heike, sie könnte Slobo beim gemeinsamen Campingwochenende für sich gewinnen. Stattdessen taucht aber Irmgard auf, und sie ist total abgemeldet. Zu guter Letzt verschwinden die beiden sogar zu einem Schäferstündchen im Zelt, da kann man schon mal durchdrehen.«

»Ja, durchdrehen, aber du darfst nicht vergessen«, Matthias runzelt die Stirn, »das war keine Affekthandlung. Jemand ist im Voraus auf den Sprungturm geklettert, hat dort die Stangen gelockert und dann Irmgard dort hochgelockt.«

Ich nicke, und alle schweigen.

»Nun, es bleibt uns immer noch der jugendliche Liebhaber. Nach meinem Eindruck gestern halte ich Slobo durchaus für fähig, einen Mord zu begehen. Und wir dürfen nicht außer Acht lassen, dass er für Irmgards Tod nur ein sehr vages, für Tobis überhaupt kein Alibi hat.« Ursula richtet diese Aussage speziell an mich.

Doch ich zucke nur mit den Schultern. »Was hat er denn davon, dass sie tot ist? Höchstens seine Ruhe vor ihr, was allerdings wenig zu seiner Darstellung passt, dass er die Beziehung hat wiederaufleben lassen. Außerdem hatten sie, wie erwähnt, kurz vorher noch Sex.«

»Wäre nicht das erste perverse Schwein, mit dem wir es zu tun haben«, wirft Matthias trocken ein. »Das Schäferstündchen im Zelt wollte er halt noch mitnehmen.«

»Sozusagen ein Fisimatentchen im wörtlichen Sinne!« Heiwi kichert fröhlich in sich hinein – offensichtlich ganz begeistert über seinen eigenen Witz. Ein Scherz ist es wohl gewesen, denn auch auf Xenias und Ursulas Gesicht liegt der Anflug eines Lachens, während Matthias, wohl genauso wie ich, einfach nur verständnislos auf unseren Kollegen schaut.

Unser Unverständnis führt zu einer weiteren Steigerung von Heiwis Heiterkeitsausbruch, sodass es einige Momente dauert, bis er, immer noch unter Lachen, hervorstoßen kann. »Seht ihr, unsere Imis, verstehen die einfachsten kölschen Begriffe nicht!« Er holt tief Luft: »Passt auf, ich erklär's euch!«

»Mach es aber kurz«, kann Ursula gerade noch einwerfen.

»Nach kölscher und somit für mich ausschlaggebender Überlieferung«, setzt Heiwi mit großer Geste zur Erklärung an, »geht der Begriff Fisimatenten, auf Hochdeutsch so etwas wie Unsinn, auf die französische Aufforderung ›*Visitez ma tente*‹ während der Zeit der napoleonischen Herrschaft hier im Rheinland zurück. Damit wollten die französischen Soldaten deutsche Frauen zum Zeitvertreib in ihre Zelte locken. Darum«, er stößt seinen Zeigefinger belehrend in die Luft, »kann man hier im wahrsten Sinne des Wortes von Fisimatenten sprechen.« Er kichert, immer noch begeistert von seinem Scherz, während ich jetzt höflichkeitshalber mein Gesicht zu einem Lächeln verziehe.

Auch Matthias zeigt den Anflug eines Lächelns, als er sich jetzt an mich wendet: »Ach ja, nach Slobos Auskunft war Irmgard Schillers Lieblingsbuch übrigens ›Gruppenbild mit Dame‹, hilft dir das jetzt weiter?«

Stimmt, ich hatte ihn gestern gebeten, Slobo diese Frage für mich zu stellen. »Diese Tatsache spricht für Maries Aussage, dass Irmgard die Konditionen für die geplante Dokumentenübergabe – inklusive des fraglichen Buchs als Erkennungszeichen – vorgegeben hat, und darin war ein Ausflug auf das Fünfmeterbrett zunächst nicht vorgesehen.«

Wieder schweigen wir eine Weile, bis Heiwi fragt: »Was ist denn eigentlich mit der Böll-Händlerin?«

»Du hast doch selbst festgestellt, dass sie das beste Alibi für Tobis Tod hat: Sie saß hier in Untersuchungshaft. Und während des Mords an Irmgard Schiller war sie mit Johann in den Büschen.« Meine Stimme klingt jetzt schon müde, obwohl wir noch nicht einmal neun Uhr haben.

»Ja, weiß schon, aber es gab mal die Theorie, dass Marie und

Johann unter einer Decke stecken könnten. Er hätte Gelegenheit gehabt, auch Tobi umzulegen. Seine Anwesenheit im Magdeburger Büro bis Dienstagabend achtzehn Uhr und am nächsten Morgen ab neun macht seine Fahrt nach Köln zwar schwer, aber nicht unmöglich.«

Wieder Schweigen.

Plötzlich richtet Ursula sich auf, schaut kurz auf ihre Uhr und entscheidet dann: »So wird das nichts. Ich gehe jetzt zu Bernbacher, um Lars und die Gruppe 2 von den Hacken zu bekommen. Du«, sie sieht Matthias an, »kümmerst dich weiter um den betreffenden Drucker von der Schiller, und du«, jetzt ist Heiwi an der Reihe, »prüfst noch einmal genau nach, ob und wie Johann in der Nacht von Dienstag auf Mittwoch nach Köln gekommen sein könnte. Sprich außerdem noch einmal mit Marie – telefonisch oder persönlich, je nachdem, was praktikabel ist.«

Sie erhebt sich, meine Kollegen gehen an ihre Schreibtische im Nebenraum und ich Richtung Kaffeemaschine, denn erstaunlicherweise hat Ursula mir keinen Arbeitsauftrag erteilt. Bevor ich aber den Raum verlassen kann, fällt Ursula doch noch etwas ein.

»Hast du eigentlich endlich überprüft, ob einer der Stofffetzen zu Yildirims Pullover passt?«

Was heißt denn »endlich«, wann hätte ich das denn machen sollen, heute Nacht? Doch bevor ich etwas in der Art sagen kann, klingelt Ursulas Telefon.

Sie lauscht kurz in den Hörer. »Ja, dann schicken Sie die mal hoch«, sagt sie nur knapp, und ihr Gesicht ist ein einziges Fragezeichen. »Der Pförtner hat eine Horde junger Leute gemeldet, die alle zu uns wollen.«

»Yildirims Alibi!« Ich kann den Triumph in meiner Stimme kaum unterdrücken, wie mir auch Ursulas Miene recht deutlich verrät.

»Na, dann kümmer dich mal drum.« Damit wendet sie sich zur Tür, um Bernbacher zu unterrichten. Von ihr habe ich offensichtlich keine Unterstützung zu erwarten. Dann eben nicht.

»Ich hab noch was vergessen!« Xenia kommt beinahe im Laufschritt aus dem Nachbarbüro. Natürlich ist ihr Ton wieder eine Spur zu laut, passt aber zu ihren leicht geröteten Wangen.

»Jetzt nicht«, unterbreche ich sie etwas missmutig, »du musst mir bei der Aufnahme von ein paar Aussagen behilflich sein.«

Sie verzieht zwar ihr Gesicht und scheint etwas entgegnen zu wollen, aber weil auf dem Flur bereits ein Gewirr von Stimmen zu hören ist, nimmt sie sich nur Block und Bleistift von Ursulas Schreibtisch.

»Wir gehen am besten in den Besprechungsraum.« Ich nehme mir ebenfalls etwas zu schreiben vom Tisch und folge ihr aus dem Büro.

»Sind Sie …«, beginne ich, als ich auf den Flur trete, doch den Rest des Satzes verschlucke ich. »Na, das ist ja mal eine Überraschung!« Die beiden Angesprochenen schauen eher peinlich als freudig berührt: das Dauercamper-Paar vom Berliner Zeltplatz. »Dann fangen wir mit Ihnen doch direkt einmal an.«

Ich dirigiere die beiden in den Besprechungsraum und weise den anderen Stühle auf dem Gang davor zu. »Was treibt Sie denn nach Köln?«

»Freunde besuchen«, erwidert der weibliche Teil des Pärchens recht kurz angebunden. Small Talk ist also offensichtlich nicht erwünscht.

Gut, dann streng nach Vorschrift: »Geben Sie meiner Kollegin bitte Ihre Personalausweise, damit sie Namen und Adresse notieren kann.«

Xenia hat ihren Bleistift bereits gezückt und überträgt die Angaben, während Herr Hochmoser erklärt: »Michael, also Herr Yildirim, hat uns gebeten, Ihnen zu bestätigen, wo er in der Nacht von Dienstag auf Mittwoch war. Wir sind zurzeit bei Flori – Florian Schmitz-Bauer, der sitzt draußen – zu Besuch. Am Dienstagabend hatte er einige ehemalige Kommilitonen und Freunde eingeladen. Das Ganze gestaltete sich recht feuchtfröhlich und langwierig. Ich glaube«, er schaut kurz auf seine Partnerin, »wir waren so gegen vier Uhr morgens erst im Bett.«

»Und wann hat Herr Yildirim die Party verlassen?«

Einen Moment zu lange zögern die beiden mit ihrer Antwort, bevor sie einwirft: »So gegen drei Uhr.« Die Betonung lässt den Satz fast wie eine Frage wirken.

»Und woher wissen Sie das?«

»Ich ...?«

»Haben Sie auf die Uhr gesehen, als Herr Yildirim gegangen ist?«

Die Unsicherheit der beiden ist Auskunft genug, doch so leicht geben sie sich nicht geschlagen: »Als wir, das heißt, wir beide und Herr Schmitz-Bauer, ins Bett gegangen sind, war es ziemlich genau vier Uhr, wir haben uns noch darüber unterhalten. Und Herr Yildirim ist nicht viel früher gegangen.«

Nicht viel früher ist wirklich keine sehr genaue Zeitangabe, aber mehr ist aus diesen beiden offensichtlich nicht herauszuholen. Deshalb versuche ich es noch auf einem anderen Weg. »Sie haben eben von ehemaligen Kommilitonen und Freunden gesprochen. Sie haben früher in Köln studiert?«

Nach einer kurzen Pause bestätigt Herr Hochmoser: »Ja, ich. Nur zwei Semester, aber seitdem kommen wir noch regelmäßig hierher.«

Ich werfe einen irritierten Seitenblick auf Xenia, da sich ihre Haltung irgendwie verändert hat. Tatsächlich, sie schreibt nicht mehr mit, sondern blickt, nein starrt den Mann uns gegenüber forschend an, und auch auf meinen fragenden Blick reagiert sie nicht. Mit einem innerlichen Schulterzucken entlasse ich deshalb die beiden Befragten mit der Bitte, uns direkt den erwähnten Herrn Flor... also Schmitz-Bauer hereinzuschicken.

In der kurzen Pause wende ich mich an meine Kollegin: »Was ist los?«

»Ich bin mir nicht sicher«, murmelt sie, mehr zu sich selbst, doch da betritt schon unser nächster Kandidat den Raum.

»Bitte, setzen Sie sich«, ich weise auf einen der Stühle, »und nennen Sie uns Name und Adresse.«

Doch bevor er anfangen kann, steht Xenia hektisch auf. »Kerstin, mach mal kurz alleine weiter, ich muss was nachsehn.«

Mir bleibt überhaupt keine Zeit, zu reagieren, da ist sie schon aus der Tür. Leichter Ärger steigt in mir auf, aber es hilft nichts. Ich ziehe Stift und Papier zu mir heran: »Also bitte noch einmal: Name und Adresse?«

In der nächsten halben Stunde lasse ich mir im Prinzip immer das Gleiche, nein, dasselbe erzählen. Die Aussagen sind so ähnlich, dass sie wahrscheinlich abgesprochen sind. Ein bisschen bin ich hin- und hergerissen zwischen Ärger und einer gewissen Anerkennung, wie diese jungen Leute, die auch auf den Letzten der ihren auf dem Gang warten, zusammenhalten und für Michael Yildirim einstehen. Doch als Alibi taugen diese Aussagen nur sehr bedingt.

Gerade will ich die Letzte der Gruppe entlassen, da kommt Xenia wieder in den Raum. »Wusste ich es doch«, verkündet sie und schwenkt eine Mappe.

»Sie können jetzt gehen«, wende ich mich nun an die Befragte.

»Nein«, kommt es da von meiner Kollegin. »Die müssen noch bleiben, auf jeden Fall das erste Pärchen.« Beschwörend blickt sie mich an.

»Gut. Schicken Sie mir doch bitte Herrn und Frau Hochmoser noch einmal herein«, fordere ich die junge Frau mir gegenüber auf.

Kaum ist die Tür hinter ihr zu, will ich mich auf meine Kollegin stürzen, aber sie kommt mir zuvor. »Bitte, vertrau mir. Ich weiß, was ich tue!« Mit diesen Worten und einem eindringlichen Blick setzt Xenia sich erneut neben mich, nimmt aber nicht Stift und Papier auf, sondern legt die grüne Mappe, die sie mitgebracht hat, vor sich bereit.

Ich habe mich von meiner Verwunderung noch immer nicht erholt, als die Tür schon wieder aufgeht und die Hochmosers erscheinen. Ihr Blick ist inzwischen deutlich genervt, seinen kann ich nicht so richtig deuten; ich meine, Unsicherheit darin zu erkennen.

»Bitte setzen Sie sich.« Xenia übernimmt ganz selbstverständlich die Führung, und das Paar, das bis dahin etwas unschlüssig nahe der Tür stehen geblieben ist, folgt ihrer Aufforderung, nachdem ich diese mit einem energischen Nicken unterstützt habe.

»Herr Hochmoser«, meine Kollegin sieht ihn direkt an, »Sie haben eben erwähnt, dass Sie früher in Köln studiert haben.«

»Ja, aber, wie gesagt, nur zwei Semester.«

»Warum haben Sie so schnell den Studienort gewechselt?« Langsam wächst in mir die Neugier, worauf Xenia hinauswill.

»Berlin ist, tut mir leid, dass ich das so sage, die weltoffenere Stadt.«

Meine Kollegin reagiert nur mit einem dünnen Lächeln. »Nach meinen Informationen«, sie klopft auf die Mappe vor sich, »sind Sie vielmehr von der Universität verwiesen worden.«

Das ist ja interessant! Unruhig rutsche ich etwas auf meinem Stuhl hin und her; genauso wie Herr Hochmoser, dessen Unruhe aber offensichtlich mehr ein Unbehagen ist.

»Das stimmt«, bringt er nach einer längeren Pause schließlich über die Lippen.

»Weshalb?«

Da mischt sich seine Frau in das Gespräch: »Jetzt hören Sie mal. Was soll das Ganze eigentlich? Da Sie über den Verweis meines Mannes unterrichtet sind, kennen Sie wahrscheinlich auch die Gründe. Ich finde es unerhört, dass wir freiwillig als Zeugen hierherkommen und jetzt wie auf der Anklagebank verhört werden!« Ihre Wangen haben sich bei dieser Predigt gerötet, während ihr Mann auf seinem Stuhl immer kleiner und bleicher wird.

»Natürlich haben wir die nötigen Informationen«, mische ich mich jetzt ein, obwohl ich persönlich genauso wenig wie Frau Hochmoser weiß, worum es hier geht, »aber wir würden es gerne von Ihrem Mann persönlich hören.«

Sie setzt schon zu einer Antwort an, da hebt er leicht die Hand. »Schon gut.« Es ist mehr ein Seufzen. »Ich bin vor drei Jahren von der Universität geflogen, weil ich auf dem Gelände mit Drogen erwischt worden bin. Und – darum geht es Ihnen hier wahrscheinlich – es war Frau Professor Schiller, die mich damals angezeigt hat.«

Das wird ja immer interessanter, denke ich, aber das Reden übernimmt meine Kollegin: »Das ist aber noch nicht alles.«

»Was wollen Sie denn noch?« Frau Hochmoser kann sich nicht zurückhalten.

»Was ich noch will?« Auch Xenia erhebt jetzt ein wenig ihre Stimme, zieht dabei die Akte vor sich näher und entnimmt ihr einige Blätter. »Ihr Mann«, sie funkelt Frau Hochmoser an, »Sie«, jetzt wendet sie sich dem Ehemann zu, »haben im Internet eine richtige Hetzjagd auf Frau Schiller veranstaltet. Zum Boykott ihrer Seminare aufgefordert«, sie schiebt ihm den ersten Zettel zu, »sie unflätig beschimpft«, es folgt das zweite Blatt, dann macht sie eine kurze Pause, bevor sie den letzten Ausdruck über den Tisch schiebt, »und schließlich haben Sie sogar zu Tätlichkeiten gegen Professor Schiller aufgerufen.«

Das Ehepaar Hochmoser ist offensichtlich ähnlich betroffen wie ich. Er findet als Erster seine Sprache wieder: »Das ist alles drei Jahre her. Ich hatte damals eine schwere Zeit, das war, bevor ich Liesel«, er deutet auf seine Frau, »kennengelernt habe. Ich bin damals völlig ausgetickt, es tut mir leid – und das habe ich ihr auch gesagt.«

Ich horche auf: »Wem? Wem haben Sie gesagt, dass es Ihnen leidtut?«

»Na, der Frau Schiller, wem sonst?«

»Wann?«

»Auf dem Campingplatz. Meine Güte, wer kann denn damit rechnen, dass einem eine ehemalige Professorin, und dann auch noch diese, auf dem Campingplatz über den Weg läuft! Zuerst konnte ich überhaupt nichts sagen, nicht reagieren, als ich sie gesehen habe. Aber ich wusste direkt, wer sie ist, und sie wusste auch, wer ich bin, das konnte man ihr ansehen. Stundenlang habe ich mit mir gerungen, was ich machen sollte. Da habe ich sie gesehen, mitten in der Nacht, sie kam gerade vom Parkplatz, und ich saß immer noch vorm Bus. Ich ging ihr nach, habe sie gerufen, ihr alles erklärt, mich entschuldigt.« Er macht eine Pause, die mir entschieden zu lang wird.

»Und, wie hat Frau Schiller reagiert?«

»Sie meinte, sie nimmt meine Entschuldigung an. Mehr nicht. Und dann ist sie einfach weitergegangen.« Erschöpft sinkt er in seinem Stuhl zusammen.

Doch mir fehlen noch einige Details: »Sie sagen, es war mitten in der Nacht. Können Sie die Zeit näher bestimmen?«

Er denkt nach, offensichtlich angestrengt. »Nein, tut mir leid, aber es war auf jeden Fall deutlich nach dreiundzwanzig Uhr, weil Liesel da ins Bett gegangen ist.«

»Was haben Sie danach gemacht?«

»Ich bin auch ins Bett gegangen.«

»Und was hat Frau Schiller gemacht?«

»Sie ist weitergegangen, das habe ich doch schon gesagt.«

»Wohin genau?«

Wieder eine kurze Pause. »Richtung Schwimmbecken.« Er scheint seinen eigenen Worten fast ungläubig hinterherzuhorchen. »Das fällt mir jetzt erst auf. Sie ist nicht in die Richtung ihres Zeltes gegangen, sondern Richtung Schwimmbecken.«

Und Sprungturm, füge ich stumm hinzu. »Eine vorerst letzte Frage, Herr Hochmoser: Hatte Frau Schiller eine Handtasche dabei?«

Er schaut mich nicht nur ungläubig, sondern fast schon mitleidig an: »Eine Handtasche? Nein, sie hatte nichts dabei, überhaupt nichts.«

FREITAG, 10.18 UHR

»Das kann doch nicht wahr sein! Wie konnte euch dieser Zusammenhang nur entgehen? Ein Mann, der dem Mordopfer früher gedroht hatte und dann auch noch am Tatort war – möglicherweise das Opfer als Letzter gesehen hat –, und ihr stoßt nur per Zufall auf ihn?«

Irgendwie habe ich zwar damit gerechnet, dass Ursula, anstatt uns für die Neuigkeit dankbar zu sein, mit Anschuldigungen reagieren würde – ich selbst mache mir innerlich ähnlich lautende Vorwürfe –, aber trotzdem verletzt mich ihre Art.

»Meinst du nicht, die Vorhaltungen könntest du auch an dich selbst richten? Es ist ja nicht so, als hätten wir irgendwelche Recherchen vor dir geheim gehalten. Somit hätte auch die große Meisterin selbst die nötigen Schlüsse daraus ziehen können.« Ups, das mit der »großen Meisterin« ist mir ungewollt herausgerutscht.

In Ursulas Augen, die nach dem Gespräch mit Bernbacher sowieso schon wieder einen eisblauen Ton angenommen haben, kann ich deutlich ihren Ärger über meinen Einwurf ablesen. Xenia offensichtlich auch, denn sie bringt sich mit ein paar Schritten rückwärts aus der Schusslinie.

Erst aus sicherer Entfernung wagt sie einzuwerfen: »Übrigens war der Zusammenhang nicht ganz so offensichtlich, wie du vielleicht annimmst. Herr Hochmoser hat nämlich bei der Hochzeit den Namen seiner Frau angenommen. Erst als ich seinen Mädchennamen«, sie stutzt kurz, »meinetwegen auch Jungennamen auf dem Personalausweis gesehen habe, ist bei mir der Groschen gefallen – konnte der Groschen erst fallen!«

Glücklicherweise kommt gerade jetzt Heiwi in den Raum. »Ich sag euch, ich hätte gerne mal eine klare Aussage, ein hieb- und stichfestes Alibi oder – das wäre natürlich noch viel besser – ein Geständnis. Immer nichts Halbes und nichts Ganzes … So richtig ausschließen können wir diesen Johann auch nicht …«

Genervt fährt er sich mit einer Hand durch seine dichten grauen Haare – und stutzt dann: »Na, Engel, ist hier dicke Luft? Hat Bernbacher dich wieder geärgert?« Mitleidig sieht er Ursula an, die sich nur schnaubend umdreht und auf ihren Stuhl plumpsen lässt.

Ich hole Luft, um unseren Kollegen zu informieren, da hebt sie die Hand. »Holt auch Matthias hinzu, ich denke, wir müssen das mit allen zusammen besprechen.«

»Matthias!« Xenias Ruf kann man wahrscheinlich noch drei Büros weiter hören. Ursula hat sich unter »hinzuholen« wahrscheinlich etwas anderes vorgestellt. Aber ihre scharfen Blicke perlen an Xenia ab, die sich gerade einen Stuhl holt, um sich an unseren Schreibtischen niederlassen zu können. Auch Heiwi hat sich gesetzt, der Einfachheit halber auf meine Tischkante, und Matthias hat den Ruf nicht nur gehört, sondern war auch schlau genug, direkt seinen Bürostuhl mit hereinzurollen. Bevor auch ich mich setze, knipse ich das Licht an, denn draußen ist es plötzlich ziemlich dunkel geworden.

»Die gute Nachricht zuerst«, Ursula wartet kaum, bis sich alle platziert haben, »die Brandleiche ist jetzt ganz offiziell unser Fall. Die DNA, die Nesta gestern mitgebracht hat, stimmt mit der der Leiche überein.«

»Jetzt müssen wir nur noch klären, warum er umgebracht worden ist«, werfe ich ein.

»Ein Mörder wäre auch nicht schlecht«, fügt Heiwi gut gelaunt hinzu.

Doch für solche Scherze ist Ursula im Moment nicht zu haben. »Nun, sehr oft wird ein Folgemord an jemand begangen, der irgendetwas wusste, eventuell den Mörder sogar erpressen wollte. Was kann Tobi gewusst haben?« Die Frage richtet sie an die gesamte Gruppe.

»Vielleicht«, meint Matthias nachdenklich, »hat er jemand Verdächtigen in der Nacht gesehen?«

Xenia schüttelt so heftig mit dem Kopf, dass ich es sogar aus den Augenwinkeln sehen kann. »Der Tobi war in der Nacht nicht in Berlin, sondern bei seinen Eltern in Rostock. Der ist erst Freitagabend wieder zurückgekommen.« Offensichtlich will sie zeigen, dass sie die Fakten des Falls trotz des Schnitzers mit Hochmoser alle parat hat.

Mir war dieses Detail dagegen völlig entfallen, gut dass ich nichts gesagt habe. Doch plötzlich steht das Bild von Tobi vor meinen Augen, wie er im Büro des Campingplatzes im Sessel sitzt. Was hatte er noch gesagt? »Er muss den Mörder gar nicht an dem Abend des Mordes gesehen haben. Er war vorher schon da«, murmele ich.

»Wer?«, kommt die Frage fast unisono von meinen Kollegen. Zugegebenermaßen war meine Verwendung des Personalpronomens gerade etwas verwirrend.

»Tobi hat den Mörder nicht am Abend der Tat gesehen, sondern schon früher. Er hat mir mal nebenbei von einem – angeblichen – Vater erzählt, der sich auf dem Campingplatz für seine Tochter umgesehen haben soll. Was, wenn sich unser Mörder – oder unsere Mörderin – schon früher mal auf dem Campingplatz informiert hat, und Tobi ist das wieder eingefallen?«

»Dann müsste das allerdings jemand gewesen sein, dessen vorherige Anwesenheit besonders auffallen musste …« Matthias macht ein nachdenkliches Gesicht. Draußen fängt es unvermittelt an zu regnen, und dicke Tropfen schlagen gegen die Fenster.

Ursula schaut nur kurz nach den Naturgewalten. »Wie gut, dass wir inzwischen eine immer größer werdende Gruppe von Verdächtigen haben, aus der wir auswählen können.«

Da sie das in meine Richtung sagt, fühle ich mich aufgefordert, meinen beiden Kollegen die Ergebnisse von Xenias und meinen Befragungen kurz zusammenzufassen.

»Besser einen Verdächtigen mehr als überhaupt keinen«, meint Matthias dazu lakonisch und zum offensichtlichen Ärger von Ursula.

Da schlägt sich Xenia mit flacher Hand gegen die Stirn – offensichtlich etwas zu schwungvoll, worauf der klatschende Ton und ihr schmerzverzerrtes Gesicht hindeuten. Sie lässt sich allerdings nicht abbringen: »Was ich eben sagen wollte, als du«, sie sieht mich strafend an, »mich mit zu dieser Befragung geschleppt hast. Ich bin heute Morgen die Verbindungslisten von Tobis Handy durchgegangen. Ratet mal, wen der Typ außer dem Prepaidhandy in seinen letzten Stunden öfters angerufen hat!«

Oh nein, jetzt fängt sie auch schon so an wie Heiwi. Allerdings erwartet sie keine Antwort von uns.

»Klaus von Müller!«

»Würstchen-Klaus!« Der Ausruf kommt von Ursula und mir

wie aus einem Munde. Welch perfekte Harmonie – dass ich das noch erleben darf.

»Noch ein Verdächtiger mehr? Könnte einer das für den Senior der Gruppe eventuell noch mal alles zusammenfassen?« Heiwis genervte Stimme passt nicht zu der Gemütlichkeit, mit der er inzwischen komplett auf meinem Schreibtisch sitzt und an einem Schokoriegel knabbert – meinem Schokoriegel, wie ich auf den zweiten Blick feststelle. Man darf hier nichts herumliegen lassen!

»Also«, Ursula hat sich etwas aufgerichtet und zählt an ihren Fingern ab: »Da ist und bleibt unser Hauptverdächtiger, der jugendliche Liebhaber.«

Auch ohne dass sie mich dabei direkt ansieht, weiß ich, dass sie durch die Nennung von Slobo an erster Stelle mich treffen möchte. Langsam reicht es, finde ich, aber unsere Information über Herrn Hochmoser hat offensichtlich als Katalysator für Ursulas schlechte Laune im Anschluss an das Gespräch mit dem Chef gewirkt.

»Als Nächstes sind die beiden Verwandten zu nennen: Neffe und Ehemann des Opfers. In Frage kommt natürlich auch noch die Böll-Dokumentenhändlerin Marie, allerdings nur, wenn sie einen Komplizen gehabt hat. Das könnte eventuell Johann sein.«

»So eine Nacht im Knast hat auch Vorteile, ein besseres Alibi kann sich doch keiner wünschen, oder?« Auf Heiwi scheint die schlechte Laune seiner Kollegin keinerlei Auswirkungen zu haben.

Den Einwurf ignorierend, hebt Ursula jetzt den vierten Finger – sie kann wirklich den Ringfinger heben und den kleinen dabei abgeknickt lassen. »Dazu kommen aus der Magdeburger Gruppe noch Heike, für die Eifersucht als Motiv in Frage kommen könnte, sowie Franziska und Klaus. Die beiden Letzteren allerdings nur, wenn sie gemeinsame Sache gemacht haben. Klaus' Telefonate mit Tobi stützen diesen Verdacht, allerdings fehlt das Motiv. Trotzdem müssen wir dem nachgehen. Bleibt schließlich noch unsere neueste Errungenschaft: Herr Hochmoser!«

Bevor ich entschieden habe, ob ich auf die versteckte Spitze reagieren soll oder nicht, redet sie schon weiter: »Vielleicht hat Frau Schiller auf dem Campingplatz ja erneut einen Drogenhandel aufgedeckt, und Tobi steckte da ebenfalls mit drin. Dann hätte Gruppe 2 mit ihrer ursprünglichen Vermutung, es handele sich um einen Mord im Drogenmilieu, gar nicht so falschgelegen.« Der letzte Satz kommt ihr dabei sehr schwer über die Lippen.

Heiwi rauft sich die Haare. »Und? Wie geht es jetzt weiter?« Er hat inzwischen den Schokoriegel verdrückt und offensichtlich nichts Essbares mehr auf meinem Schreibtisch gefunden.

»Lasst uns darangehen, Einzelne auszuschließen.« Matthias bleibt wie meistens pragmatisch. »Wessen Alibi kann bestätigt oder auch demontiert werden? Ich würde sagen, da bleiben im Moment nur diese Magdeburger. Ansonsten würde ich jetzt gern mit meiner Druckersuche weitermachen. So ein ausgefallenes technisches Gerät muss doch zu finden sein.« Schon bei den letzten Worten ist er aufgestanden.

Doch bevor sich die Runde auflöst, möchte ich noch etwas klären: »Wir müssten uns noch einigen, wie wir weiter mit Herrn Hochmoser verfahren. Wir können ihn schließlich schlecht den ganzen Tag auf unserem Gang sitzen lassen.« Und mit ihm die gesamte Clique, die es sich nicht hat nehmen lassen, bei ihrem Freund zu bleiben, füge ich in Gedanken noch hinzu. Natürlich habe ich den jungen Mann als Tatverdächtigen nicht direkt wieder gehen lassen können.

Ursula starrt eine Weile vor sich auf die Tischplatte: »Stimmt, wir können ihn nicht auf dem Gang sitzen lassen, wir werden ihm sagen, dass er sich hier in Köln zur Verfügung halten muss. Schließlich können wir schlecht in irgendwelchen Hochalpentälern nach ihm suchen.«

Ich bin mir nicht sicher, aber in ihren Mundwinkeln scheint sich tatsächlich ein kleines Grinsen zu zeigen.

FREITAG, 11.01 UHR

»Wir gehen erst zur Jugendherberge«, Ursula zeigt auf ein großes Gebäude auf der anderen Seite der Straße, »dann zum Hotel«, mit ihrem Daumen deutet sie in die andere Richtung. »Das Auto können wir hier stehen lassen.«

Da sie sich bereits in Bewegung setzt, bleibt mir keine Zeit, mich umzusehen. Im Trab geht es über mehrere Ampeln, die wir jeweils in der Phase zwischen Grün und Rot erwischen.

»Eigentlich solltest du als Mutter doch an solchen Ampeln stehen bleiben«, bemerke ich, als wir auf den Fußweg zur Jugendherberge einbiegen: »Den Kindern zum Vorbild, oder?«

»Da waren aber keine Kinder«, gibt sie kurz angebunden und – was ich eingestehen muss – richtigerweise zurück.

An dem großen, modern aussehenden Gebäude bin ich schon früher vorbeigekommen, doch ist mir, trotz Hinweisschildern, nie die Idee gekommen, es könnte sich dabei um eine Jugendherberge handeln. Aus meiner Jugend kenne ich solche Unterkünfte nur als etwas marode Bauten mit dem Charme von damals bereits längst vergangenen Jahrzehnten. Außerdem liegen nach meiner Erinnerung Jugendherbergen immer auf einer Anhöhe. Der mühsame (Wieder-)Aufstieg zur Herberge gehörte zu Klassenfahrten wie der verbotene nächtliche Ausflug in andere Zimmer und die eher fade Massenverpflegung.

»Na, dann wollen wir mal. Hoffentlich können wir hier, wie unser Kollege es ausgedrückt hat, ein Alibi bestätigen oder demontieren.« Voller Schwung tritt Ursula durch die Glastür in das Foyer, in dem uns hinter einer Theke eine Frau freundlich entgegensieht.

Nach Vorstellung und Vorlegen unserer Ausweise kommt Ursula zügig zur Sache: »Im Rahmen unserer Ermittlungen brauchen wir eine Auskunft über einige Ihrer Gäste. Können Sie uns eventuell Zimmergenossinnen von Heike Dertinger nennen?«

Die Frau sieht uns prüfend an und tippt dann in ihren Computer: »Frau Dertinger war drei Nächte lang unser Gast und hat vor einer halben Stunde ausgecheckt. Sie hat in einem Viererzimmer geschlafen, in dem insgesamt über die drei Nächte verteilt noch sechs andere Frauen gewohnt haben.«

»Uns interessiert nur die Nacht von Dienstag auf Mittwoch«, werfe ich ein.

Es folgt ein erneutes Tippen in den Computer. »Die Namen der drei anderen Gäste kann ich Ihnen nennen, wobei zwei davon Australierinnen sind, die mit dem Rucksack durch Europa reisen. Somit dürften sie in der nächsten Zeit schwer zu erreichen sein.« Sie legt uns während ihrer Ausführungen einen Ausdruck auf die Theke. »Die dritte Zimmergenossin dagegen ist immer noch unser Gast. Vielleicht sitzt sie noch beim Frühstück, hier sind ihre Daten. Der Speisesaal ist am Ende dieses Ganges.« Sie weist uns den Weg nach rechts.

»Nicht schlecht, das ist ja fast wie im Hotel«, bemerke ich anerkennend auf dem Weg zum Frühstücksraum. An seinem Eingang bleiben wir kurz stehen. Zwar haben wir alle Daten der gesuchten Frau, aber natürlich keinen blassen Schimmer, wie sie aussehen soll. Intuitiv habe ich allerdings nur eine Ansammlung von ein paar Personen erwartet, unter denen wir relativ problemlos die Richtige hätten heraussuchen können. Aber der Speiseraum – durchaus passend zur gesamten Größe der Jugendherberge – ist kein Raum, sondern ein riesiger Saal, in dem eine eindrucksvolle Menge Menschen essen, reden, hin und her gehen und – ich traue meinen Augen kaum – am Frühstücksbüfett stehen. Tatsächlich gibt es hier ein richtiges Büfett, kein Vergleich mit den geschmackslosen Graubrotscheiben, die es zu meiner Zeit gab.

Während ich zögernd stehen bleibe, macht meine Kollegin einige schnelle Schritte mitten in den Raum und ruft laut und unüberhörbar: »Wer von Ihnen ist Frau Bergner?«

Peinlich berührt gehe ich hinterher und schaue sie strafend an, was sie nur mit einem Schulterzucken quittiert. »Wir haben keine Zeit für Höflichkeit.«

Tatsächlich kommt von einem der Tische ein ähnlich lauter Ruf zurück. »Wer sucht mich?«

Wenigstens scheinen wir die Dame nicht verschreckt zu haben. Während wir auf den Tisch mit der Ruferin zugehen, habe ich genug Zeit, mich zu wundern. Mit lebhaften hellen Augen schaut uns eine Frau entgegen, die definitiv nicht mehr in den mittleren Jahren ist, sondern wahrscheinlich schon auf das Rentenalter zugeht, wenn sie nicht schon längst dort angekommen ist. Ihr braun gebranntes Gesicht durchziehen Tausende von Falten, und ihr grauweißes Haar ist millimeterkurz geschnitten.

Ohne Umstände lässt Ursula sich auf einen Stuhl gegenüber von Frau Bergner nieder, und ich setze mich daneben.

Die Frau auf der anderen Seite des Tisches sieht uns erwartungsvoll an. »Wie kann ich Ihnen helfen?«

»Wir haben eine Frage zu einer Zimmernachbarin.«

Unbewegt betrachtet sie uns über den Tisch hinweg: »Mit wem habe ich denn bitte das Vergnügen?«

Ich lege meinen Ausweis auf den Tisch, und Ursula folgt meinem Beispiel. In kurzen Zügen schildert sie unseren Fall und kommt dann noch einmal auf die Ausgangsfrage zurück: »Eine unserer Verdächtigen, oder sagen wir, eine der Beteiligten, hat die letzten Nächte hier in der Jugendherberge verbracht: Heike Dertinger. Laut Auskunft der Rezeption haben Sie im selben Zimmer geschlafen. Können Sie uns sagen, ob Frau Dertinger in der Nacht von Dienstag auf Mittwoch in ihrem Bett war?«

Frau Bergner betrachtet uns etwas ungläubig, da sie aber offensichtlich unseren Gesichtern ansieht, dass wir die Frage ernst meinen, fängt sie an nachzudenken. »Die Nacht von Dienstag auf Mittwoch? Moment, das war meine erste Nacht hier in der Herberge. Ich kam aus Paris und war sehr müde. Deshalb bin ich früh schlafen gegangen. Als ich ins Bett ging, war noch keine meiner Bettnachbarinnen im Zimmer. Also kann ich Ihnen wohl nicht helfen.«

Doch die Falten auf ihrer Stirn verraten, dass sie mit der Frage noch nicht ganz abgeschlossen hat; und tatsächlich schiebt sie kurz darauf noch nach: »Stopp, Heike, sagen Sie, nicht? Ich bin ihr nachts auf dem Gang begegnet. Ich ging gerade zur Toilette, und sie schien zurückzukommen.«

»Um wie viel Uhr war das und trug Frau Dertinger Schlafkleidung?«, hakt Ursula etwas ungeduldig nach.

»Es war so gegen Mitternacht. Als ich zurück im Bett war, habe ich auf die Uhr gesehen. Aber was Heike getragen hat? Ich würde sagen, das Gleiche, womit sie auch am nächsten Tag aufgewacht ist, aber beschwören könnte ich das nicht.«

FREITAG, 11.22 UHR

»Und? Entlastet das Heike jetzt?« Wir stehen erneut vor der Jugendherberge, und zu meinem Erstaunen ist die Sonne hinter den Wolken hervorgekommen.

Ursula wendet sich auf dem kleinen Fußweg zwischen den Grundstücken zum Gehen, und ich folge ihr etwas zögerlich. »Nun, sie war auf jeden Fall zur angegebenen Uhrzeit in der Jugendherberge«, beantworte ich meine eigene Frage.

»Aber«, endlich reagiert auch Ursula, »die Zeugin hat uns auch bestätigt, dass Heike einen Teil der Nacht nicht geschlafen hat, was ihren eigenen Angaben widerspricht.«

»Na ja, sie war auf der Toilette, das kommt vor.«

Doch meine Kollegin sagt nichts mehr, sondern nimmt mich stattdessen am Arm und beginnt zu laufen: »Da ist gerade Grün!« Sie zerrt mich über eine Reihe von Fußgängerampeln, und obwohl wir dadurch nur eine einzige Kreuzung überqueren, verliere ich die Orientierung. Doch Ursula stapft unbeeindruckt weiter, an unserem Auto vorbei, das ich hier irgendwie gar nicht vermutet hätte, und weiter Richtung Rhein.

Als wir um die Ecke kommen, stehen wir vor dem Eingang des Hotels, das mit rotem Läufer, teuren Autos und einem Portier genau die Accessoires bietet, die man sich von einem richtig teuren Etablissement verspricht.

Obwohl für mich die Jugendherberge schon sehr beeindruckend gewesen ist, schlägt das Hotel diese natürlich noch einmal um Längen.

Durch eine Drehtür betreten wir ein Foyer und gehen über einen weichen Teppich mit gedämpften Schritten auf einen Rezeptionstisch zu, hinter dem eine junge Frau gerade ein Telefonat beendet. Ihr Gesichtsausdruck qualifiziert sie zur erfolgreichen Pokerspielerin, denn er lässt nicht erkennen, für wie fehl am Platz sie uns wahrscheinlich hält, während wir auf sie zugehen.

Ursula verliert keine Zeit, legt ihren Ausweis auf den blanken Marmor, stellt uns beide vor und fragt nach dem Etagenkellner, der im dritten Stock in der Nacht von Dienstag auf Mittwoch Dienst gehabt habe. Die Frau prüft dies in dem vor ihr stehenden

Computer. »Es müsste sich um Enrico Cavallo handeln.« Sie tippt noch etwas ein. »Sie haben Glück, er hat gerade Dienst.«

»Wo finden wir ihn?«

»In der Bar – hier entlang.« Mit ihrem rechten Arm weist sie uns den Weg.

Ich kann mich dem Eindruck eines Déjà-vu nicht ganz erwehren, doch am Ende des bezeichneten Ganges erwartet uns nicht wie vor einer knappen halben Stunde ein lichtdurchfluteter Speisesaal, sondern ein eher spärlich beleuchteter Raum, der durch rote Samtbezüge und schwarzen Marmor geprägt ist.

Jetzt am Vormittag ist die Bar fast leer. Nur hinten in einer Ecke sitzt ein Mann vor einem Glas. Hinter der Theke sieht uns ein Uniformierter entgegen. »Was kann ich für Sie tun?«

Offensichtlich hat er direkt den Eindruck gewonnen, dass wir nicht unbedingt etwas trinken wollen. Ursula stellt uns und unser Anliegen erneut vor; inzwischen leiert sie den Text herunter wie ein Schüler, der ein widerwillig auswendig gelerntes Gedicht vorträgt.

»Um welches Zimmer geht es?«

Ursula zieht ihr Notizbuch hervor. »Es geht um das Zimmer 325. Nach Aussage unseres«, sie zögert kurz, »unseres Zeugen hat er sich mit seiner weiblichen Begleitung um null Uhr zwanzig eine Flasche Champagner bestellt, die kurz darauf geliefert worden sein soll. Können Sie das bestätigen?«

Er legt die Stirn in eine beeindruckende Anzahl von Falten und denkt offensichtlich angestrengt nach. »Um ehrlich zu sein, ich weiß es nicht mehr.«

Ich atme tief durch.

Doch der Mann hinter der Theke strahlt mich mit einem etwas aufgesetzten Lächeln an. »Das ist aber kein Problem, schließlich haben wir für alle Bestellungen Abrechnungsbelege. Moment.« Er ruft hinter sich durch eine Schwingtür: »Margot!« Eine Frau mittleren Alters erscheint. »Kannst du hier kurz mal die Stellung halten? Ich muss etwas nachsehen.«

Sie betrachtet uns neugierig, nickt aber nur kurz.

»Folgen Sie mir.« Durch ein Gewirr von Gängen, die deutlich weniger eindrucksvoll sind als der, der uns zur Bar geführt hat, erreichen wir schließlich ein großes Büro. Mit einem gezielten Griff holt der Hotelangestellte einen Ordner aus einem Regal. Er blättert darin, schaut dann kurz auf: »325, sagten Sie?«

Wir nicken einmütig.

»Ah, da ist es. Eine Flasche null Uhr zwanzig, stimmt. Der Anruf kam um null Uhr zehn, zehn Minuten später habe ich die Flasche ausgeliefert. Jetzt fällt es mir auch wieder ein: Das war dieser semmelblonde, dickliche Typ mit dem heißen Feger.« Er verzieht etwas das Gesicht. »Die sitzen übrigens gerade auf der Terrasse beim Frühstück. Wir mussten extra einen Tisch fertig machen. Die Terrasse ist nämlich eigentlich schon nicht mehr geöffnet.«

»Aber trotzdem geht es?«, will ich wissen.

»Na ja, Geld macht's möglich.« Mit einer bezeichnenden Geste reibt er Daumen und Zeigefinger der rechten Hand aneinander.

Ursula, die sich schon halb abgewandt hat, dreht sich noch einmal ruckartig um: »Was macht Geld denn hier noch alles möglich?« Ihre Stimme ist scharf, was auch dem Kellner nicht verborgen bleibt.

Er schaut betroffen. »Natürlich nur, was dem Wohl der Gäste dient! Sonst nichts.«

Die Sonne blendet uns einen Moment, als wir aus dem schummrigen Foyer auf den Vorplatz treten. Über einen gepflasterten Platz gehen wir durch eine Buschreihe hindurch auf eine Terrasse, die allerdings mehr Biergartencharakter hat. Die meisten Stühle sind hochgestellt, und der angrenzende Pavillon, aus dem im Sommer wahrscheinlich Bier ausgeschenkt wird, ist verschlossen. Nur ein Tisch vorn, direkt in der ersten Reihe mit Blick auf den Rhein, ist eingedeckt. Dort sitzen Klaus, Franziska und – was für eine Überraschung – Heike. Wir gehen langsam auf die drei zu, die sich ein offensichtlich opulentes Frühstück schmecken lassen.

»Guten Morgen.« Klaus begrüßt uns mit vollem Mund und scheint von unserer Anwesenheit überhaupt nicht überrascht oder unangenehm berührt zu sein. Franziska und Heike sehen uns eher feindselig an. »Setzen Sie sich doch, möchten Sie auch etwas frühstücken?« Klaus scheint die Reaktion seiner beiden Begleiterinnen völlig entgangen oder egal zu sein.

»Nein danke«, wehrt Ursula ab, zieht sich allerdings einen Stuhl heran, und ich folge ihrem Beispiel.

»Sie haben bestimmt unser Alibi überprüft.« Klaus stellt das so gut gelaunt fest, als wäre das alles eine Schnitzeljagd auf einem Kindergeburtstag.

Ursula nickt nur.

»Nun, dann ist ja alles klar. Wir sind aus dem Schneider, und Sie müssen sich einen anderen Verdächtigen suchen.« Klaus beißt herzhaft in sein Schokoladencroissant.

»Warum hast du uns nicht gesagt«, wende ich mich an Heike, »dass eine deiner Zimmerkameradinnen dich gesehen hat in der Nacht von Dienstag auf Mittwoch?«

Sie schaut mich irritiert an.

»Wir haben gerade mit Frau Bergner gesprochen. Sie sagt, du wärst ihr auf dem Gang zur Toilette begegnet.«

Sie starrt nachdenklich vor sich hin. »Ja, stimmt. Das hatte ich völlig vergessen. Ich war auf der Toilette. Und sie hat mich gesehen?« Sie macht eine kurze Pause. »Na ja«, fügt sie dann noch hinzu, »wenn man im Halbschlaf zur Toilette geht, da merkt man sich nicht alles, oder tust du das?«

Kurz sehe ich mich selbst mehr schlafend als wach nachts durch meine Wohnung tapsen, aber das sind meine eigenen vier Wände. Wenn ich mitten in der Nacht über einen fremden Jugendherbergsflur gehen würde, wäre ich nicht mehr im Halbschlaf, sondern sicherlich hellwach. Aber jeder Mensch ist anders, schläft anders.

»Dann ist Heike ja auch aus dem Schneider.« Das ist das Erste, was Franziska heute sagt.

Jetzt schaltet sich Ursula wieder ein: »Leider muss ich sowohl Ihrer Annahme als auch der von Herrn …« Sie legt eine kurze Pause ein, als müsse sie überlegen, wie Klaus heißt. Allerdings bin ich fest davon überzeugt, dass sie ihm damit nur mal seine Grenzen aufzeigen will, denn eben im Gespräch mit dem Kellner wusste sie seinen Namen noch ohne Zögern.

»… von Herrn von Müller widersprechen. Sie sind nicht ›aus dem Schneider‹, wie Sie es ausdrücken. Denn Ihre Alibis machen Ihre Tatbeteiligung zwar unwahrscheinlich, aber nicht unmöglich.«

Nach einer weiteren Pause fügt sie wie zu sich selbst hinzu: »Wenn es nur das wäre.«

Der hingeworfene Köder funktioniert, umgehend hat Ursula die komplette Aufmerksamkeit der drei – auch die von Würstchen-Klaus, der umgehend fragt: »Was meinen Sie damit?«

»Wir haben festgestellt, dass Herr Tobias Meier, Tobi, kurz vor seiner Ermordung mit Ihnen telefoniert hat.« Ihr Blick liegt herausfordernd auf Klaus.

Der braucht einen Moment, um zu antworten, behält aber weiter sein unbeteiligtes Grinsen im Gesicht. »Ja, er hat versucht, mich anzurufen, aber, wie ich bereits erwähnt habe, ich hatte etwas Besseres zu tun.« Während sein Grinsen wieder breiter wird, verfärben sich die Wangen von Franziska, was trotz starken Make-ups gut zu sehen ist.

»Herr Meier hat Sie also nicht erreicht?« Ursula bleibt wie immer sachlich.

»Persönlich nicht. Aber er hat mir auf Band gesprochen.«

»Meine Güte, Klaus, warum hast du uns das nicht gestern schon erzählt?« Langsam reißt mir der Geduldsfaden. »Und jetzt lass dir nicht alles aus der Nase ziehen. Was hat Tobi gesagt?«

Klaus lässt sich trotz meiner Aufforderung Zeit. Die Dackelfalten auf seiner Stirn zeugen aber davon, dass er diese zum Nachdenken braucht. »Er hat angekündigt, mir das Geld bald zurückzahlen zu können.«

»Welches Geld?« Diese Frage übernehmen netterweise Heike und Franziska, sodass Ursula und ich uns gar nicht bemühen müssen.

Klaus scheint innerlich mit sich zu ringen, dann bricht es aus ihm heraus: »Ich habe mit Tobi zusammen gepokert. Ursprünglich hat sich die Runde im Internet zusammengefunden, dann aber regelmäßig in Berlin getroffen. Tobi hat andauernd verloren – ich auch, aber glücklicherweise habe ich die nötigen finanziellen Mittel.«

»Dein Vater, meinst du wohl.« Diesen Einwurf hätte ich von Franziska nicht erwartet.

Klaus auch nicht, wie sein Blick deutlich macht. Aber er lässt sich nicht aus dem Konzept bringen. »Irgendwann stand es schlimm um Tobi. Die anderen wollten das Geld schon aus ihm rauspressen, da waren ein paar nicht ganz so zimperliche Typen dabei. Ich habe ihm etwas geliehen. Den Zeltplatz in Berlin habe ich übrigens nur vorgeschlagen, um vor Ort auf Tobi mal ein bisschen Druck auszuüben, mir das Geld zurückzugeben.« Der letzte Satz galt offensichtlich Heike und Franziska.

Während diese beiden ihren Kumpel mit Fragen löchern, raunt Ursula mir zu: »Immerhin ein gutes Motiv für eine Erpressung.«

»Aber kaum ein Motiv für einen oder sogar zwei Morde«, gebe ich, ebenfalls leise, zurück.

»Wir werden auch das überprüfen.« Ursula scheint das Gespräch beenden zu wollen. »Schließlich gibt es andere, bei denen der Verdacht schwerer wiegt.« Die letzte Bemerkung ist augenscheinlich nur für mich gedacht, jedoch laut genug, um von den anderen gehört zu werden – zumindest von Heike.

»Slobo.« Sie haucht den Namen nur.

Ursula macht eine unbestimmte Bewegung mit dem Kopf.

»Er war es aber nicht!« Heike hat ihre Stimme wiedergefunden. »Er war es nicht.«

Ursula wendet nur den Kopf in ihre Richtung.

»Er hat diese Frau geliebt, warum auch immer, aber er hat sie geliebt. Liebt sie sogar immer noch. Er ist total verstört. Er kann es nicht gewesen sein.« Heikes Stimme klingt belegt, als wäre sie den Tränen nahe.

»Sie lieben ihn auch?« Ursulas Frage klingt mehr nach einer Feststellung.

Heike kann nur noch nicken, denn die ersten Tränen laufen ihr über die Wangen.

»Unglückliche Liebe ist nicht selten ein Mordmotiv.« Bei der Bemerkung meiner Kollegin ist nicht ganz klar, auf wen sich diese bezieht.

Ich empfinde plötzlich Mitleid mit Heike und versuche, mit einer Frage etwas Druck von ihr zu nehmen: »Wisst ihr, ob sich Johann und Marie schon vor dem Campingwochenende gekannt haben?«

Klaus und Franziska schauen sich kurz an, bevor er eine wegwerfende Handbewegung macht. »Nein, das glaube ich nicht.

Warum sollten sie uns etwas vorspielen? Außerdem glaube ich nicht, dass Johann so ein guter Schauspieler wäre. Mit Verlaub, der ist eigentlich immer sehr gut zu durchschauen. Die Art und Weise, wie er sich an Marie rangemacht hat, passte zum üblichen Ablauf seiner ›Hasenjagd‹. Es hat eigentlich noch kein Wochenende unserer Gruppe gegeben, an dem er nicht mit einer Frau in den Büschen oder sonst wo verschwunden ist.«

Unverhohlen sieht er Franziska an. Offensichtlich ist diese hie und da eine der Frauen gewesen, und ebenso offensichtlich ist das die Retourkutsche für ihre Bemerkung von eben.

»Du übertreibst da etwas.« Franziskas Stimme ist recht kühl und leicht gereizt. »Allerdings«, sie wendet sich jetzt mir zu, »glaube ich auch nicht, dass die beiden sich vorher schon gekannt haben. Marie ist eigentlich auch nicht Johanns Typ. Eine Frau, die ständig ihre Nase in ein Buch steckt, schreckt ihn normalerweise ab. Aber es gab ja nicht viele Alternativen.«

Heike hat sich inzwischen etwas beruhigt und schüttelt den Kopf. »Nein, die kannten sich nicht. Zuerst hat er versucht, bei der Freundin von Marie – wie hieß sie noch gleich? Ach ja, Dannie – zu landen, aber die hat ihm die kalte Schulter gezeigt. Da blieb nur noch Marie.«

»Auf jeden Fall, wenn man es auf Frischfleisch abgesehen hat.« Diesen Einwurf kann sich Klaus offensichtlich nicht verkneifen. Der Blick, den Franziska ihm daraufhin zuwirft, lässt mich daran zweifeln, dass er noch einmal mit ihr ein Hotelzimmer teilen wird.

In diesem Moment klingelt Ursulas Handy. Sie steht auf, geht ein paar Schritte zur Seite und nimmt das Gespräch an.

Klaus wendet sich derweil wieder an mich: »Möchtest du nicht doch einen Kaffee?« Er deutet auf die Kanne in der Mitte des Tisches.

Ich hebe ablehnend die Hand.

»Schwieriges Geschäft, hm?« Er sieht mich etwas mitleidig und gleichzeitig herausfordernd an, seine Dackelfalten sind wieder komplett verschwunden, und er hat sein übliches Grinsen aufgesetzt. Ob der schon jemand Neues für sein Hotelbett sucht?

Ich betrachte ihn prüfend. Während des Campings war er für mich nur der Würstchen-Klaus gewesen. Jetzt macht er eine ganz andere Figur – oder habe ich mich anfangs von meinen Vorurteilen blenden lassen? Wie man sich in Menschen doch täuschen kann. So täuschen, dass man einen Mörder übersieht?

Da kommt Ursula zurück. »Kerstin, wir müssen los.« Ohne ein weiteres Wort wendet sie sich zum Gehen.

Auch um die Unhöflichkeit meiner Kollegin etwas auszubügeln, wende ich mich noch einmal an unsere drei Gesprächspartner. »Vielen Dank erst einmal für eure Mithilfe. Bitte bleibt weiter erreichbar, ihr hört dann von uns.«

Alle drei murmeln eine Verabschiedung, aber da habe ich mich ebenfalls bereits abgewandt, um hinter meiner Kollegin herzulaufen, die mit schnellen Schritten in Richtung unseres Autos stürmt.

»Halt, kannst du mir bitte sagen, was los ist?«, rufe ich ihr hinterher, als wir außer Hörweite sind.

Sie bleibt so plötzlich stehen, dass ich fast mit ihr zusammenstoße. »Das war Matthias, er hat endlich den Laden gefunden.«

»Welchen Laden?« Warum kann Ursula nicht in ganzen Sätzen reden?

Jetzt seufzt sie auch noch: »Den Laden, in dem Irmgard Schiller beziehungsweise eine Frau, auf die ihre Beschreibung passt, tatsächlich ein Pad und einen Drucker gekauft hat. In diesen Minuten mailt er der Inhaberin ein Foto von ihr zu. Ich warte auf seinen Anruf, mit dem er bestätigt, dass sie es wirklich gewesen ist.«

»Wann soll das gewesen sein?«, will ich wissen.

»Vor gut drei Wochen.«

»Drei Wochen? Das ist eine ganz schön lange Zeit. Warum wusste niemand davon?«

Doch bevor sie eine Antwort formuliert hat, gebe ich mir diese schon selbst: »Klar, Michael Yildirim war zu diesem Zeitpunkt schon in der Türkei oder auf dem Weg dorthin. Die Sekretärin muss es nicht unbedingt mitbekommen haben, aber doch wohl …« Ich schaue meine Kollegin kurz sprachlos an.

»Ja, man sollte davon ausgehen, dass so ein Kauf und die Existenz des Geräts dem Ehemann nicht entgangen sein dürften«, beendet sie trocken meine Ausführungen.

In diesem Moment klingelt Ursulas Handy erneut.

»Matthias?« Während des kurzen Gesprächs schlägt sie einen

Haken und geht jetzt nicht mehr auf unser Auto zu, sondern an dem Säulengang eines blau-grünen Gebäudes entlang wieder Richtung Rhein. Als sie auflegt, dreht sie sich zu mir um.

»Sie war es, eindeutig. Die Ladenbesitzerin hat inzwischen sogar die Rechnung herausgesucht und per Mail an Matthias geschickt. Jetzt haben wir nicht nur das passende Gesicht, sondern auch noch ihren Namen schwarz auf weiß.«

»Was bedeutet das?« Unwillkürlich gehen wir weiter zum Fluss.

»Wusste Hubertus Hantke nichts von dem Kauf?« Ursulas Stimme klingt unsicher.

»Oder er wollte uns davon nichts erzählen?«, werfe ich ein.

»Dann müsste das aber einen Grund haben.« Nachdenklich runzelt meine Kollegin die Stirn.

»Ja«, meine Stimme klingt inzwischen fester, »und es kann nur einen Grund geben, oder?«

Wir bleiben beide stehen und schauen uns an: »Die letzte E-Mail!«

FREITAG, 12.01 UHR

»Ursula!« Sie schaut mich überrascht an. Tatsächlich benutze ich ihren Namen eher selten, vor allem mit solchem Nachdruck. »Vielleicht war er es wirklich.«

Wir stehen inzwischen am Rhein, der aufgrund des vielen Regens in letzter Zeit nicht weit unter uns beginnt.

»Du meinst, Hubertus Hantke hat tatsächlich seine Frau ermordet?« Sie sieht so aus, als würde sie ihren eigenen Worten nicht glauben.

»Ja«, fahre ich unbeirrt fort, »er hat irgendwie von ihren Verhandlungen um die Böll-Dokumente und ihrer geplanten Reise nach Berlin erfahren. Diese Gelegenheit hat er genutzt, seine Frau zu ermorden und das Ganze wie einen Selbstmord aussehen zu lassen. Die letzte Mail, die Irmgard auf den Fünfmeterturm lockt, war von ihm. Damit aber niemand auf die Idee kommt, sich das Fünfmeterbrett genauer anzusehen, und dadurch die gelockerten Geländerstangen auffallen, hat er sich ihre Handtasche beschafft und auf dem Zehnmeterturm platziert!«

Sie starrt nur auf das schnell strömende Wasser. »Wäre es denn überhaupt organisatorisch möglich gewesen? Geflogen ist er nicht, das habe ich überprüft, und das Auto stand die ganze Nacht vor dem Haus. Leihwagen?«

»Hinterlässt zu viele Spuren.« Ich schüttele den Kopf. »Aber was ist mit der Bahn? Wir müssen noch einmal die Fahrpläne überprüfen.« Ich spreche so schnell, dass sich meine Stimme überschlägt. Wie lange hatte Cristians Zug von Berlin nach Köln gebraucht? Erst gestern haben wir darüber gesprochen, wie viel in seinen Tag gepasst hat: Pressekonferenz in Berlin, Nachmittag und Abend in Köln und dann noch die Fahrt nach Düsseldorf …

»Warte, das haben wir gleich.« Ursula zückt ihr Smartphone. »Wofür haben wir die Bahn-App?« Sie fängt schon an zu tippen.

»Es gibt einen Zug, der in Berlin um ein Uhr fünfzehn losfährt und in Köln um sechs Uhr fünf ankommt. Und warte«, sie tippt erneut, »wenn er den Zug um achtzehn Uhr achtundvierzig in Köln bekommen hat, könnte er um dreiundzwanzig Uhr sechs auf dem Berliner Hauptbahnhof eingetroffen sein.«

Tief hole ich Luft, da ich eine Weile den Atem angehalten habe. »Das heißt, er könnte dafür gesorgt haben, dass seine Frau um Mitternacht vom Sprungturm stürzt, rechtzeitig in Berlin am Bahnhof um die Ecke sein und morgens um halb sieben in Köln am Briefkasten die Zeitung holen, damit ihn der Nachbar sieht.«

Ursula hat inzwischen begonnen, unruhig vor mir auf und ab zu gehen, ohne mich dabei aus den Augen zu lassen. »Aber die Zeit reicht nicht, erst noch schnell in die Wohnung hochzulaufen und den Schlafanzug anzuziehen.« Sie ist unvermittelt stehen geblieben. »Herr Wegner hat ausgesagt, dass er Hantke auf dem Flur im Schlafanzug getroffen hat.«

Wir schauen uns kurz in die Augen.

»Vielleicht hatte er ihn schon an?«

»Bitte?«

»Er hat sich vielleicht im Zug schon umgezogen, Mantel drüber, das merkt so schnell keiner. Dann musste er zu Hause nur noch den Mantel ausziehen und ins Auto legen, in den Flur an den Briefkasten, fertig. Die Straßenschuhe hat er einfach anbehalten.«

Ursula scheint immer noch nicht ganz überzeugt zu sein, fast unwillkürlich und ganz langsam beginnt sie, mit dem Kopf zu nicken. Dann meint sie leise: »Es ist wirklich möglich.«

Jetzt bin ich es, die ungeduldig hin und her läuft, während meine Kollegin, inzwischen etwas lauter, fortfährt: »Hat Herr Wegner nicht betont, dass er Hantke vorher noch nie so früh morgens gesehen hätte, dass dieser selbst in der Woche meist lange schlafen würde? Auf der anderen Seite wusste Hantke sicherlich genau, dass sein Nachbar jeden Morgen zur gleichen Uhrzeit spazieren geht. Prinzipiell eine gute Möglichkeit, sich ein Alibi zu verschaffen. Aber Wegners haben doch auch seinen Fernseher gehört?«

»Die Tagesthemen-Melodie!« Mit der flachen Hand schlage ich mir vor die Stirn. »Jetzt weiß ich auch, warum mich das von Anfang an stutzig gemacht hat – wegen meiner Nachbarin!«

»Was?« Ursula versteht offensichtlich nicht, was ich meine. Wie sollte sie auch.

»Meine Nachbarin ist Mitte achtzig und hört nicht mehr so gut. Das führt dazu, dass ich meistens weiß, was sie gerade im

Fernsehen sieht, aber mich hört sie noch nicht einmal, wenn ich die Musik ziemlich laut drehe.«

Meine Kollegin sieht immer noch nicht so aus, als würde sie mich verstehen.

»Mensch, Ursula, Wegners hören nicht gut. Wenn da jemand den Fernseher des anderen hören müsste, wäre Hantke das, und nicht andersrum. Wenn der aber dafür gesorgt hat, dass seine Nachbarn dieses eine Mal ganz sicher seinen Fernseher hören und dann auch noch möglichst das Fernsehprogramm identifizieren können, muss das Gerät wahrscheinlich so übermäßig laut gestellt gewesen sein, dass er selbst es gar nicht ertragen hätte, davorzusitzen.«

Kurze Zeit stehen wir nebeneinander und starren in die grauen Fluten vor unseren Füßen. »Technisch ist das natürlich möglich.« Ursula spricht mehr zu sich selbst als zu mir. »Eine Zeitschaltuhr ist kinderleicht zu bedienen, und das Licht … natürlich das Licht!« Sie sieht mich triumphierend an: »Was hat noch mal diese Frau Schmitt …«

»Schmied«

»Meinetwegen. Was hat sie noch gesagt? ›Auf einmal war alles dunkel.‹ Niemand macht auf einmal alle Lichter aus. Erst geht man aus dem Wohnzimmer, da brennt aber noch die Flurlampe, dann macht man Licht im Schlafzimmer. Aber bei Hantke war schlagartig alles aus – das heißt, er hatte die Zeitschaltuhr am Hauptschalter.«

Einen Moment sind wir beide sprachlos. Es passt – fast schon zu gut.

»Aber weißt du, was leider nicht passt?« Wir lösen beide unseren Blick vom Fluss. »Es war nicht Hantkes Waffe. Zwar genau das gleiche Kaliber, aber eben nicht dieselbe Waffe.«

»Und wenn er zwei Waffen besitzt?«

Erneut bleiben wir beide stehen, das Rauschen des Rheins ist erstaunlich laut in der plötzlichen Stille, die aber fast umgehend vom Rattern eines Zuges auf der Hohenzollernbrücke durchbrochen wird. Es ist ein ICE, der in den Hauptbahnhof einfährt. Von der Uhrzeit her könnte es der aus Berlin sein.

»Die Motivlage war natürlich von Anfang an erdrückend; wie

oft ist der gehörnte Ehemann der Mörder?« Ursulas Murmeln geht im Zuglärm fast unter.

»Ich glaube noch nicht einmal, dass das Verhältnis von Irmgard mit Slobo ausschlaggebend gewesen ist. Dann hätte er schon früher zuschlagen können und müssen. Wahrscheinlich war es die Angst vor dem finanziellen Ruin. Schließlich wollte sie ihn verlassen, wenn wir mal annehmen, dass Slobos Aussage stimmt. Und, wie wir wissen, hat sie ihn gleichzeitig enterbt, was er durchaus geahnt oder befürchtet haben könnte.«

»Aber Hantke nahm wohl nicht an, dass das Testament schon geändert worden war. Er wollte der Änderung noch zuvorkommen.«

Ich nicke nachdrücklich.

»Ich denke, es reicht, um mit dem Mann noch einmal zu reden.« Ursulas Stimme ist wieder fest und bestimmt. Ohne Zögern wendet sie sich zum Gehen.

Ich reiße mich von den dunklen Wassermassen los und folge ihr.

FREITAG, 12.42 UHR

»Mist, wie konnte das passieren?« Die Stimme meiner Kollegin ist mehr als ärgerlich.

»Er hat uns wohl kommen sehen und geahnt, was wir von ihm wollen.« Warum versuche ich, mich – oder eigentlich uns beide – zu verteidigen?

»Geahnt«, sie runzelt die Stirn, »na ja, ganz dumm ist er sicherlich nicht, aber bisher wirkte er immer so kühl, so beherrscht. So richtig viel haben wir doch immer noch nicht gegen ihn in der Hand.«

Leicht lege ich den Kopf zurück an die Wand, an der wir nebeneinanderlehnen. Die Waffe in meiner Hand ist kalt und schwer. An Ursula vorbei, die ebenfalls die Pistole gezogen hat, schaue ich auf die schwere Holztür von Hubertus Hantkes Arbeitszimmer, hinter der er sich zusammen mit Michael Yildirim verschanzt hat.

Nein, Widerstand habe ich ebenfalls nicht erwartet. Nicht von einem Juraprofessor, auf jeden Fall nicht körperlicher Art – eher durch das Hinzuziehen eines Kollegen, der uns bei den Verhören die Hölle heißgemacht hätte. Aber über ein Verhör müssen wir uns im Moment wirklich nicht den Kopf zerbrechen.

Vielleicht hätten wir direkt etwas ahnen können oder sollen, als uns Hantke zusammen mit Yildirim auf der Treppe entgegenkam. Vorsichtshalber hatten wir bei Wegners geklingelt, um ohne Probleme zumindest in den Hausflur zu gelangen. Die kleine Pistole in der Hand des Professors sahen wir erst, als dieser schon wieder auf dem Weg nach oben war, den jungen Mann hinter sich herziehend. Bis wir unsere Waffen gezogen hatten und hinterhergestürmt waren, hörten wir bereits eine Tür schwer ins Schloss fallen.

Jetzt stehen wir genau vor dieser Tür und überlegen fieberhaft, wie es weitergehen soll.

»Verlassen Sie meine Wohnung«, hören wir Hantkes Stimme von drinnen, »sonst erschieße ich den widerlichen Erbschleicher.«

»Wir müssen wohl Verstärkung holen.« Ich will schon gehen, aber meine Kollegin hält mich zurück. »Wir gehen da jetzt rein.«

»Das kann nicht dein Ernst sein. Wie stellst du dir das vor?

Erstens«, ich hebe meine Finger, um meinen Argumenten mehr Nachdruck zu verleihen, »müssen wir durch diese doch recht massive Tür.« Schließlich befinden wir uns in einem Haus der Gründerzeit, als Türen noch aus Holz und nicht aus Spanplatten gefertigt wurden. »Und zweitens stehen wir einem bewaffneten Mann mit Geisel gegenüber.«

»Dafür haben wir das Moment der Überraschung für uns. Der glaubt bestimmt nicht, dass zwei Frauen seine Tür aufbrechen können.«

»Ich glaube das übrigens auch nicht. Da brechen wir uns höchstens die Schulter.«

»Doch nicht mit der Schulter.« Ursula verzieht den Mund zu einem Lächeln. »Ich mache das mit dem Fuß.«

Während ich noch ungläubig den – eher unscheinbaren – Fuß meiner Kollegin betrachte, ist sie schon in der konkreten Planung. »Pass auf, ich brauche drei Schritte, um Schwung zu holen, dann öffne ich die Tür mit einem Tritt, sie geht ja glücklicherweise nach innen auf. Du musst nur direkt bereitstehen und Hantke mit der Waffe in Schach halten.«

Ich scheine genauso wenig überzeugt auszusehen, wie ich innerlich auch bin. Sie sieht mir dennoch fest in die Augen. »Vertraust du mir?«

Das ist eine gute Frage, prinzipiell und auch in dieser speziellen Situation. Gern würde ich darüber etwas länger nachdenken, aber Zeit haben wir definitiv nicht. Außerdem bin ich kein risikofreudiger Typ. Der Spruch »Wer wagt, gewinnt« ist mir so fremd wie die Lebensgewohnheiten der Neandertaler. Trotzdem nicke ich, ganz unwillkürlich.

Ohne weitere Worte bringen wir uns in Position. Meine Kollegin stellt sich wenige Schritte vor die Tür, die Waffe immer noch in der Hand, ich lehne an der Wand, direkt neben dem Türschloss, ebenfalls mit gezogener Pistole. Langsam und bewusst holt sie ein paarmal Luft und lässt sie wieder entweichen. Dann springt sie plötzlich wie bei einer Explosion nach vorn, mit einer Schnelligkeit, die ich ihr nicht zugetraut habe. Ihr Fuß trifft die Tür genau oberhalb der Klinke, und mit einem Knall schlägt das Türblatt ins Zimmer.

Nicht weniger schnell als meine Kollegin reagiere ich und stehe mit vorgehaltener Waffe im Türrahmen. Sofort habe ich Hantke im Visier. Bevor der Juraprofessor seine Pistole heben kann, hallt schon mein Warnruf von den Wänden: »Lassen Sie die Waffe fallen.«

FREITAG, 13.13 UHR

Meine Hände hören überhaupt nicht mehr auf zu zittern. Nachdem ich Hantke die Waffe abgenommen habe und Ursula ihm Handschellen angelegt hat, haben sie damit angefangen, und trotz aller Anstrengung bekomme ich dieses Beben nicht in den Griff. Schätzungsweise ist es nicht besonders hilfreich, dass Matthias neben mir immer wieder neue Vorwürfe und Alptraumszenarien formuliert.

»Was habt ihr euch dabei nur gedacht? Wofür gibt es denn Spezialkräfte? Die sind für solche Situationen ausgebildet und trainiert, ganz zu schweigen von der richtigen Ausrüstung. Und selbst bei denen geht öfter etwas schief, das weiß ich nur zu genau. Aber ihr müsst Heldinnen spielen, völlig unvorbereitet, und noch nicht einmal mit einer kugelsicheren Weste! Was wäre denn gewesen, wenn der Typ direkt geschossen hätte? Entweder wäre jetzt eine von euch oder die Geisel tot!«

»Wir leben aber noch alle.« Ursula scheint sowohl von der ganzen Situation als auch von Matthias' Vortrag völlig unbeeindruckt zu sein. Sie ist es auch gewesen, die, Hantke fest im Auge, Michael Yildirim tröstend zugesprochen hat, während ich – schon mit zittrigen Fingern – unsere Kollegen angerufen habe. Diese sind vor ein paar Minuten eingetroffen, kurz nach den beiden Streifenkollegen, die Xenia verständigt hat. Die beiden haben es inzwischen netterweise übernommen, das Ehepaar Wegner zu beruhigen, das durch den Lärm und den Aufruhr im Haus alarmiert im Flur steht.

»Wenigstens hat uns der werte Herr Professor die Tatwaffe direkt mitgeliefert.« Erstaunlich gut gelaunt schwenkt Heiwi zwischen seinen behandschuhten Fingern eine kleine Pistole.

»Die kenne ich doch.« Noch bin ich nicht zu längeren Sätzen fähig.

»Nein, mein Engel, die kennst du noch nicht. Du kennst nur ihre Doppelgängerin, die, für die der Herr Hantke einen Waffenschein besitzt. Ziemlich schlau, sich einfach die gleiche Pistole zweimal zu besorgen; einmal legal und einmal illegal.«

»Na, ob das auch wirklich die Waffe ist, mit der Tobi getötet wurde, wird sich erst noch zeigen.« Matthias ist offensichtlich bemüht, in Heiwis Gute-Laune-Wein etwas Wasser zu gießen, was an diesem aber einfach abperlt.

»Ich wollte mich auch bei Ihnen noch bedanken.« Etwas unvermittelt steht Michael Yildirim vor mir. »Ihrer Kollegin habe ich es schon gesagt: Ich weiß nicht, was der Typ«, er wirft einen hasserfüllten Blick auf Hantke, »mit mir gemacht hätte, wenn Sie nicht so schnell eingegriffen hätten.«

Ursula kann sich nicht zurückhalten, Matthias bei diesen Worten einen triumphierenden Blick zuzuwerfen.

»Ich hätte das natürlich nie machen dürfen.«

Irritiert sehe ich Yildirim an. »Bitte?«

»Na, ihn nach der Waffe fragen.« Er scheint zu merken, dass ich nicht weiß, wovon er redet. »Ach, das habe ich bisher nur Ihrer Kollegin erzählt. Vorhin«, er macht eine Handbewegung, als würde er über Ereignisse aus grauer Vorzeit sprechen, »war der Notar bei uns, um uns das Testament von«, eine kurze Pause, ein Schlucken, »Irmgard vorzulesen. Sie hat mir wirklich das Haus vermacht.« Erneutes Einhalten.

»Kaum war der Notar weg, ist er«, Yildirim deutet auf Hantke, »völlig ausgetickt. Er hat mich angeschrien, ist auf mich losgegangen. Da habe ich zurückgebrüllt, ob er nicht vielleicht doch meine Tante auf dem Gewissen hat und ob die Polizei von seiner zweiten Pistole wüsste. Natürlich war das ein Fehler. Er ist sofort ganz ruhig geworden. Er hatte die Waffe so schnell aus der Schublade geholt, dass ich überhaupt nicht mehr reagieren konnte. Dann meinte er, wir würden jetzt zu einem schönen, ruhigen Ort fahren, an dem uns niemand stören könnte, und drängte mich die Treppe runter. Wenn Sie uns nicht begegnet wären, hätte er mich wahrscheinlich auch umgebracht.«

Michael Yildirims Hände zittern ähnlich stark wie meine, das heißt, wie meine gezittert haben, denn zu meiner Überraschung habe ich mich inzwischen beruhigt.

»Na, dann ist ja alles geklärt.« So ruhig wie Ursula bin ich allerdings noch nicht. Die ist einfach wieder zur Tagesordnung übergegangen.

»Ich finde nicht, dass schon alles geklärt ist«, widerspreche ich meiner Kollegin.

»Vielleicht kann uns das dabei helfen.« Offensichtlich hat Matthias zwischenzeitlich genug davon gehabt, uns Vorwürfe zu machen, und sich ein bisschen in der Wohnung umgesehen. In seiner Hand hält er jetzt ein Handy, das noch älter ist als meins. Mit geübtem Tippen prüft er Anrufliste und Nachrichten, während wir seinen Bewegungen gespannt und sprachlos folgen. Plötzlich pfeift er leise durch die Zähne.

»Die Nummer von Tobi.« Er schaut nur kurz von dem mobilen Telefon hoch. »Die Nachrichten sind überhaupt nicht gelöscht!« Seine Stimme klingt fast ungläubig. »Tobias Meier hat Hantke tatsächlich erkannt.« Matthias blickt wieder kurz hoch, diesmal in meine Richtung.

Da reißt Ursulas Geduldsfaden. »Wäre es eventuell möglich, dass du in ganzen Sätzen redest und uns nicht immer nur abgehackte Informationsbrocken hinwirfst?« Das sagt die Richtige!

Matthias antwortet nicht sofort, er scheint es zu genießen, Ursula ein bisschen zappeln lassen zu können. Von ihm hätte ich das gar nicht gedacht. Doch dann gibt er sich einen Ruck.

»Offensichtlich ist das hier«, er hält das Telefon hoch, »das Prepaidhandy, mit dem Tobi in den letzten Stunden vor seinem Tod kommuniziert hat. Aus den gewechselten SMS geht hervor, dass Hantke wohl tatsächlich mal beim Campingplatz war, um sich umzusehen. Daran hat Tobi sich erinnert, als er ein Bild des Professors in der Zeitung gesehen hat. Dieser war als trauernder Ehemann abgebildet. Tobi hat die Chance gewittert, etwas Geld herauszuschlagen. Hantke ist, zum Schein, wie wir inzwischen wissen, darauf eingegangen. Treffpunkt war der Mont Klamott.« Er schweigt betroffen.

»Und alles Weitere ist bekannt.« Ursula klingt völlig sachlich. Sie wendet sich an die beiden Kollegen aus dem Streifenwagen, die inzwischen Wegners wieder in deren Wohnung gebracht haben. »Könnt ihr bitte den Verdächtigen ins Präsidium fahren? Kommen Sie allein klar, Herr Yildirim?«, wendet sie sich an ihn.

Er nickt. »Ich fahre zu meinen Freunden.«

»Gut, dann werde ich jetzt gehen«, verkündet meine Kollegin abschließend.

Mühsam schließe ich meinen Mund, der mir vor lauter Verwunderung kurz offen gestanden hat. »Wie, du fährst nach Hause?«

»Na ja, schließlich habe ich noch zwei Kinder, um die ich mich kümmern muss. Mit den dringendsten Formalien wirst du doch wohl fertigwerden. Alles Weitere erledigen wir dann morgen zusammen.« Sie klingt so selbstverständlich, dass mir meine eigenen Zweifel fast schon komisch vorkommen.

Zu allem Überfluss springt Heiwi Ursula bei: »Oh ja, es ist schon fast zwei Uhr. Zeit, nach Hause zu gehen.«

Mein Gesichtsausdruck spricht offensichtlich Bände, und er fühlt sich zu dem Zusatz verpflichtet: »Du weißt doch, Familienmittagessen.« So flexibel unser Kollege ansonsten mit seinen Arbeitszeiten umgeht, Freitagmittag ist ihm heilig. Mindestens zu diesem Essen kommt seine ganze Familie zusammen. Na gut, das muss man verstehen.

Kurze Zeit später stehen nur noch Matthias und ich in Hantkes Arbeitszimmer. Sorgfältig verschließen und versiegeln wir die Wohnung, damit unsere Kollegen von der Spurensicherung alles unberührt vorfinden, wenn sie kommen. Gemeinsam gehen wir auch noch einmal zu Wegners, um ihnen das Nötigste und vor allem das weitere Vorgehen zu erklären, dann stehen wir irgendwann zusammen auf der sonnigen Straße.

»Alles klar bei dir?« Die Stimme meines Kollegen klingt besorgt und – ich kann es nicht ganz deuten – eine Spur ungeduldig.

»Ja, ja, alles klar, warum?«

»Nun ja, du weißt ja, dass Gernot heute den letzten Tag Ferien hat, und ich hatte gehofft …« Er spricht nicht weiter.

»Das musst du mir doch nicht erklären.« Ich bin mir nicht ganz sicher, auf was Matthias hinauswill.

»Möchtest du vielleicht mit zu uns kommen?«

Ganz überzeugend klingt sein Angebot nicht, aber auf jeden Fall gut gemeint. »Ach so, du meinst, du kannst mich nicht alleine lassen?« Wenigstens einer, denke ich dabei. »Nein, nein, geh nur. Ich komme schon zurecht, aber vielen Dank.«

»Und was machst du jetzt?«

Ich zucke nur mit den Schultern. »Geh schon!«

Einen Moment zögert er noch, dann verschwindet er mit einem Lächeln in Richtung seines Autos.

Ja, was mache ich jetzt? Unschlüssig gehe ich ein paar Meter die

Straße entlang. Mit jedem Schritt verstärkt sich ein durchdringender Geruch, den ich zuerst nicht zuordnen kann. Als auch noch ein entferntes Elefantentrompeten zu hören ist, weiß ich Bescheid, und ich muss lächeln. Schon will ich meinen Weg in diese Richtung fortsetzen, da klingelt mein Handy. Diesmal schaue ich zuerst auf das Display – mein Lächeln wird breiter. Ich glaube, ich weiß jetzt, was ich mache.

Danke …

… an das Team des Emons Verlags für die Chance, aus einem Manuskript dieses Buch zu machen, sowie die professionelle und stets freundliche Umsetzung;

… an Hilla Czinczoll für das kompetente Lektorat;

… an meine Eltern, Dorothea und Franz Krombholz, meine Schwester Kristina und meine Freundin Dr. Katrin Rupprecht fürs Probelesen und wertvolle Tipps;

… an meine Kinder für ihre grundsätzliche und ganz praktische Unterstützung;

… an meinen Mann, Wilfried Kühlem, für alles.